Zu diesem Buch

«Murphy», Samuel Becketts zweiter Roman, entstand Anfang der dreißiger Jahre in London, wo der Autor, beschäftigungslos, depressiv und in finanziellen Schwierigkeiten, eine existentiell problematische Zeit verbrachte. (Seinen ersten Roman, «Dream of Fair to Middling Women», hat er nicht vollendet.)

Mit der Figur des Murphy entwickelt Beckett den Phlegmatiker Belaqua aus Dantes viertem Gesang des *Purgatorio* der «Göttlichen Komödie» weiter: «Er sieht sich träger an, / Als wenn die Trägheit seine Schwester wäre.» Wie Belaqua, doch eher noch quälender, leidet Murphy unter der Dualität von Physis und Psyche. Er richtet sich in einer Welt von eigener Gesetzlichkeit ein, aus der alles ausgeschlossen wird, was seine meditative Freiheit behindert: Nackt, gefesselt und bewegungslos verbringt er Stunden in einem Schaukelstuhl, um so die irdische Vergänglichkeit in mystischer Versenkung zu durchbrechen.

Es gelingt ihm jedoch nicht, den Banalitäten des Alltags zu entfliehen: «Celia liebte Murphy, Murphy liebte Celia», ein Straßenmädchen, und dieser «unverkennbare Fall von erwiderter Liebe» stellt ihn vor die Entscheidung, entweder Geld zu verdienen oder die Geliebte zu verlieren. Murphy gibt Celia auf.

Unterdessen droht eine neue Gefahr: In Murphys Heimat beschließen einige seiner Bekannten, den ‹verlorenen Sohn› wieder nach Irland zu holen. Murphy rettet sich in eine Irrenanstalt, wo er sich als Pfleger verdingt und mit den Insassen verbrüdert. Die Folge ist ein schwerwiegender Zwischenfall, der Murphys Entlassung nahelegt. Aber sie ist nicht mehr nötig: Murphy kommt bei der Explosion einer defekten Gasleitung ums Leben. Auch sein Testament, in dem er verfügt hat, seine Asche in einer Papiertüte nach Dublin zu überführen, kann nicht vollstreckt werden: Durch eine Ungeschicklichkeit eines der irischen ‹Verfolger› wird sie auf dem Fußboden einer Londoner Kneipe verstreut.

Mit «Murphy» hat Beckett seinen realistischsten und heitersten Roman geschrieben, ein Buch glänzender Ironie. Der ‹Held› scheitert bei dem Versuch, die völlige Ruhe jenseits alles Irdischen zu erlangen und endet auf ihm sehr gemäße Weise in einem lächerlichen Tod. Damit ist bereits das Thema angeschlagen, das Beckett immer wieder beschäftigt hat: der Zweifel an der Größe und Vollkommenheit des Menschen.

Rowohlt Jahrhundert

Herausgegeben von Bernd Jentzsch
Band 4

Samuel Beckett

MURPHY

Roman

Übertragen von
Elmar Tophoven

Rowohlt

12.–14. Tausend März 1992

Titel der amerikanischen Originalausgabe:
Murphy
Die Übertragung von Elmar Tophoven
wurde vom Verfasser autorisiert

Veröffentlicht im Rowohlt Taschenbuch Verlag GmbH,
Reinbek bei Hamburg, Mai 1987

Umschlaggestaltung Peter Wippermann
(Foto des Autors: Rowohlt Archiv)
Satz Garamond (Linotron 202)
Gesamtherstellung Clausen & Bosse, Leck
Printed in Germany
1280-ISBN 3 499 40004 9

Er sass nackt in seinem Schaukelstuhl aus rohem, garantiert unzerbrechlichem Teakholz, das nachts nicht knarrte und gegen Würmer und Witterungsschäden gefeit war. Er gehörte ihm, er verließ ihn nie.

I

Die Sonne schien, da sie keine andere Wahl hatte, auf nichts Neues. Murphy saß, als ob es ihm frei stünde, im Schatten, in einer Gasse West Bromptons. Hier hatte er wohl schon sechs Monate lang gegessen, getrunken, geschlafen, sich an- und ausgezogen, in einem mittelgroßen Käfig mit Front nach Nordwesten und ununterbrochener Sicht auf mittelgroße Käfige mit Front nach Südosten. Er würde sich bald mit etwas anderem behelfen müssen, denn die Tage der Gasse waren gezählt. Er würde von neuem essen, trinken, schlafen, sich an- und ausziehen lernen.

Er saß nackt in seinem Schaukelstuhl aus rohem, garantiert unzerbrechlichem Teakholz, das nachts nicht knarrte und gegen Würmer und Witterungsschäden gefeit war. Er gehörte ihm, er verließ ihn nie. Die Ecke, in der er saß, war durch einen Vorhang gegen die Sonne abgeschirmt, die arme, alte Sonne, die zum billionsten Mal wieder im Zeichen der Jungfrau stand. Sieben Schals hielten ihn fest. Zwei fesselten die Schienbeine an die Stuhlkufen, einer seine Oberschenkel an den Sitz, zwei die Brust und den Bauch an die Rückenlehne und einer seine Handgelenke an die hintere Querstange. Es waren nur äußerst begrenzte örtliche Bewegungen möglich. Schweiß brach ihm aus allen Poren und straffte die Gurte. Sein Atem war nicht wahrnehmbar. Die Augen starrten kalt und reglos wie die einer Möwe hinauf zu einem schillernden Fleck, der über dem Kranzgesims zusammenschrumpfte und verblaßte. Irgendwo wurde eine Kuckucksuhr, die zwischen zwanzig und dreißig geschlagen hatte, zum Echo eines Straßenhändlers, der nun, beim Betreten der Gasse, deutlich *Quid pro quo! Quid pro quo!* rief.

Dies waren Erscheinungen und Geräusche, die er nicht leiden konnte. Sie hielten ihn in jener Welt gefangen, zu der sie gehörten, er jedoch nicht, wie er töricht genug hoffte. Er fragte sich dunkel, was seine Sonne auflöste und welche Waren ausgerufen würden. Dunkel, ganz dunkel.

Er saß so in seinem Stuhl, weil es ihm Spaß machte! Zunächst machte es seinem Körper Spaß, es beruhigte seinen Körper. Dann befreite es ihn auch in seinem Geiste. Denn erst wenn sein Körper beruhigt war, konnte er beginnen, in seinem Geist zu leben, wie es im sechsten Kapitel beschrieben ist. Und in seinem Geiste leben, machte ihm Spaß, solchen Spaß, daß Spaß nicht das richtige Wort ist.

Murphy hatte vor kurzem in Cork unter einem Mann namens Neary studiert. Dieser Mann konnte damals sozusagen nach Belieben sein Herz anhalten und es innerhalb gewisser Grenzen ebenso lange stillstehen lassen, wie es ihm beliebte. Von dieser seltenen, nach jahrelangen Bemühungen irgendwo nördlich von Nerbudda erworbenen Fähigkeit machte er nur geringen Gebrauch, da er sie für ganz unerträgliche Situationen parat hielt, zum Beispiel wenn er einen Drink brauchte und nichts kriegen konnte, oder wenn er unglücklicherweise in eine Gruppe von Gälen geraten war, ohne sich retten zu können, oder wenn er die Qualen einer nicht zu befriedigenden sexuellen Neigung verspürte.

Wenn Murphy sich Neary zu Füßen gesetzt hatte, dann

nicht mit der Absicht, sich ein Neary-Herz heranzubilden, das sich für einen Mann seines Schlags früher oder später zweifellos als verhängnisvoll erwiesen hätte, sondern nur, um das seine mit etwas von dem zu versehen, was Neary, der damals ein Pythagoreer war, Apmonie nannte. Denn Murphy hatte ein so irrationales Herz, daß kein Arzt es ergründen konnte. Beim Anblick, beim Abtasten, bei der Auskultation und Perkussion, im Röntgenbild und auf dem Elektrokardiogramm erwies es sich als fehlerfrei. Aber zugeknöpft und vor seine Aufgabe gestellt, betrug es sich wie Petruschka in der Zelle. Bald mühte es sich derart ab, daß es schlapp zu machen schien, bald wallte es derart auf, daß es zu platzen drohte. Die Vermittlung zwischen diesen Extremen nannte Neary Apmonie. Wenn er es leid war, sie Apmonie zu nennen, nannte er sie Isonomie. Und wenn er das Wort Isonomie satt hatte, sagte er Akkord. Aber wie immer er es auch nennen mochte, es wollte Murphy nicht ins Herz gehen. Neary konnte die Gegensätze in Murphys Herz nicht ausgleichen.

Ihr Abschied war denkwürdig. Neary erwachte wieder einmal aus totenähnlichem Schlaf und sagte:

«Murphy, das Leben ist nur Gestalt und Grund.»

«Nichts als ein langer, ungewisser Heimweg», sagte Murphy.

«Das Gesicht», sagte Neary, «oder das System der Gesichter vor der großen blühenden, schwirrenden Verwirrung. Ich denke an Miss Dwyer.»

Murphy hätte an Miss Counihan denken können. Neary ballte die Fäuste und hielt sie vor sein Gesicht.

«Die Gunst Miss Dwyers zu gewinnen», sagte er, «und sei es auch nur für eine knappe Stunde, würde mir unendlich gut tun.»

Die Knöchel traten wie gewöhnlich weiß unter der gespannten Haut hervor – das war die Position. Die Hände dann ganz korrekt, möglichst weit gespreizt – das war die

Negation. Es schien Murphy nun, daß es zweierlei gleichermaßen gültige Weisen gäbe, um die Geste auszuführen und die Sublation zu erreichen. Man könnte die Hände mit einer lebhaften Geste der Verzweiflung an den Kopf schlagen oder sie schlaff an den Hosennähten herunterfallen lassen, vorausgesetzt, daß dort ihr Ausgangspunkt gewesen war. Man stelle sich also seinen Ärger vor, als Neary sie erneut und ungestümer als zuvor zusammenballte und heftig gegen sein Brustbein schlug.

«Eine halbe Stunde», sagte er, «eine Viertelstunde.»

«Und dann?» sagte Murphy. «Zurück zu den Affen nach Teneriffa?»

«Sie mögen mich auslachen», sagte Neary, «und sogar verspotten, aber es steht fest, daß alles Dreck ist, im Augenblick jedenfalls, alles außer Miss Dwyer. Die einzige geschlossene Gestalt in der formlosen, leeren Wüste! Mein Tetrakyt!»

Solcher Art war Nearys Liebe zu Miss Dwyer, die einen Fliegerleutnant Elliman liebte, der eine Miss Farren aus Ringsakiddy liebte, die einen Pfarrer Fitt aus Ballinclashet liebte, der einen gewissen Hang zu einer Mrs. West aus Passage beim besten Willen nicht leugnen konnte, die Neary liebte.

«Erwiderte Liebe», sagte Neary, «gleich Kurzschluß», eine Bemerkung, die einen lebhaften Wortwechsel auslöste.

«Die gequälte Liebe, die ihre Augen erhebt», sagte Neary, «die nach der Spitze ihres kleinen, in Lack getauchten Fingers lechzt, damit sie ihre Zunge kühle, so etwas kommt Ihnen, Murphy, wohl fremd vor?»

«Spanisch», sagte Murphy.

«Oder anders ausgedrückt», sagte Neary, «der einzige, glänzende, organische, kompakte Klecks im Aufruhr der heterogenen Stimulation.»

«Klecks ist das richtige Wort», sagte Murphy.

«Eben», sagte Neary. «Nun hören Sie mal gut zu. Aus

welchen Gründen immer Sie nicht lieben können, Murphy – es gibt doch eine Miss Counihan, nicht wahr?»

Es gab in der Tat eine Miss Counihan.

«Angenommen, Sie würden gebeten, Ihr, sagen wir Verhältnis zu dieser Miss Counihan zu definieren, Murphy», sagte Neary. «Nur zu, Murphy.»

«Nicht kordial», sagte Murphy, «sondern eher präkordial. Lahm. Grafschaft Cork. Unanständig.»

«Eben», sagte Neary. «Also hören Sie zu. Aus welchem Grunde Sie auch nicht auf meine Weise lieben können – und glauben Sie mir, es gibt keine andere –, aus demselben Grunde, welcher es auch immer sein mag, ist Ihr Herz so wie es ist. Und wiederum aus demselben Grunde...»

«Welcher es auch immer sein mag», sagte Murphy.

«Kann ich nichts für Sie tun», sagte Neary.

«Meine arme Seele», sagte Murphy.

«Eben», sagte Neary. «Man möchte meinen, daß Ihr Conarium zu nichts zusammengeschrumpft ist.»

Er brachte den Stuhl bis zum äußersten ins Schaukeln, dann ruhte er aus. Allmählich versank die Welt, die große Welt, in der *Quid pro quo* feilgeboten wurde und das Licht nie zweimal auf dieselbe Weise unterging, zugunsten der kleinen, wie es im sechsten Kapitel beschrieben ist, wo er sich selbst lieben könnte.

Eine Handbreit neben seinem Ohr schrie plötzlich das Telefon.

Er hatte versäumt, den Hörer abzunehmen. Wenn er sich nicht unverzüglich meldete, würde die Hausdame gerannt kommen oder irgendein anderer Mieter. Dann würde man ihn entdecken, denn die Tür war nicht geschlossen. Es war nicht möglich, die Tür zu schließen. Es war ein sonderbarer Raum, die Tür hing nicht in ihren Angeln, und doch ein Telefon. Er war nämlich zuletzt von einer Hure bewohnt worden, die ihre besten Jahre längst hinter sich hatte, sie waren blutrot. Das Telefon, das sie in ihrer Blütezeit sehr nützlich gefunden hatte, mochte sie an ihrem Lebensabend nicht mehr missen. Denn ihr weniges Geld verdiente sie, wenn sie von einem Kunden von ehemals angerufen wurde. Dann wurde sie für die unnötigen Störungen entschädigt.

Murphy konnte seine Hand nicht befreien. Jeden Moment glaubte er, die eiligen Schritte seiner Hausdame oder irgendeines anderen Mieters auf der Treppe zu hören. Das laute, gelassene Krächzen des Telefons verhöhnte ihn. Schließlich befreite er eine Hand und ergriff den Hörer, den er vor lauter Aufregung ans Ohr drückte anstatt ihn auf den Boden zu werfen.

«Hol Sie der Teufel!» sagte er.

«Er ist schon dabei», antwortete sie. Celia.

Er legte den Hörer hastig in seinen Schoß. Der Teil von ihm, den er haßte, flehte nach Celia, und der Teil, den er liebte, zuckte zusammen, wenn er nur an sie dachte. Die Stimme jammerte leise an seinem Leib. Er hielt es eine Weile aus, hob dann den Hörer wieder und sagte:

«Kommst du nie wieder?»

«Ich habe es», sagte sie.

«Das weiß ich doch», sagte Murphy.

«Das meine ich nicht», sagte sie, «ich meine, was du mir gesagt...»

«Ich weiß, was du meinst», sagte Murphy.

«Treffpunkt wie gewöhnlich um die gewöhnliche Zeit», sagte sie. «Ich werde es mitbringen.»

«Das ist nicht möglich», sagte Murphy. «Ich erwarte einen Freund.»

«Du hast keine Freunde», sagte Celia.

«Na ja», sagte Murphy, «nicht gerade einen Freund, aber einen komischen alten Knaben, auf den ich zufällig stieß.»

«Du kannst ihn dir ja vorher vom Hals schaffen», sagte Celia.

«Das ist nicht möglich», sagte Murphy.

«Dann werde ich es bringen», sagte Celia.

«Das solltest du nicht tun», sagte Murphy.

«Warum willst du mich nicht sehen?» sagte Celia.

«Wie oft muß ich es dir noch sagen?» sagte Murphy. «Ich...»

«Hör mal zu», sagte Celia. «Ich glaube dir deinen komischen alten Knaben nicht. Das gibt es ja gar nicht.»

Murphy sagte nichts. Das Ich, das er zu lieben versuchte, machte schlapp.

«Ich werde um neun bei dir sein», sagte Celia, «und es mitbringen. Wenn du nicht da bist...»

«Ja», sagte Murphy. «Angenommen, ich müßte ausgehen?»

«Bis gleich.»

Er lauschte noch ein Weilchen an der toten Leitung, ließ den Hörer auf den Boden fallen, fesselte seine Hand an die hintere Querstange und brachte den Stuhl zum Schaukeln. Allmählich fühlte er sich besser, geistig rege, in der Freiheit eines Lichts und einer Dunkelheit, die nicht miteinander stritten, sich nicht veränderten und weder verblaßten noch aufblitzten, außer zu ihrer Vereinigung, wie es im sechsten Kapitel beschrieben ist. Das Hin und Her wurde immer schneller, immer kürzer, das Schillern war verschwunden, der Schrei in der Gasse war verklungen, bald würde sein Körper ruhen. Die meisten Dinge unterm Mond wurden immer langsamer und hörten dann auf, eine Schaukel wurde immer schneller und hörte dann auf. Bald würde sein Körper ruhen, bald würde er frei sein.

2

Alter	Unwichtig
Kopf	Klein und rund
Augen	Grün
Teint	Weiß
Haar	Gelb
Gesichtszüge	Lebhaft
Hals	36,9 cm
Oberarm	28,9
Unterarm	26,1
Handgelenk	15,2
Brust	90,0
Taille	67,0
Hüften, usw.	92,0
Oberschenkel	55,0
Knie	30,2
Wade	29,7
Enkel	20,3
Rist	Unwichtig
Größe	163,0
Gewicht	55,9 kg

Sie verließ die Telefonzelle in Windeseile mit entzückt wiegenden Hüften, usw. Die feurigen Pfeile der Liebeslüsternen wurden wie Zunder erstickt. Sie betrat den Frühstückssalon eines Feinkosthauses und ließ sich ein Brötchen mit Krabben und Tomaten und ein großes Glas weißen Portos an der Theke servieren. Dann ging sie schnellen Fußes, gefolgt von vier Fußballwettbürokassierern zu vier Shilling Provision pro Pfund, nach der in Tyburnia gelegenen Wohnung ihres Großvaters väterlicherseits, Mr. Willoughby Kelly. Sie verheimlichte Mr. Kelly nichts, abgesehen von dem, was ihm ihrer Meinung nach Kummer bereiten könnte, also sozusagen nichts.

Sie hatte Irland im Alter von vier Jahren verlassen.

Mr. Kellys Gesicht war schmal und tief durchfurcht von lebenslanger, schmutzig-filziger Apathie. Gerade in dem Moment, als alle Hoffnung verloren zu sein schien, wölbte es sich zu einer glatten, von keinem Härchen beschatteten Schädeldecke. Noch ein Weilchen, und sein Gehirn-Leib-Verhältnis würde zu dem eines kleinen Vogels abgesunken sein. Er lag auf dem Rücken im Bett, ohne irgend etwas zu tun, nur ein gelegentliches Zupfen an der Steppdecke war ihm zugute zu halten.

«Du bist alles, was ich auf der Welt habe», sagte Celia. Mr. Kelly fühlte sich.

«Du», sagte Celia, «und vielleicht noch Murphy.»

Mr. Kelly richtete sich in seinem Bett auf. Seine Augen konnten kaum hervortreten, so tief lagen sie eingebettet, aber sie konnten sich öffnen, und das taten sie.

«Ich habe dir nichts von Murphy erzählt», sagte Celia, «weil ich glaubte, daß es dir Kummer bereiten könnte.»

«Scheiß-Kummer», sagte Mr. Kelly.

Mr. Kelly fiel zurück ins Bett, was seine Augen schloß, als wäre er eine Puppe. Er bat Celia, Platz zu nehmen, aber sie zog es vor, auf und ab zu gehen, händeringend, wie man es zu tun pflegt. Die Freundschaft eines Händepaars.

Celias Erklärung dafür, daß sie auf Murphy zu sprechen kommen mußte, ergibt geläutert, beschleunigt, beschönigt und verkürzt folgendes.

Als ihre Eltern, Mr. und Mrs. Quentin Kelly, von den Augen ihrer damaligen Partner warm umschlungen, mit der unglückseligen ‹MORRO CASTLE› umgekommen waren, ging Celia, ihr einziges Kind, auf den Strich. Obwohl dies ein Schritt war, den Mr. Willoughby Kelly nicht aus vollem Herzen billigen konnte, machte er dennoch keinen Versuch, ihr davon abzuraten. Sie war ein gutes Mädchen, sie würde es schon richtig machen.

Auf ihrem Wege war sie voriges Jahr in der Johannis-Nacht, als die Sonne im Zeichen des Krebses stand, Murphy begegnet. Sie war aus der Edith Grove in die Cremorne Road eingebogen, da sie sich im Duft der Themse erfrischen und durch die Lot's Road wieder zurückgehen wollte, als sie zufällig nach rechts schauend in der Mündung der Stadium Street einen Mann stehen sah, der abwechselnd den Himmel und ein Blatt Papier betrachtete. Murphy.

«Ich flehe dich an», sagte Mr. Kelly, «sei nicht so entsetzlich umständlich. Die Kreuzung der Edith Grove, Cremorne Road und Stadium Street interessiert mich zum Beispiel gar nicht. Geh schon ran.»

Sie blieb stehen – «Sieh mal an!» sagte Mr. Kelly –, sie stellte sich so hin, daß sein Blick, sobald er sich senkte, auf sie fallen mußte, und wartete. Als sein Kopf sich schließlich bewegte, sank er so entmutigt auf die Brust, daß er sie erblickte und sogleich wieder aus den Augen verlor. Er richtete ihn nicht sofort wieder so weit auf, daß er sie bequem hätte mustern können, sondern vertiefte sich in sein Papier. Wenn sie beim Zurückgleiten seiner Augen in die Ewigkeit immer noch da stehen würde, so würde er ihnen Einhalt gebieten und sie mustern.

«Woher weißt du das alles?» sagte Mr. Kelly.

«Was?» sagte Celia.

«All diese verrückten Einzelheiten?» sagte Mr. Kelly.

«Er erzählt mir alles», sagte Celia.

«Spar sie dir», sagte Mr. Kelly. «Geh schon ran.»

Als Murphy gefunden hatte, was er auf dem Papier suchte, schickte er seinen Kopf in die höheren Regionen. Es war offenbar eine große Anstrengung. Bevor er es halbwegs geschafft hatte, machte er eine willkommene Atempause und starrte Celia an. Sie ließ es sich ungefähr zwei Minuten lang dankbar gefallen und begann dann, sich mit ausgestreckten Armen langsam im Kreis zu drehen – «Bravo!» sagte Mr. Kelly – wie der Mannequin bei Roussel in der Regent Street. Als sie ihre Umdrehung vollendet hatte, stellte sie fest, daß Murphys Augen, wie sie erwartet hatte, noch geöffnet und auf sie gerichtet waren. Aber sie schlossen sich beinahe unverzüglich wie zu einer äußersten Anstrengung, die Kiefer wurden zusammengebissen, das Kinn sprang vor, die Knie wurden weich, der Unterleib wölbte sich, der Mund öffnete sich, und der Kopf neigte sich langsam zurück. Murphy wandte sich wieder der Helle des Himmels zu.

Celias Ziel war klar: das Wasser. Die Versuchung hineinzugehen, war mächtig, aber sie schob sie beiseite. Es war noch nicht an der Zeit. Sie ging bis etwa halbwegs zwischen der Battersea und Albert Bridge und setzte sich auf eine Bank zwischen einen Chelsea-Invaliden und einen Eldoradoeisverkäufer, der von seinem unbarmherzigen Dreirad abgesessen und für ein Weilchen in Abrahams Schoß versunken war. Allerlei Künstler, Schriftsteller, Schreiberlinge, Neger in allen Farbtönen, Feuilletonisten, Musiker, Chansonniers, Organisten, Maler und Dekorateure, Bildhauer und -schnitzer, Kritiker und Rezensenten, bedeutende und unbedeutende, betrunkene und nüchterne, lachende und weinende, in Gruppen und allein, gingen auf und ab. Eine Flottille von Kähnen, die mit buntem Altpapier hoch beladen vor Anker oder im Schlick lag, winkte ihr übers Wasser zu. Ein Schornstein verbeugte sich vor der Battersea Bridge. Ein Schlepper und eine Schute schwammen nebeneinandergekoppelt glücklich schäumend aus der Reach. Der Eldoradoeisverkäufer war nur ein Häufchen Schlaf, der Chelsea-Invalide riß an seinem scharlachroten Waffenrock und rief: «Zum Teufel mit diesem Wetter, ich werde es nie vergessen.» Die Glocke der alten Kirche von Chelsea knurrte grimmig zehn Uhr. Celia stand auf und ging denselben Weg zurück. Aber anstatt geradeaus in die Lot's Road zu gehen, wie sie vorhatte, fühlte sie sich unwiderstehlich nach rechts in die Cremorne Road gezogen. Er stand immer noch in der Mündung der Stadium Street, jedoch in veränderter Haltung.

«Zum Teufel mit dieser Geschichte», sagte Mr. Kelly, «ich werde sie nie behalten.»

Murphy hatte die Beine übereinandergeschlagen, die Hände in die Taschen gesteckt, das Blatt Papier fallen lassen und starrte geradeaus vor sich hin. Celia sprach ihn nun in aller Form an – «Elende!» sagte Mr. Kelly –, worauf sie Arm in Arm glücklich von dannen gingen und die Sternkarte für den Monat Juni in der Gosse liegen ließen.

«Jetzt wollen wir Licht machen», sagte Mr. Kelly.

Celia machte Licht und drehte Mr. Kellys Kissen um.

Von diesem Augenblick an waren sie einander unentbehrlich.

«He!» rief Mr. Kelly. «Willst du wohl nicht so sprunghaft sein? Du gingst Arm in Arm glücklich mit ihm von dannen. Was geschah dann?»

Celia liebte Murphy, Murphy liebte Celia, es war ein unverkennbarer Fall von erwiderter Liebe. Sie war auf den ersten, in der Mündung der Stadium Street ausgetauschten, langen und zögernden Blick zurückzuführen und nicht darauf, daß sie Arm in Arm von dannen gingen, oder auf irgendeine spätere Begebenheit. Er war die Bedingung dafür gewesen, daß sie gemeinsam von dannen gingen, usw., wie Murphy ihr mehrmals in Barbara, Baccardi und Baroko bewiesen hatte, jedoch nie in Bramantip. Jeder Augenblick, den Celia fern von Murphy verbrachte, schien ihr eine Ewigkeit bar jeder Bedeutung zu sein, und Murphy drückte seinerseits denselben Gedanken noch bestimmter, wenn das überhaupt möglich war, mit den Worten aus: «Was ist mein Leben nun anderes als Celia?»

Am folgenden Sonntag, als der Mond in der Konjunktion stand, machte er ihr im subtropischen Garten des Battersea-Parks einen Heiratsantrag, unmittelbar nach dem Schellengeläut.

Mr. Kelly stöhnte.

Celia erhörte ihn.

«Elende», sagte Mr. Kelly, «Unglückselige.»

Sich auf Campanellas *Sonnenstaat* stützend, sagte Murphy, daß sie auf Biegen oder Brechen heiraten müßten, bevor der Mond in die Opposition träte. Nun war September, die Sonne stand wieder im Zeichen der Jungfrau und ihre Beziehungen waren noch immer nicht normalisiert.

Mr. Kelly sah keinen Grund, sich noch länger zusammenzureißen. Er richtete sich plötzlich in seinem Bett auf, was seine Augen öffnete, wie er genau vorausgesehen hatte, und fragte nach dem wer, was, wo, womit, wie und wann. Man braucht einen alten Mann nur zu kratzen, um einen Quintilian zu entdecken.

«Wer ist dieser Murphy», schrie er, «für den du deine Arbeit vernachlässigt hast, wie ich annehme? Was ist er? Wo kommt er her? Was ist seine Familie? Was treibt er? Hat er Geld? Was hat er vor sich? Was hat er hinter sich? Ist er, hat er überhaupt etwas?»

Auf die erste Frage zuerst eingehend, antwortete Celia, Murphy sei Murphy. Sie antwortete dann der Reihe nach weiter und enthüllte, daß er weder einen Beruf noch eine Stellung habe; er stammte aus Dublin – «Mein Gott!» sagte Mr. Kelly –, er wisse nur etwas von einem Onkel, Mr. Quigley, einem in Holland wohnenden begüterten Tunichtgut, mit dem Briefe zu wechseln er sich bemühe; er tue ihres Wissens nichts; habe manchmal Geld für ein Konzert; glaube, daß die Zukunft Großes für ihn bereithalte, und rühre nie an alte Geschichten. Er sei Murphy. Er habe Celia.

Mr. Kelly mobilisierte alle seine Hormone.

«Wovon lebt er?» schrie er.

«Von kleinen, mildtätigen Beträgen», sagte Celia.

Mr. Kelly fiel zurück. Er hatte sein Pulver verschossen. Der Himmel hätte seinetwegen einstürzen können.

Celia kam nun zu dem Teil ihres Berichts, den sie Mr. Kelly nur mit verzweifelter Mühe verständlich machen konnte, da sie ihn selbst nicht richtig verstand. Sie wußte jedoch, daß sie das Problem nur in seinen riesigen Gehirnapparat hineinzustecken brauchte, um automatisch die Lösung zu erhalten. Während sie etwas schneller auf und ab ging und sich den Kopf, der nicht sehr groß war, zerbrach, um es mit treffenden Worten auszudrücken, fühlte sie sich wie an einem Scheideweg, der vielleicht noch gefährlicher war als die Kreuzung der Edith Grove, Cremorne Road und Stadium Street.

«Du bist alles, was ich auf der Welt habe», sagte sie.

«Ich», sagte Mr. Kelly, «und vielleicht noch Murphy.»

«Es gibt sonst niemand auf der Welt», sagte Celia, «mit dem ich darüber sprechen könnte, erst recht nicht mit Murphy.»

«Du machst mich weich», sagte Mr. Kelly.

Celia blieb stehen, erhob ihre zusammengepreßten Hände, obwohl sie wußte, daß seine Augen geschlossen waren, und sagte:

«Hör doch bitte zu und sag mir, was es bedeutet und was ich tun soll.»

«Halt!» sagte Mr. Kelly. Seine Aufmerksamkeit konnte nicht so im Handumdrehen gesammelt werden. Seine Aufmerksamkeit war zerstreut. Ein Teil war bei seinem Caecum, das wieder mit dem Schwanz wedelte; ein Teil bei seinen Extremitäten, die am Anker zerrten; ein Teil bei seiner Knabenzeit, und so weiter. Alle mußten mobilisiert werden. Als er fühlte, daß genug zusammengescharrt war, sagte er: «Los!»

Celia gab jeden Penny aus, den sie verdiente, und Murphy verdiente keinen Penny. Seine ehrbare Unabhängigkeit war von einer Vereinbarung mit seiner Hausdame abhängig, derzufolge diese Mr. Quigley besonders gepfefferte Rechnungen schickte und die Differenz abzüglich einer angemessenen Provision Murphy aushändigte. Diese prächtige Einrichtung gestattete ihm, sozusagen nach Belieben dahinzusiechen, sie erwies sich jedoch für einen noch so bescheidenen Hausstand als unzulänglich. Die Lage wurde dadurch noch kompliziert, daß eine Räumungszone ihre Schatten nicht so sehr auf Murphys Behausung als vielmehr auf Murphys Hausdame warf. Und es war sicher, daß der geringste Appell an die Großzügigkeit Mr. Quigleys streng geahndet würde. «Soll ich die Hand, die mich darben läßt, beißen», sagte Murphy, «damit sie mich erdrosselt?»

Mit vereinten Kräften würden sie es sicher schaffen, ein wenig zu verdienen. Murphy meinte es auch, mit einem so niederträchtigen Blick, daß sie, die immer noch an ihm hing, innerlich erschüttert war. Murphy hatte eine so hohe Achtung vor den Imponderabilien der Persönlichkeit, daß er den Fehlschlag seines Kompliments nicht übelnahm. Wenn sie fühlte, daß sie es nicht könnte, dann könnte sie es eben nicht, und damit fertig. Murphy war eben maßlos liberal.

«Bis jetzt kann ich dir folgen», sagte Mr. Kelly, «bis auf die Sache mit dem Kompliment...»

«Ich habe mich so sehr bemüht, es zu begreifen», sagte Celia.

«Wie kommst du darauf, daß er ein Kompliment machen wollte?» sagte Mr. Kelly.

«Ich sage dir, daß er nichts verschweigt», sagte Celia.

«War es etwas in der Art von ‹Ich mache dir das größte Kompliment, das ein Mann einer Frau machen kann, und du machst mir eine Szene›?» sagte Mr. Kelly.

«Horch mal auf den Wind», sagte Celia.

«Scheiß-Wind», sagte Mr. Kelly, «war es so oder war es nicht so?»

«Wie bist du darauf gekommen?» sagte Celia.

«Wieso darauf gekommen?» sagte Mr. Kelly. «Das sagt man doch immer.»

«Wenn nur einer von uns es versteht», sagte Celia.

Aus Achtung vor dem, was er Archeus nannte, tat Murphy nicht mehr, als er wollte, daß ihm angetan würde. Er war infolgedessen gekränkt, als Celia darauf hingewiesen hatte, daß er sich einmal einer einträglicheren Sache widmen könne als den tödlichen Geheimnissen seines Nabels und der Bewunderung des gestirnten Himmels, und sein angstverzerrtes Gesicht nicht als Antwort gelten lassen wollte. «Habe ich dich bedrängt?» sagte er. «Nein. Bedrängst du mich? Ja. Ist das gerecht? Liebling.»

«Würdest du bitte sobald wie möglich zu einem Schluß kommen», sagte Mr. Kelly. «Ich habe Murphy bald satt.»

Er bat sie, ihm zu glauben, daß er nichts verdienen könne. Hatte er nicht beim bloßen Versuch schon ein gewisses Vermögen verloren? Er bat sie zu glauben, er sei für den Ruhestand geboren. Denn es war nicht nur ein wirtschaftliches Problem. Es gab metaphysische Erwägungen, in deren Dunkelheit klar wurde, daß die Nacht gekommen war, in der kein Murphy arbeiten könnte. War Ixion irgendwie verpflichtet, sein Rad in einem guten Betriebszustand zu erhalten? Hatte man Tantalus irgendwie genötigt, Salz zu essen? Nicht daß Murphy wüßte.

«Wir können aber ohne Geld nicht weiterkommen», sagte Celia.

«Die Vorsehung wird vorsehen», sagte Murphy.

Die unerschütterliche Nachlässigkeit der vorsehenden Vorsehung reizte sie zu solchen Ekstasen, wie West Brompton sie seit der Earl's Court-Ausstellung nicht mehr erlebt hatte. Sie sprachen nur wenig. Manchmal mochte Murphy mit einem Witz beginnen, manchmal mochte er ihn sogar zu Ende erzählen, es war schwer zu sagen. Er sagte zum Beispiel eines Morgens in der Frühe:

«Der Kriegsknecht flieht, weil er ein Kriegsknecht ist.» War das ein Witz? Und ferner: «Was soll ein Mann für Celia geben?» War das ein Witz?

«Das waren zweifellos Witze», sagte Mr. Kelly.

Als kein Geld mehr übrig und vor Ablauf einer Woche keine Rechnung zu pfeffern war, sagte Celia, Murphy müsse Arbeit finden oder aber sie würde ihn verlassen und zu ihrer zurückkehren. Murphy sagte, Arbeit bedeute das Ende für sie beide.

«Witze eins und zwei», sagte Mr. Kelly.

Celia war noch nicht lange wieder auf der Straße, als Murphy sie schriftlich anflehte zurückzukehren. Sie antwortete ihm telefonisch, daß sie zurückkehren würde, wenn er sich nach Arbeit umsähe. Sonst wäre es sinnlos. Er hängte ein, während sie noch sprach. Dann schrieb er ihr, er sei ausgehungert und werde tun, was sie wünsche. Da er jedoch außerstande sei, in sich selbst irgendeinen Grund dafür zu finden, daß Arbeit eher die eine als die andere Form annimmt, möchte sie so freundlich sein, ein Compendium über die Beweggründe zu besorgen, das sich auf das einzige System außerhalb seiner selbst stütze, zu dem er wenig Vertrauen habe, nämlich dem der Himmelskörper. Auf dem Berwick Market sei ein Swami, der ausgezeichnete Horoskope für Sixpence stelle. Sie kenne Jahr und Tag des unglücklichen Ereignisses, die Uhrzeit spiele keine Rolle. Die Wissenschaft, die Jakob und Esau überdauert habe, würde nicht darauf bestehen, den genauen Moment des Vagitus zu kennen. Er hätte sich selbst darum gekümmert, wenn er nicht bis auf Fourpence abgebrannt wäre.

«Ich habe ihn gerade angerufen», schloß Celia, «um ihm zu sagen, daß ich es habe, und er versucht, auszuweichen.»

«Es?» sagte Mr. Kelly.

«Das, was ich für ihn holen sollte», sagte Celia.

«Hast du etwa Angst, es beim Namen zu nennen?» sagte Mr. Kelly.

«Das ist alles», sagte Celia. «Sag mir nun, was ich tun soll, denn ich muß gehen.»

Indem er sich zum drittenmal in seinem Bett aufrichtete, sagte Mr. Kelly:

«Nähere dich, mein Kind.»

Celia setzte sich auf die Bettkante, ihre vier Hände verflochten sich auf der Steppdecke, sie starrten einander schweigend an.

«Du weinst, mein Kind», sagte Mr. Kelly. Ihm entging nichts.

«Wie kann jemand einen lieben und sich so verhalten?» sagte Celia. «Sag mir, wie das möglich ist.»

«Er sagt dasselbe von dir», sagte Mr. Kelly.

«Seinem komischen alten Knaben», sagte Celia.

«Wie bitte?» sagte Mr. Kelly.

«Ach, nichts», sagte Celia. «Schnell, sag mir, was ich tun soll.»

«Nähere dich, mein Kind», sagte Mr. Kelly, indem er seiner Umgebung bereits ein wenig entglitt.

«Herrjeh, ich habe mich doch genähert», sagte Celia. «Möchtest du etwa, daß ich zu dir ins Bett krieche?»

Der blaue Glanz von Mr. Kellys Augen in den tiefsten Tiefen ihrer Höhlen erstarrte, bevor die klassische, pythische Glasur sie verschleierte. Er hob seine linke Hand, auf der Celias Tränen noch nicht getrocknet waren, und legte sie auf die Schädeldecke – das war die Position. Vergebens. Er hob seine rechte Hand und legte den Zeigefinger auf seinen Nasenrücken. Er führte beide Hände wieder zum Ausgangspunkt, den Händen Celias auf der Steppdecke, zurück, die Augen erglänzten wieder und er sprach:

«Laß ihn sausen.»

Celia wollte aufstehen, Mr. Kelly umklammerte ihre Handgelenke. «Brich deine Beziehungen zu diesem Murphy ab», sagte er, «ehe es zu spät ist.»

«Laß mich los», sagte Celia.

«Beende den Verkehr, der sich als verhängnisvoll erweisen muß», sagte er, «solange es noch Zeit ist.»

«Laß mich los», sagte Celia.

Er ließ sie los, und sie stand auf. Sie starrten einander schweigend an. Mr. Kelly entging nichts, seine Gesichtszüge begannen sich zu regen.

«Ich beuge mich der Leidenschaft», sagte er.

Celia ging zur Tür.

«Bevor du gehst», sagte Mr. Kelly, «könntest du mir

noch den Schwanz meines Drachens reichen. Ein paar Troddeln haben sich gelöst.»

Celia ging zum Schrank, in dem er seinen Drachen aufbewahrte, nahm den Schwanz und die losen Troddeln heraus und brachte sie ans Bett.

«Du sagtest ja», sagte Mr. Kelly, «horch mal auf den Wind. Ich werde ihn morgen steigen lassen, bis er außer Sicht ist.»

Er fummelte etwas an den Windungen des Schwanzes herum. Schon war er in Position; die Augen waren angestrengt auf den kleinen Fleck gerichtet, der er war, und er stemmte sich mit den Fersen gegen den ungeheuren Sog des Himmels. Celia küßte und verließ ihn.

«Wenn Gott will», sagte Mr. Kelly, «bis er ganz außer Sicht ist.»

Nun habe ich niemand mehr, dachte Celia, es sei denn Murphy.

3

DER MOND, DER MERKWÜRDIGERWEISE NICHT nur voll war, sondern sich auch im Perigäum befand, stand der Erde 47000 km näher als während der letzten vier Jahre. Man war auf außergewöhnliche Gezeiten gefaßt. Die Londoner Hafenbehörde bewahrte die Ruhe.

Es war nach zehn, als Celia die Gasse erreichte. Das Fenster war nicht erleuchtet, aber das beunruhigte sie nicht, da sie wußte, wie sehr er dem Dunkel verfallen war. Sie hatte ihre Hand erhoben, um das vereinbarte Klopfzeichen zu geben, als die Tür sich plötzlich öffnete und ein stark nach Alkohol riechender Mann an ihr vorbei die Stufen hinunterpolterte. Es gab nur einen Ausweg aus der Gasse, und den schlug er nach kurzem Zögern ein. Er machte sich mit großen Sätzen aus dem Staube, so als wollte er gerne fortrennen, ohne es jedoch zu wagen. Sie trat, noch betäubt von der Schockwirkung seines bleiernen Gesichts und scharlachroten Schals, ins Haus und knipste das Licht im Korridor an. Vergebens, man hatte die Birne herausgeschraubt. Sie begann, im Dunkeln die Treppe hinaufzusteigen. Auf dem Treppenabsatz hielt sie an, um sich selbst eine letzte Chance zu geben, sich selbst und Murphy.

Sie hatte ihn seit dem Tage nicht mehr gesehen, an dem er die Arbeit als das Ende für sie beide abgetan hatte, und nun kam sie im Dunkeln auf ihn zu gekrochen, um ihm den für Sixpence von einem falschen Fakir verfaßten Aufruf zu Erfolg und Wohlstand auszuhändigen. Er würde sie für eine Furie halten, die nur käme, um ihn abzuholen, oder gar für einen Gerichtsdiener mit einem Haftbefehl. Aber der Gerichtsvollzieher war nicht sie, sondern die Liebe. Sie war nur der Büttel. Dieser Unterschied tröstete sie so sehr, daß sie sich auf den Treppenabsatz setzte, in die tiefste, jegliche Auspizien ausschließende Finsternis. Wie anders war es am Themseufer gewesen, als die Kähne ihr zuwinkten, der Schornstein sich verbeugte und Schlepper und Schute ihr ‹Ja› zuriefen. Oder hatten sie ‹Nein› gemeint? Es war eins wie's andere. Welchen Unterschied würde es nun beispielsweise machen, ob sie die Treppe hinauf zu Murphy oder wieder hinunter in die Gasse ginge? Den Unterschied zwischen ihrer Art, sie beide zu zerstören, so wie er es sah, und seiner Art, so wie sie es sah. Die sanfte Leidenschaft!

Kein Laut drang aus Murphys Zimmer, aber das beunruhigte sie nicht, da sie wußte, wie sehr er der Stille verfallen war, um lange in ihr zu verharren.

Sie suchte in ihrer Handtasche nach einer Münze. Falls sie die Krone mit ihrem Daumen fühlte, würde sie hinaufgehen, falls sie sie mit dem Mittelfinger fühlte, würde sie hinuntergehen. Ihr Mittelfinger fühlte die Krone, und sie stand auf, um wegzugehen.

Ein schreckliches Geräusch drang aus Murphys Zimmer, ein Wehgeschrei, das so verzweifelt klang, daß sie ihre Handtasche fallen ließ. Nach einer kurzen Stille folgte ein Stöhnen, das noch viel trostloser klang. Einen Augenblick war sie wie versteinert, da alle Kräfte sie verlassen hatten. Sie waren kaum zurückgekehrt, als sie nach ihrer Handtasche griff und ihm, wie sie glaubte, zu Hilfe eilte. Dadurch wurde das Omen der Münze hinfällig.

Murphy befand sich in der im ersten Kapitel beschriebenen Lage, jedoch mit dem Unterschied, daß der Schaukelstuhl nun oben war. So umgekippt, hatte nur sein Gesicht mit dem Boden, an den es gepreßt wurde, direkten Kontakt. Seine Haltung glich der eines unerfahrenen Tauchers, im Begriff ins Wasser zu tauchen, aber seine Arme waren nicht ausgestreckt, um den Aufprall abzuschwächen, sondern hinter seinem Rücken gefesselt. Nur örtlich begrenzte Bewegungen waren möglich: die Lippen lecken, die andere Wange dem Staub zuwenden, und so weiter. Aus seiner Nase strömte Blut.

Ohne bei müßigen Spekulationen Zeit zu verlieren, löste Celia die Schals und wuchtete den Stuhl so schnell wie möglich hoch. Nach und nach sank er in dem Maße hinab, wie die Gurte, die ihn fesselten, fielen, bis er wie gekreuzigt, ausgestreckt auf dem Boden lag. Ein großes blaßrotes Muttermal auf dem Gipfel der rechten Hinterbacke bannte ihren Blick. Sie konnte nicht begreifen, warum es ihr vorher nie aufgefallen war. «Hilfe», sagte Murphy.

Aus ihrer Träumerei aufgeschreckt, begann sie, ihm jeglichen Beistand zu gewähren, zu der eine alte Pfadfinderin imstande ist. Als ihr nichts mehr einfiel, schleifte sie ihn aus der Ecke, schob den Schaukelstuhl wie eine Schaufel unter ihn, schippte ihn aufs Bett, legte ihn anständig hin, deckte ihn mit einem Laken zu und setzte sich neben ihn. Jetzt war er am Zuge.

«Wer sind Sie?» sagte Murphy.

Celia nannte ihren Namen. Murphy, der seinen Ohren nicht traute, öffnete die Augen. Die aus dem Chaos auftauchenden geliebten Züge waren das Gesicht vor der enormen, blühenden, schwirrenden Verwirrung, von dem Neary so begeistert gesprochen hatte. Er schloß die Augen und öffnete die Arme. Sie sank quer über seine Brust, ihre Köpfe lagen Seite an Seite, aber mit entgegengesetzten Blickrichtungen, auf dem Kissen, seine Finger streiften durch ihr gelbes Haar. Es war der von Neary so inbrünstig herbeigesehnte Kurzschluß, das gelöschte grelle Gleißen von Verfolgung und Flucht.

Am nächsten Morgen erzählte er mit einfachen Worten, wie er in diese außergewöhnliche Lage geraten war. Nachdem er in seinem Schaukelstuhl in Schlaf versunken war, wenngleich Schlaf nicht das richtige Wort war, wurde er bald das Opfer eines Herzanfalls. Geschah es, während er normal im Bett lag, so landete er bei seinen Befreiungsversuchen in neun von zehn Fällen auf dem Fußboden. Es war also nicht verwunderlich, daß diese Bemühungen in gefesselter Lage diesmal das Umkippen des ganzen Gestells zur Folge hatte.

«Wer hat dich denn so angeschnürt?» sagte Celia.

Sie hatte keine Ahnung von dieser Art Erholung, der zu frönen Murphy kein Verlangen spürte, solange sie bei ihm war. Er klärte sie nun frank und frei über deren Eigentümlichkeit auf. «Ich hatte ihn gerade in Bewegung gesetzt, als du anriefst», sagte er.

Sie hatte auch keine Ahnung von seinen Herzanfällen, die ihn nicht belästigt hatten, solange sie bei ihm war. Er erzählte ihr nun alles darüber, wobei er nichts, was sie beunruhigen könnte, verheimlichte.

«Du siehst also», sagte er, «was es ausmacht, wenn du bei mir bist.»

Celia wandte ihr Gesicht dem Fenster zu. Wolken zogen schnell am Himmel dahin. Mr. Kelly würde jauchzen.

«Meine Tasche liegt an deiner Seite auf dem Boden», sagte sie.

Beim Aufprall auf dem Treppenabsatz war der Taschenklappenspiegel zerbrochen. Sie unterdrückte einen Schrei, wandte ihren Kopf ab und händigte ihm einen großen schwarzen Umschlag mit einer Aufschrift in bunten Buchstaben aus.

«Was ich dir besorgen sollte», sagte sie.

Sie fühlte, wie er ihn annahm. Als er nach einer Weile immer noch nichts gesagt und sich nicht gerührt hatte, drehte sie ihren Kopf herum, um zu sehen, ob etwas nicht in Ordnung war. Alle Farbe (gelb) war aus seinem Gesicht gewichen, das nun aschgrau aussah. Ein schmaler Blutstreifen am Kinn erklärte diese Nippflut. Er ließ sie noch ein Weilchen warten und sagte dann mit einer Stimme, die ihr fremd war:

«Mein Lebensurteil. Danke.»

Sie mußte sich sagen, daß jemand, der nur träge wäre, von der Aussicht auf eine Beschäftigung nicht derart erschüttert werden könnte.

«Meine kleine Inkommunikationsbulle», sagte er, «die nicht mit Blei, sondern mit Fakirspeichel versiegelt wurde. Danke.»

Celia wurde hartherzig und reichte ihm eine Haarnadel. Instinktiv hätte Murphy diese Mahnung wie jene behandelt, mit denen er ehemals überschüttet wurde, als er sich noch eines Einkommens zu erfreuen pflegte, er öffnete sie überm Dampf, wunderte sich über ihre Maßlosigkeit und schickte sie unzustellbar an den Absender zurück. Aber damals lag er nicht zusammen mit dem Kassierer im Bett.

«Warum dieser schwarze Umschlag», sagte sie, «und die bunten Buchstaben?»

«Weil Merkur», sagte Murphy, «der Gott der Diebe, Planet *par excellence* und meiner, keine bestimmte Farbe hat.» Er breitete den sechzehnfach gefalteten Bogen auseinander. «Und weil es eine Erpressung ist.»

THEMA COELI
Mit Zeichnungen
ausgearbeitet von

RAMASWAMI KRISHNASWAMI
NARAYANASWAMI SUK
Genethliologe

Berühmt in der ganzen zivilisierten Welt
und im Freistaat Irland
«Also fordere ich euch heraus, Ihr Sterne.»

DER STEINBOCK

Zur Zeit der Geburt dieses Nativen erhob er sich vier Grad vom Steinbock, seine höchsten Attribute sind Seele, Empfindsamkeit, Hellhörigkeit und Schweigen. Wenige Gehirne sind besser zusammengesetzt als das des Nativen.

Der dreiundzwanzig Grad von der Schlange entfernte Mond begünstigt eine ausgeprägte Magische Kraft des Auges, der Irrsinnige leicht verfallen würden. Überanstrengung beim Reden vermeiden. Starke Liebesnatur hervorstechend, selten Unanständiges verdächtigend, mit Neigungen zur Reinheit. Wenn Sinnlichkeit vorherrscht, Vorsicht vor Anfällen.

Der im Osten untergehende Mars deutet ein großes Verlangen an, sich irgendeiner Beschäftigung zu widmen, und doch wieder nicht. Es hat Leute dieser Art gegeben, die den Wunsch äußerten, an zwei Orten gleichzeitig zu sein.

Wenn es mit der Gesundheit hapert, kann Bedauern ausgelöst werden. Kann als ein gesetzestreuer Charakter mit überlegenem Äußeren bezeichnet werden. Sollte Rauschgifte und Stimulantien meiden und nach Harmonie streben. Sollte Verlegern, Vierfüßlern und tropischen Sümpfen gegenüber größte Vorsicht walten lassen, da der Kontakt mit ihnen für den Nativen ein böses Ende nehmen könnte.

Merkur im Anderthalbquadrat zum Anaret ist sehr unheilvoll und wird in hohem Maße dazu beitragen, daß der Erfolg auf der Höhe des Ruhms endet, was der Zukunft des Nativen abträglich sein könnte.

Das Quadrat des Mondes und des Orbis der Sonne verletzt den Hyleg. Uranus im Wassermann hemmt den Urin, und der Native sollte sich davor in acht nehmen. Neptun mit der Venus im Stier deutet auf Beziehungen zu Frauenzimmern hin, die unentwickelt bleiben oder von niedriger organischer Qualität sind. Gefährtinnen oder Ehehälften sollten tunlichst unter einer feurigen Triplizität geboren sein, wenn der Schütze eine bescheidene Nachkommenschaft gestatten soll.

Hinsichtlich einer Karriere sollte der Native inspirieren und führen, als Vermittler, Urheber, Detektiv, Wärter, Pionier oder, wenn möglich, als Forscher, seine Geschäftsdevise ist: große Profite und schneller Umsatz.

Der Native sollte sich vor der Brightschen und Graveschen Krankheit hüten, ebenso wie vor Hals- und Fußschmerzen.

Glückbringende Edelsteine: Amethyst und Diamant. Um sich des Erfolgs zu versichern, soll der Native sie zur Schau tragen.

Glückbringende Farben: Zitronengelb. Um Unheil abzuwenden, soll der Native seine Kleidung und auch die Inneneinrichtung seiner Wohnung mit einem Quentchen davon versehen.

Glückbringende Tage: Sonntag. Um maximalen Erfolg zu haben, soll der Native neue Unternehmen dann beginnen.

Glückbringende Zahlen: 4. Soll bei allen neuen Plänen des Nativen berücksichtigt werden, da diese Zahl gerade den Unterschied zwischen Erfolg und Unheil ausmacht.

Glückbringende Jahre: 1936 und 1990. Erfolgreich und gewinnbringend, wenngleich nicht ohne Kalamitäten und Rückschläge.

«Ist es wirklich so?» sagte Murphy, mit einem durch diese Voraussagungen wieder ganz gelb gewordenen Gesicht. «Pandit Suk hat sich selbst übertroffen.»

«Kannst du daraufhin arbeiten?» sagte Celia.

«Gewiß kann ich das», sagte Murphy. «Am ersten Sonntag des Jahres 1936, der auf einen vierten fällt, fange ich an. Ich lege meine Edelsteine an und auf geht's, als Wärter, Detektiv, Forscher, Pionier, Urheber oder Zuhälter, wie es gerade auskommt.»

«Und in der Zwischenzeit?» sagte Celia.

«In der Zwischenzeit», sagte Murphy, «muß ich mich sehr hüten vor Anfällen, Verlegern, Vierfüßlern, Gallensteinen, der Brightschen Krankheit...»

Sie stieß einen verzweifelten Schrei aus, der laut hallte und plötzlich ganz verstummte, wie bei einem kleinen Kind.

«Wie kannst du nur so dumm und grausam sein», sagte sie, ohne sich die Mühe zu machen, den Satz zu beenden.

«Mein Gott noch mal», sagte Murphy, «du willst doch wohl nicht, daß ich gegen das Diagramm verstoße.»

«So dumm und grausam», sagte sie.

«Ist es nicht etwas hart?» sagte Murphy.

«Ich hole dir auf eigenen Wunsch dieses... dieses...»

«Kompendium der Hinderlichkeiten», sagte Murphy.

«Damit wir zusammenbleiben können, und du gehst hin und machst daraus ein... ein...»

«Scheidungsurteil», sagte Murphy. Wenige Gehirne waren besser zusammengesetzt als das des Nativen.

Celia öffnete ihren Mund, um weiterzusprechen, schloß ihn aber wieder, ohne es getan zu haben. Sie schickte ihre Hände zu der Geste an, die Neary beim Gedanken an Miss Dwyer so vermasselt hatte, und führte sie, wie Murphy schien, ganz regelrecht aus, indem sie die Hände wieder in ihre Ausgangslage zurückfallen ließ. Nun hatte sie niemanden mehr, es sei denn Mr. Kelly. Sie öffnete und schloß ihren Mund wieder, und dann begann der langwierige Abschied.

«Du gehst nicht», sagte Murphy.

«Bevor ich hinausgeschmissen werde», sagte Celia.

«Wozu ist es aber gut, nur körperlich wegzugehen?» sagte Murphy, womit er der Unterhaltung eine Wendung gab, die sie wieder in den Bereich von Celias Deutungsvermögen führte.

«Du bist zu bescheiden», sagte sie.

«Oh, laß uns nicht fechten», sagte Murphy, «man soll wenigstens nie von uns sagen, daß wir miteinander gefochten haben.»

«Ich gehe, so gut ich kann», sagte sie, «ebenso wie ich letztes Mal gegangen bin.»

Es sah wirklich so aus, als ob sie ginge. Bei der Schnelligkeit, mit der sie sich zurechtmachte, würde sie in zwanzig Minuten oder einer halben Stunde weg sein. Schon war sie mit ihrem Gesicht beschäftigt.

«Ich werde nicht wiederkommen», sagte sie. «Ich werde deine Briefe nicht öffnen. Ich werde mein Revier verlegen.»

Fest davon überzeugt, daß er hartherzig geworden war und sie gehen lassen würde, nahm sie sich Zeit.

«Ich werde es bedauern, dich je getroffen zu haben», sagte sie.

«Mich *getroffen*!» sagte Murphy. «Getroffen ist großartig.»

Er hielt es für klüger, nicht zu kapitulieren, bis er sicher wäre, daß sie es nicht tun würde. Wie wäre es mit einem kleinen Wutausbruch unterdessen? Es könnte nicht schaden, es könnte gut tun. Er fühlte jedoch, daß er nicht dazu imstande war, er wußte, daß er, noch ehe es vorüber wäre, wünschen würde, nie damit begonnen zu haben. Aber es wäre vielleicht besser, als regungslos dazuliegen und zuzuschauen, wie sie ihre Lippen leckte, und zu warten. Er legte los.

«Von dieser Liebe mit einer Funktion bekomme ich Kopfschmerzen…»

«Keine Fußschmerzen?» sagte Celia.

«Was liebst du eigentlich?» sagte Murphy. «Mich, so wie ich bin. Du kannst begehren, was es nicht gibt, aber du kannst es nicht lieben.» Und so was sagte Murphy. «Warum bist du überhaupt so darauf aus, mich zu ändern? Damit du mich nicht mehr zu lieben brauchst», seine Stimme erreichte hier eine Lautstärke, die ihm zur Ehre gereichte, «damit du nicht mehr dazu verdammt bist, mich zu lieben, damit du davon erlöst wirst, mich zu lieben.» Er war darauf bedacht, sich klar auszudrücken. «Bei euch Frauen ist es immer dieselbe verfluchte Geschichte, ihr könnt nicht lieben, ihr haltet es nicht aus, das einzige Gefühl, das ihr ertragt, ist gefühlt zu werden, ihr könnt keine fünf Minuten lang lieben, ohne zu wünschen, daß alles mit einem Gewimmel von Bälgen am verfluchten häuslichen Herd endet. Mein Gott, wie hasse ich die biedere Putz-Venus mit ihrem hausbackenen Geschlecht.»

Celia stellte einen Fuß auf den Boden.

«Überanstrengung beim Reden vermeiden», sagte sie.

«Habe ich dich je ändern wollen? Habe ich dir je zugesetzt, Dinge zu tun, die nicht zu dir passen, und andere, die zu dir passen, nicht zu tun? Was geht es mich überhaupt an, was du *tust*?»

«Ich bin, was ich tue», sagte Celia.

«Nein», sagte Murphy. «Du tust, was du bist, du tust einen Bruchteil von dem, was du bist, du erleidest einen kläglichen Abfluß deines Seins ins Tun.» Er äffte das Wimmern eines kleinen Kindes nach. «‹Ich kann nichts machen, Maaammiii.› Diese Art Tun. Unvermeidlich und langweilig.»

Celia saß nun ganz auf der Bettkante, mit dem Rücken zu ihm, und machte ihre Strümpfe fest.

«Ich habe schon Quatsch gehört, aber…» sagte sie, ohne sich die Mühe zu machen, den Satz zu beenden.

«Hör noch ein bißchen zu», sagte Murphy, «und dann hauche ich mein Leben aus. Wenn ich aus dem, was du tust, schließen müßte, was du bist, dann könntest du jetzt gleich abhauen und viel Vergnügen. Zuerst zwingst du mir Bedingungen auf, die, abgesehen vom Fakir, alle von dir sind, und dann willst du dich nicht daran halten. Wir haben vereinbart, daß ich das Joch einer Arbeit gemäß den himmlischen Vorschriften von Professor Suk auf mich nehme, und wenn ich nicht dagegen verstoßen will, fällt es dir ein, mich im Stich zu lassen. Ist das deine Art, eine Vereinbarung zu respektieren? Was kann ich mehr tun?»

Er schloß die Augen und fiel zurück. Er hatte nicht die Gewohnheit, sich selbst zu rechtfertigen. Ein Atheist, der die Gottheit verhöhnt, war nicht alberner als Murphy bei der Rechtfertigung seines Nichtstuns, was man ihm nicht erst zu sagen brauchte. Er war von seiner Leidenschaft für Celia und von dem höchst seltsamen Gefühl hingerissen worden, daß er nicht nachgeben dürfe, ohne wenigstens den Anschein eines Widerstandes zu erwecken. Dieses traurige Überbleibsel aus der Zeit der Nüsse, Bälle und Spatzen setzte ihn selbst in Erstaunen. Kämpfend zu sterben, war der direkte Gegensatz zu seiner ganzen Praxis, seinem ganzen Glauben und seiner ganzen Absicht.

Er hörte, daß sie aufstand und zum Fenster ging, dann wieder zurückkam und am Fuße des Betts stehenblieb. Weit davon entfernt, seine Augen zu öffnen, sog er seine Wangen ein. Ob sie zu mitleidigen Gefühlen fähig war?

«Ich werde dir sagen, was du noch tun kannst», sagte sie. «Du kannst nun aus diesem Bett aufstehen, dich anständig anziehen und auf der Straße Arbeit suchen.»

Die sanfte Leidenschaft. Murphy verlor wieder sein Gelb.

«Auf der Straße!» murmelte er. «Vater, vergib ihr.»

Er hörte, daß sie zur Tür ging.

«Nicht die mindeste Ahnung», murmelte er, «vom Sinn ihrer Worte. Ist sich der Tragweite ihrer Äußerungen ebenso wenig bewußt wie ein gotteslästerlicher Papagei.»

Da es so aussah, als würde er eine Zeitlang so vor sich hin brummeln und murmeln, verabschiedete Celia sich und öffnete die Tür.

«Du weißt nicht, was du sagst», sagte Murphy. «Laß mich dir sagen, was du sagst. Mach die Tür zu.»

Celia machte die Tür zu, behielt die Klinke jedoch in der Hand.

«Setz dich aufs Bett», sagte Murphy.

«Nein», sagte Celia.

«Ich kann nicht gegen den Raum sprechen», sagte Murphy, «mein vierthöchstes Attribut ist das Schweigen. Setz dich aufs Bett.»

Der Tonfall glich dem der Exhibitionisten bei ihren letzten Worten auf Erden. Celia setzte sich aufs Bett. Er öffnete seine Augen, die kalt und starr wie die einer Möwe waren, und tauchte ihre Pfeile mit großer magischer Kraft in ihre Augen, die grüner waren, als er sie je gesehen hatte, und hoffnungsloser, als er jemals welche gesehen hatte.

«Was habe ich nun?» sagte er. «Ich unterscheide: Dich, meinen Körper und meinen Geist.» Er hielt inne, damit diese monströse Behauptung gebilligt würde. Celia zögerte nicht, sie würde vielleicht nie mehr Gelegenheit haben, ihm irgend etwas zuzubilligen. «In dem krämerhaften Gehenna», sagte er, «zu dem deine Worte mich aufrufen, wird eines davon draufgehen, oder zwei, oder alle gehen drauf. Bist du es, dann du allein; ist es mein Körper, dann du ebenfalls; ist es mein Geist, dann alle. Na?»

Sie schaute ihn hilflos an. Er wirkte ernst. Aber er hatte auch ernst gewirkt, als er vom Anlegen der Edelsteine und vom Zitronengelb usw. sprach. Sie fühlte sich, wie so oft bei Murphy, mit Worten überschüttet, die ebenso schnell erstarben, wie sie erklangen; jedes Wort wurde, ehe es einen Sinn erfüllen konnte, von dem folgenden ausgelöscht, so daß sie am Ende nicht wußte, was gesagt worden war. Es war wie zum erstenmal gehörte schwere Musik.

«Du verdrehst alles», sagte sie. «Arbeit hat mit alledem nichts zu tun.»

«Die Lage ist also unverändert?» sagte Murphy. «Entweder ich tue, was du willst, oder du läßt mich im Stich. Ist es so?»

Sie wollte aufstehen, er umklammerte ihre Handgelenke.

«Laß mich los», sagte Celia.

«Ist es so?» sagte Murphy.

«Laß mich los», sagte Celia.

Er ließ sie los. Sie stand auf und ging ans Fenster. Der frische, helle, bewegte Himmel salbte ihre Augen und erinnerte sie an Irland.

«Ja oder nein?» sagte Murphy. Die ewige Tautologie.

«Ja», sagte Celia. «Nun haßt du mich.»

«Nein», sagte Murphy. «Schau mal nach, ob ein sauberes Hemd da ist.»

4

IN DUBLIN WURDE NEARY SCHNURRBARTLOS EINE Woche später, es mag am 19. September gewesen sein, von einem seiner ehemaligen Schüler namens Wylie im Hauptpostamt erkannt, als er das Standbild Cuchulains von hinten betrachtete. Neary war barhäuptig, als ob die heilige Stätte ihm imponierte. Plötzlich warf er seinen Hut weg, machte einen Satz nach vorn, faßte den sterbenden Helden bei den Oberschenkeln und begann mit seinem

Kopf gegen die Hinterbacken tale quale zu hämmern. Der im Gebäude diensthabende Polizist, den der Lärm der Stöße aus seiner süßen Träumerei riß, überblickte ganz gemächlich die Lage, hakte seinen Knüppel aus und näherte sich gemessenen Schrittes in dem festen Glauben, einen Vandalen auf frischer Tat ertappt zu haben. Zum Glück hatte Wylie, der als angehender fliegender Buchmacher so flink wie ein Zebra reagierte, Neary schon beim Wickel gepackt, vom Opfer zurückgerissen und halbwegs zum Ausgang bugsiert.

«Halt! Sie da!» sagte der Polizist.

Wylie drehte sich um, tippte sich an die Stirn und sagte als Gesunder zu einem Gesunden:

«Klappsmühle. Hundertprozentig harmlos.»

«Kommen Sie mal her», sagte der Polizist.

Wylie, der kleine Mann, war in Verlegenheit. Neary, der fast so groß wie der Polizist, aber natürlich nicht so edel proportioniert war, schwankte selig am rechten Arm seines Retters. Es lag weder in der Natur des Polizisten, viel Federlesens zu machen, noch hatte er es im Laufe seiner Ausbildung gelernt. Er ging mit festen Schritten weiter auf sie zu.

«Klappsmühle», sagte Wylie, «nicht Kittchen.»

Der Polizist legte seine riesige Hand auf Wylies linken Arm und übte einen Zug in der Richtung aus, die er sich in seinem Kopf ausgedacht hatte. Sie zogen alle in der gewünschten Richtung los. Neary wie auf Orangenschalen rutschend.

«Klappsmühle», sagte Wylie, «so folgsam wie ein Kind.»

Sie blieben hinter dem Standbild stehen, und hinter ihnen versammelten sich Zuschauer. Der Polizist beugte sich vor und betrachtete kritisch die Säule und die Draperie.

«Kein Härchen gekrümmt», sagte Wylie. «Kein Blut, kein Hirn, nichts.»

Der Polizist richtete sich auf und ließ Wylies Arm los.

«Schert euch weg», sagte er zu der Menge, «bevor man euch Beine macht.»

Die Reaktion der gehorsamen Menge war eine einzige Diastole-Systole. Das Gesetz verlangt nicht mehr. Der Polizist, der sich durch dieses prächtige Symbol reichlich für die Anstrengung und das beim Befehlen eingegangene Risiko belohnt fühlte, richtete seine Aufmerksamkeit auf Wylie und sagte etwas freundlicher:

«Ich rate Ihnen, Mister...» Er hielt inne. Einen Ratschlag zu ersinnen, hieß seine Fähigkeit auf eine harte Probe stellen. Wann würde er lernen, sich nicht in die Labyrinthe einer Meinung zu stürzen, ohne die leiseste Ahnung zu haben, wie er daraus hervorgehen könnte? Und das angesichts einer feindseligen Zuhörerschaft! Seine Verlegenheit wurde womöglich noch dadurch vergrößert, daß der angekündigte Ratschlag Wylies Gesicht den Ausdruck gespannter Aufmerksamkeit anhaften ließ.

«Jawohl, Sergeant», sagte Wylie und hielt den Atem an.

«Bringen Sie ihn schnell wieder zur Klappsmühle», sagte der Polizist. Geschafft!

Wylies Gesicht schmolz vor Freude.

«Seien Sie unbesorgt, Sergeant», sagte er während er Neary zum Ausgang drängte, «zurück in die Zelle, Körperwärme, fast so gut wie nicht geboren werden, keine Helden, kein Fiskus, kein...»

Neary war indessen allmählich wieder zu sich gekommen und zerrte nun derart an Wylies Arm, daß das arme Kerlchen beinahe aus den Latschen gekippt wäre.

«Wo bin ich?» sagte Neary. «Wenn und wann.»

Wylie schubste ihn auf die Straße und in eine Trambahn, die gerade angekommen war. Die Menge zerstreute sich, um sich anderswo wieder zu sammeln. Der Polizist strich den ganzen schmutzigen Vorfall aus seinem Gedächtnis, um besser über ein Thema nachsinnen zu können, das ihm sehr am Herzen lag.

«Ist es die Gaststube», sagte Neary, «oder der Ausschank?»

Wylie befeuchtete sein Taschentuch und legte es sanft auf die äußeren Schrammen, ein Dienst, der von Neary, der seinen Retter erst jetzt erkannte, sofort abgewehrt wurde. Von dem spitzen, niedlichen Gesicht punktiert und aller Wut, die ihn aufrecht gehalten hatte, entledigt, brach er laut schluchzend auf der spitzen, niedlichen Schulter zusammen.

«Komm, komm», sagte Wylie, den breiten, zuckenden Rücken streichelnd. «Nadel ist bei dir.»

Neary unterdrückte seine Schluchzer, erhob ein von aller Leidenschaft geläutertes Gesicht, packte Wylie bei den Schultern, hielt ihn mit ausgestreckten Armen fest und rief: «Ist es Wylie, ist es Nadel, mein ehemaliger Schüler? Was willst du trinken?»

«Wie fühlst du dich?» sagte Wylie.

Es wurde Neary langsam klar, daß er nicht dort war, wo er zu sein glaubte. Er stand auf.

«Was nützt einem die schönste Trambahn Europas», sagte er, «wenn man vor Durst umkommt?»

Er stieg ohne jede fremde Hilfe aus, auf die Straße, und Wylie folgte ihm auf dem Fuße.

«Aber auf Mooneys Uhr», sagte Wylie, «ist es leider zwei Uhr dreiunddreißig.»

Neary lehnte sich an das Säulenstaket und verfluchte zuerst den Tag seiner Geburt und dann – bei einem kecken Rückblick – die Nacht seiner Zeugung.

«Komm her», sagte Wylie. «Nadel kennt keine geheiligte Stunde.»

Er wies den Weg zu einem Keller-Café in der Nähe, lotste Neary in eine Nische und rief nach Cathleen. Cathleen kam.

«Mein Freund, Professor Neary», sagte Wylie, «meine Freundin Miss Cathleen na Hennessey.»

«Angenehm», sagte Cathleen.

«Warum zum...» sagte Neary, «ist das Licht gegeben einem Menschen, dessen Weg verborgen ist.»

«Wie bitte?» sagte Cathleen.

«Zwei Kännchen Kaffee», sagte Wylie. «Drei-Stern.»

Ein Schluck davon, und Nearys Weg war klarer.

«Nun erzähl mal alles», sagte Wylie, «und verschweige nichts.»

«Das Maß der Geduld war voll», sagte Neary. «Dieser Heldenhintern war der letzte Tropfen.»

«Trink noch ein wenig von deinem Kaffee», sagte Wylie.

Neary trank noch ein wenig.

«Was treibst du überhaupt in diesem Loch?» sagte Wylie. «Warum bist du nicht in Cork?»

«Meine Akademie an der Grand Parade», sagte Neary, «wird ausgewischt wie wenn jemand einen Teller auswischt und das Unterste zuoberst kehrt.»

«Und dein Schnurrbart?» sagte Wylie.

«Erbarmungslos abgeschafft» sagte Neary, «als Erfüllung eines Gelübdes, nie wieder Manneskraft zur Schau zu tragen, der es versagt ist, sich in ihrem prädestinierten Kanal zu entladen.»

«Welch dunkle Reden», sagte Wylie.

Neary kehrte das Unterste seiner Tasse zuoberst.

«Nadel», sagte er, «wie bei der körperlichen Liebe, so ist es auch bei der geistigen Freundschaft, das Höchste wird erst beim Zugang zu den verborgensten Stellen erreicht. Jetzt kommen die Pudenda meiner Psyche.»

«Cathleen!» rief Wylie.

«Verrätst du mich aber», sagte Neary, «so wirst du den Weg Hippasos' gehen.»

«Des Akusmatischen, nehme ich an», sagte Wylie. «Seine Strafe fällt mir gerade nicht ein.»

«In einem Pfuhl ertränkt», sagte Neary, «weil er ausgeschwatzt hatte, daß Seite und Diagonale inkommensurabel sind.»

«So gehen alle Schwätzer zugrunde», sagte Wylie.

«Und die Konstruktion des gleichwinkeligen Dodeka – hick – Dodekaeders», sagte Neary. «Verzeihung.»

Nearys Erklärung dafür, daß das Maß seiner Geduld voll geworden war, ergibt geläutert, beschleunigt, beschönigt und verkürzt folgendes.

Kaum hatte Miss Dwyer, nach hoffnungslosem Werben um die Gunst des Fliegerleutnants Elliman, Neary so glücklich gemacht, wie ein Mann es sich nur wünschen konnte, da wurde sie eins mit dem Hintergrund, von dem sie sich so hübsch abgehoben hatte. Neary schrieb Herrn Kurt Koffka und bat ihn um eine sofortige Erklärung. Er hatte noch keine Antwort erhalten.

Es stellte sich nun das Problem, wie er mit diesem bißchen Chaos brechen sollte, ohne seine Gefühle zu verletzen. Das *plaisir de rompre*, für Murphy die rationale Triebfeder der sozialen Kontakte, war Neary fremd. Durch Worte und Taten gab er ihr deutlich zu verstehen, daß er ihrer nicht würdig sei, ein abgedroschenes Mittel, das die erhoffte Wirkung hatte. Und es dauerte nicht lange, bis Miss Dwyer den Fliegerleutnant Elliman nach seinem hoffnungslosen Werben um die Gunst von Miss Farren of Rinsakiddy so glücklich gemacht hatte, wie ein Fliegerleutnant es sich nur wünschen konnte.

Dann lernte Neary Miss Counihan kennen, im März, und seitdem war sein Verhältnis zu ihr wie jenes post-mortem von Dives zu Lazarus, nur daß kein Vater Abraham da war, um ein gutes Wort für ihn einzulegen. Miss Counihan bedauerte, aber ihr Herz war nicht mehr frei. Sie war gerührt und fühlte sich geschmeichelt, aber ihre Gefühle waren beschlagnahmt. Der Glückliche war, da Neary sich nun einmal nicht enthalten konnte, seine Brust an die Dornen zu drücken, kein anderer als Murphy, einer seiner ehemaligen Schüler.

«Herr des Himmels!» sagte Wylie.

«Dieses Bündel voll apollinischer Asthenie», stöhnte

Neary, «dieser schizoide Spasmophile besitzt das Herz der engelgleichen Counihan. Wie ist es nur möglich!»

«Wirklich ein seltenes Schwein», sagte Wylie. «Er hat mich mal angesprochen.»

«Als ich ihn zum letztenmal sah», sagte Neary, «sparte er für eine eiserne Lunge für den Fall, daß er keine Lust mehr hätte zu atmen.»

«Es fällt mir ein», sagte Wylie, «daß er die Hoffnung ausdrückte, ich möchte glücklich wieder in mein Bündel Heu zurückkehren, bevor jemand mich fände.»

Wenn Nearys Herz nicht gerade aussetzte, schmachtete es nicht nur nach Miss Counihan, sondern blutete noch obendrein, da er davon überzeugt war, daß man sie verlassen hatte. Er erinnerte sich daran, wie Murphy sich gebrüstet hatte, bei seinen Liebschaften nach den Prinzipien des Traurigen Hirten von Fletcher zu verfahren. Und die Ausdrücke, die er im Zusammenhang mit Miss Counihan gebracht hatte, deuteten nicht darauf hin, daß er sie für eine besondere Behandlung vorgemerkt hatte.

Murphy hatte die Akademie im letzten Februar verlassen, ungefähr einen Monat, bevor Neary Miss Counihan traf. Seitdem hatte man lediglich über ihn erfahren, er sei in London gesehen worden, am späten Nachmittag des Gründonnerstag, auf dem Cockpit im Hyde Park, auf dem Rücken im Gras liegend und derart erstarrt, daß sich alle Wiedererweckungsversuche als erfolglos erwiesen.

Neary überschüttete Miss Counihan mit Aufmerksamkeiten, indem er ihr Mangobaumfrüchte, Orchideen, kubanische Zigaretten und ein mit leidenschaftlicher Widmung versehenes Exemplar seiner Abhandlung «Die Doktrin der Grenze» schickte. Wenn sie sich für diese Geschenke nicht erkenntlich zeigte, so schickte sie sie wenigstens nicht zurück, so daß Neary die Hoffnung nicht aufgab. Schließlich gewährte sie ihm ein Rendezvous, vormittags, am Grabe Pfarrer Prouts (F. S. Mahony) auf dem Kirchhof von Shandon, ihres Wissens der einzige Ort in

Cork, wo frische Luft, Stille und Immunität gegen Belästigungen vereint waren.

Neary kam mit einem prächtigen Strauß Cattleyas, den sie ihm bei ihrer Ankunft, zwei Stunden später, huldvoll abnahm und auf den Grabstein legte. Dann machte sie eine Feststellung, die geeignet war, dem unglücklichen Mann alle ihre Person betreffenden Absichten, die er noch hegen könnte, auszutreiben.

Sie hatte sich für Murphy aufgespart, der sich von seiner Prinzessin losgerissen hatte, um ihr in irgendeiner weniger öden Gegend des Globus eine ihrer würdige Wohnung zu errichten. Wenn er das getan hätte, würde er von Flügeln getragen zurückkehren, um sie zu ehelichen. Sie hatte seit seiner Abreise nichts von ihm gehört und wußte also weder, wo er war, noch, was er eigentlich tat. Es beunruhigte sie nicht, da er ihr vor dem Abschied erklärt hatte, in ein und derselben Zeit Geschäfte machen und lieben, wenn auch nur brieflich, sei mehr, als er bewerkstelligen könne. Infolgedessen würde er nicht schreiben, es sei denn, er habe einen greifbaren Erfolg mitzuteilen. Sie wolle nicht näher auf die Art ihrer Gefühle für Mr. Murphy eingehen, um Neary nicht unnötig weh zu tun, es sei genug gesagt worden, um klarzustellen, daß sie seine Vorschläge nicht dulden könne. Wenn er nicht Gentleman genug sei, um von sich aus davon abzusehen, müsse sie ihn mit Gesetzeskraft in Schranken halten.

An dieser Stelle hielt Neary inne und vergrub seinen Kopf in den Händen.

«Mein armer Freund», sagte Wylie.

Neary streckte seine Hände über dem Marmoraufsatz des Tisches zu Wylie, der sie in einem Überschwang von Mitleid ergriff und sie zu massieren begann. Neary schloß seine Augen. Vergebens. Das menschliche Augenlid ist nicht tränendicht (ein Glück für das menschliche Auge). Angesichts solchen Grams fühlte Wylie sich reiner denn je seit seiner zweiten Kommunion.

«Erzähl mir nichts mehr», sagte er, «wenn es dir soviel Kummer bereitet.»

«Geteiltes Leid», sagte Neary, «ist halbes Leid.»

Die Befreiung der Hand von mitleidsvollem Druck ist ein Unternehmen, das soviel Feingefühl erfordert, daß Neary beschloß, es erst gar nicht zu wagen. Das Mittel, das er anwandte, um Wylie nicht zu verletzen, war die Bitte um eine Zigarette. Und nicht nur das, er duldete auch, daß seine Tasse wieder gefüllt wurde.

Als Miss Counihan ihre Erklärung beendet hatte, wandte sie sich zum Gehen. Neary sank auf ein Knie, auf beide Knie und bat sie mit so angsterfüllter Stimme, ihn anzuhören, daß sie sich wieder umdrehte.

«Mr. Neary», sagte sie beinahe liebenswürdig, «es tut mir leid, wenn meine Worte gefühllos wirkten. Glauben Sie mir, ich habe nichts gegen Ihre Person. Wenn ich nicht schon – öh – in festen Händen wäre, könnte ich Sie sogar mit der Zeit sympathisch finden, Mr. Neary. Aber Sie müssen verstehen, daß es mir nicht frei steht – öh – Ihren Anträgen gerecht zu werden. Versuchen Sie, mich zu vergessen, Mr. Neary.»

Wylie rieb sich die Hände.

«Die Lage bessert sich», sagte er.

Sie wandte sich wieder zum Gehen, und wieder hielt Neary sie zurück, diesmal mit der Zusicherung, daß das, was er zu sagen hätte, nicht ihn selbst, sondern Murphy beträfe. Er schilderte die letzte ruchbar gewordene Position des fahrenden Ritters.

«London!» rief Miss Counihan. «Das Mekka jedes jungen Anwärters auf finanziellen Erfolg.»

Das war ein Ballon, den Neary schnell anpickte, indem er die Phasen andeutete, die der hoffnungsvolle Junge in London durchzumachen hätte, bevor er sich einen hoffnungslosen Alten nennen könnte. Dann tat er das, was er hinfort als die größte Dummheit seiner Karriere betrachten sollte. Er begann, Murphy zu verunglimpfen.

An jenem Nachmittag rasierte er seinen Schnurrbart ab.

Er sah sie erst nach etwa vier Monaten wieder, als sie ihn auf der Mall geschickt anrempelte. Sie sah krank aus (sie war krank). Es war August, und sie hatte noch immer keine Nachricht von Murphy. Gab es keine Möglichkeit, ihn zu erreichen? Neary, der sich schon eingehend mit dieser Frage befaßt hatte, antwortete, er sähe keine. Er scheine nur einen Angehörigen zu haben, einen verrückten Onkel, der seine Zeit zwischen Amsterdam und Scheveningen zubringe. Miss Counihan sagte weiter, daß sie eigentlich nicht auf einen jungen Mann, einen so netten jungen Mann verzichten könne, der ihres Wissens dabei sei, unermüdlich ein beträchtliches Vermögen anzuhäufen, auf daß es ihr nicht an dem bißchen Luxus, an den sie gewöhnt sei, gebräche, und den sie selbstverständlich innigst liebe, es sei denn, sie hätte triftige Gründe, ihm zu entsagen, die sich beispielsweise aus einer amtlich beglaubigten Bescheinigung seines Ablebens, aus einer schwarz auf weiß von ihm geschriebenen Zurückweisung ihrer Person oder aus dem schlagenden Beweis für Untreue oder wirtschaftlichen Mißerfolg ergeben würde. Sie freute sich über den glücklichen Zufall, der ihr gestattete, diese – öh – veränderte Lage der Dinge Mr. Neary mitzuteilen, der ohne Schnurrbart soviel – öh – jünger aussähe, und das ausgerechnet am Vorabend ihrer Abreise nach Dublin, wo sie über Wynn's Hotel immer zu erreichen wäre.

Am nächsten Morgen schloß Neary die Akademie, sperrte den Hain zu, versenkte beide Schlüssel in der Lee und nahm den ersten Zug nach Dublin, in Begleitung seiner *âme damnée* Cooper, seines Faktotums.

Coopers einziges menschliches Charakteristikum war ein krankhafter Hang nach betäubenden geistigen Getränken. Solange man ihn am Trinken hindern konnte, war er ein unbezahlbarer Diener. Er war ein klein gebliebener, glatt rasierter, grauhäutiger, einäugiger, dreihodiger Nichtraucher. Er hatte einen eigenartigen gehetzten Gang, wie den eines mittellosen Diabetikers in einer fremden Stadt. Er setzte sich nie und nahm nie seinen Hut ab.

Dieser erbarmungslose Spürhund war nun zur Verfolgung Murphys angesetzt worden, wobei dessen Erstarrung auf dem Cockpit sein einziger Anhaltspunkt war. Aber mancher arme Wicht war sogar auf Grund spärlicherer Indizien von Cooper erwischt worden. Während Cooper London durchkämmte, wo er in seinem gewohnten Quartier absteigen würde, würde Neary persönlich in Dublin eine Fährte studieren, wo man ihn über Wynn's Hotel immer erreichen könnte. Sobald Cooper Murphy gefunden hätte, sollte er Neary unverzüglich telegrafisch benachrichtigen.

Charakteristisch für Miss Counihans Verhalten gegenüber Neary war die Tatsache, daß es regelmäßig wechselte. Da sie sich grausam und liebenswürdig, abwechselnd grausam und liebenswürdig gezeigt hatte, konnte sie ihn in ihrem Hotel ebensowenig willkommen heißen, wie ein Verkehrslicht von Grün auf Gelb und wieder auf Grün springen darf.

Entweder verließe er das Hotel oder aber sie. Er verließ es, um wenigstens zu wissen, wo er in Gedanken bleiben sollte. Sollte er versuchen, sie noch einmal anzusprechen, bevor er sich die – öh – besagten Freibriefe beschafft hätte, so würde sie die Polizei rufen lassen.

Neary schleppte sich zu einem Obdachlosenheim in nächster Nähe des Bahnhofs. Alles hing nun von Cooper ab. Wenn Cooper versagte, so würde er sich eben frühmorgens draußen vor ihrem Hotel hinstellen und, sobald sie die Treppe heruntergetrippelt käme, ostentativ Zitronensäure einnehmen.

Bis dahin war nicht viel zu machen. Er begann, unter den gleichnamigen Angehörigen der Dubliner Kaufmannschaft sowie des höheren und niederen Adels ein wenig nach einer Spur zu suchen, die ihn zu Murphy führen könnte, gab es jedoch bald entmutigt auf. Er schärfte dem

Portier von Wynn's Hotel ein, jedes für ihn bestimmte Telegramm aus London über die Straße zu Mooney's zu senden, wo er immer zu erreichen wäre. Da saß er den ganzen Tag, langsam von einem Hocker auf den anderen an der ganzen Theke entlang rutschend, um an ihrem Ende in der entgegengesetzten Richtung wieder von vorne anzufangen. Er redete nicht mit den Barmixern, er trank nicht die endlosen Viertel Porter-Biers, die er bestellen mußte, er tat nichts anderes als langsam an der Theke entlangzurutschen, zuerst in der einen Richtung, dann in der anderen, in Gedanken an Miss Counihan. Wenn das Lokal abends geschlossen wurde, kehrte er zum Obdachlosenheim zurück, um zu pennen, und morgens stand er erst kurz vor der Öffnung des Lokals wieder auf. Die Stunde von halb drei bis halb vier verbrachte er beim Friseur, wo er sich scharf rasieren ließ. Den ganzen Sonntag blieb er im Obdachlosenheim, was der Portier von Wynn's Hotel wußte, in Gedanken an Miss Counihan. Die Fähigkeit, sein Herz anzuhalten, hatte ihn verlassen.

«Mein armer Freund», sagte Wylie.

«Bis heute morgen», sagte Neary. Da er fühlte, wie sein Mund zu zucken begann, hielt er die Hand davor. Vergebens. Das Gesicht ist ein organisches Ganzes. «Oder vielmehr heute nachmittag», sagte er, sobald er dazu imstande war.

Er war am Ende der Theke angelangt und schickte sich an, wieder zurückzurutschen, als ein Laufbursche von Wynn's Hotel hereinkam und ihm ein Telegramm aushändigte. GEFUNDEN STOP SCHNELL KOMMEN STOP COOPER. Er lachte und weinte immer noch zur großen Erleichterung der Barmixer, die das Tag für Tag an ihren Theken sitzende starre Gesicht schließlich zu hassen und zu fürchten begonnen hatten, als der Laufbursche mit einem zweiten Telegramm hereinkam. VERLOREN STOP WO SIND SIE STOP COOPER.

«Ich erinnere mich dunkel daran», sagte Neary, «daß man mich an die Luft gesetzt hat.»

«Das sieht den Barmixern ähnlich», sagte Wylie.

«Das wäre alles», sagte Neary, «bis auf das unsterbliche Arschloch, das mich aus der Fassung bringen wollte.»

«Da ist doch kein Arschloch», sagte Wylie. «Wie könnte dort so was sein? Was sollte ein Arschloch auf dem Hauptpostamt?»

«Ich sage dir, daß ich es sah», sagte Neary, «wie es mich einschüchtern wollte.»

Wylie erzählte ihm was dann geschehen war.

«Nur keine Ausreden», sagte Neary barsch. «Du hast mir das Leben gerettet. Lindere es jetzt.»

«Ich fürchte sehr», sagte Wylie, «daß das Sydrom Leben zu diffus ist, um eine Linderung zu erlauben. Für jedes beruhigte Symptom verschlimmert sich ein anderes. Die Tochter des Blutegels ist ein geschlossenes System. Das Quantum ihres Mankos ist unveränderlich.»

«Sehr schön ausgedrückt», sagte Neary.

«Als Beispiel für das, was ich meine», sagte Wylie, «brauchst du nur an den Fall des jungen Dozenten der Dubliner Universität zu denken...»

«Nur ist ausgezeichnet», sagte Neary.

«Er suchte Erleichterung im Insulin», sagte Wylie, «und heilte sich selbst vom Diabetes.»

«Armer, alter Knabe», sagte Neary. «Erleichterung wovon?»

«Von der Schinderei der Sinekure», sagte Wylie.

«Das wundert mich nicht bei Berkeley», sagte Neary. «Er hatte keine andere Wahl. Ein Verteidigungsverfahren. Vergeistigen oder krepieren. Der Schlaf des reinen Schreckens. Siehe das Opossum.»

«Der Vorteil dieser Ansicht ist», sagte Wylie, «daß man, wenn keine Besserung der Dinge mehr zu erwarten ist, auch keine Verschlimmerung zu befürchten braucht. Sie werden immer so bleiben, wie sie immer waren.»

«Bis das System geschleift ist», sagte Neary.

«Vorausgesetzt, daß es erlaubt ist», sagte Wylie.

«Aus alledem muß ich schließen», sagte Neary, «verbessere mich, wenn ich mich irre, daß der Besitz – *Deus det!* – des Engels Counihan eine schmerzliche Leere gleichen Ausmaßes erzeugen wird.»

«Die Menschheit ist ein Brunnen mit zwei Eimern», sagte Wylie, «einer geht in die Tiefe, um gefüllt zu werden, der andere steigt in die Höhe, um entleert zu werden.»

«Was ich durch Miss Counihan gewinne», sagte Neary, «verliere ich, wenn ich dich recht verstehe, durch das Nicht-Miss Counihan.»

«Sehr schön ausgedrückt», sagte Wylie.

«Es gibt kein Nicht-Miss Counihan», sagte Neary.

«Es wird es geben», sagte Wylie.

«Oh, hilf», rief Neary händeringend, «daß es auf dieser Coney-Oster-Insel namens Neary ein paar andere chinesische Attraktionen als Miss Counihan gebe.»

«Nun redest du vernünftig», sagte Wylie. «Deine Frage nach einem Allheilmittel ist unvernünftig. Fragst du jedoch danach, ob ein einzelnes Symptom verdrängt werden kann, so muß ich zugeben, daß du vernünftig redest.»

«Es gibt nur das eine Symptom», sagte Neary, «Miss Counihan.»

«Weißt du», sagte Wylie, «ich glaube, daß es nicht sehr schwer sein dürfte, einen Ersatz zu finden.»

«Bei Gott», sagte Neary, «manchmal quatschst du genauso wie Murphy.»

«Ist einmal ein gewisser Grad der Einsicht erreicht», sagte Wylie, «so reden alle, wenn sie reden müssen, den gleichen Quatsch.»

«Solltest du jemals Lust verspüren», sagte Neary, «dich vom Allgemeinen auf das Besondere herabzulassen, denke dann daran, daß ich hier bin, und zwar sprungbereit.»

«Ich gebe dir folgenden Rat», sagte Wylie. «Fahr noch heute abend nach London.»

«Bist du verrückt?» sagte Neary.

«Nicht ohne Miss Counihan vorher geschrieben zu haben, wie glücklich du seist, ihr endlich mitteilen zu können, daß alle erforderlichen Pässe und Beglaubigungsschreiben für ihr Hoheitsgebiet vorhanden wären. Ihr zutiefst ergebener – öh – Fußabtreter. Mehr nicht. Kein Wort von deiner Abreise, keine Spur von Leidenschaft. Sie wird dumm dreinschauen, wie man so schön sagt...»

«So schön sagt», sagte Neary.

«Ein oder zwei Tage lang, und dann wird sie es vor lauter Kummer selbst darauf anlegen, dich auf der Straße anzurempeln. Aber ich werde es sein, der sie anrempelt.»

«Bist du verrückt? Du kennst sie ja gar nicht.»

«Sie nicht kennen?» sagte Wylie. «Wenn es keinen einzigen Aspekt ihrer natürlichen körperlichen Beschaffenheit gibt, der mir fremd wäre?»

«Was willst du damit sagen?» sagte Neary.

«Ich habe sie von weitem verehrt», sagte Wylie.

«Wie weit?» sagte Neary.

«Ja», sagte Wylie nachdenklich, «den ganzen Juni vorigen Jahres, durch einen Zeiss-Feldstecher, an einem Badeort.» Er verfiel in eine Träumerei; Neary war Manns genug, sie zu respektieren. «Welch ein Busen!» schrie er schließlich wie von diesem Punkt seiner Betrachtungen elektrisiert. «Nur Mitte und keine Peripherie!»

«Gewiß», sagte Neary. «Aber was soll das? Du rempelst sie auf der Straße an. Und dann?»

«Nach dem üblichen Austausch von Redensarten», sagte Wylie, «fragt sie beiläufig, ob ich dich gesehen habe. Von dem Augenblick an ist sie verloren.»

«Wenn es sich nur darum dreht, mich aus dem Weg zu schaffen, während du Miss Counihan bearbeitest», sagte Neary, «warum soll ich dann nach London reisen? Warum nicht nach Bray?»

Der bloße Gedanke, nach London zu reisen, war Neary aus manchen Gründen zuwider, wobei keinesfalls der unbedeutendste die dortige Anwesenheit seiner zweiten verlassenen Frau war. Genau gesagt war diese Dame, eine geborene Cox, nicht seine Frau gewesen, und er schuldete ihr keine Abfindungen, da seine erste verlassene Frau in bester Gesundheit in Kalkutta lebte. Aber die Dame in London teilte diese Auffassung ebensowenig wie ihre juristischen Berater. Wylie war diese Lage nicht ganz unbekannt.

«Um Cooper zu überwachen», sagte Wylie, «der wahrscheinlich dem Suff verfallen ist oder bestochen wurde oder beides.»

«Wäre es denn nicht möglich», sagte Neary, «von hier aus alles zu erledigen und Murphy fallenzulassen?»

«Ich fürchte sehr», sagte Wylie, «daß Miss Counihan nicht mit sich reden läßt, solange Murphy auch nur eine ferne Möglichkeit bleibt. Ich könnte dir lediglich dazu verhelfen, in der Lage des ersten Reinfalls festen Fuß zu fassen.»

Neary vergrub seinen Kopf wieder in den Händen.

«Cathleen», sagte Wylie, «der Professor möchte wissen, was die ganze Bescherung kostet.»

«Acht zu sechs macht achtundvierzig», sagte Cathleen, «und zweimal sechzehn ein Pfund.»

Auf der Straße sagte Neary:

«Wylie, warum bist du so gut?»

«Angesichts gewisser Notlagen», sagte Wylie, «scheine ich mich nicht beherrschen zu können.»

«Du wirst mich nicht undankbar finden», sagte Neary, «glaube ich.» Sie gingen eine Weile schweigend. Dann sagte Neary: «Ich kann mir nicht vorstellen, was die Frauen an Murphy finden.»

Aber Wylie war ganz in die Frage nach dem vertieft, was ihn angesichts der Notlage von Leuten wie Neary so sehr die Selbstbeherrschung verlieren ließ.

«Verstehst du es?» sagte Neary.

Wylie dachte einen Moment nach. Dann sagte er:

«Es ist seine...» und er hielt inne, in Ermangelung des richtigen Wortes. Es schien in diesem Falle ein richtiges Wort zu geben.

«Seine was?» sagte Neary.

Sie gingen noch ein Weilchen schweigend. Neary gab es auf, eine Antwort zu erwarten, und hob sein Gesicht zum Himmel. Der sanfte Regen versuchte, nicht zu fallen.

«Seine chirurgische Eigenschaft», sagte Wylie.

Es war nicht ganz das richtige Wort.

5

Das Zimmer, das Celia gefunden hatte, befand sich in der Brewery Road zwischen dem Gefängnis von Pentonville und dem städtischen Viehmarkt. Sie hatten West Brompton den Rücken gekehrt. Das Zimmer war groß, und die wenigen Möbelstücke, die es enthielt, waren groß. Das Bett, der Gasherd, der Tisch und der einzige Schrank waren tatsächlich alle sehr groß. Zwei massive hohe, ungepolsterte Lehnstühle, ähnlich wie jene, die Balzac unter sich tötete, machten es ihnen gerade möglich, ihre Mahlzeiten sitzend einzunehmen. Murphys Schaukelstuhl zitterte am Herd, gegenüber dem Fenster. Der weite Fußboden war ganz mit dunklem Linoleum bedeckt, dessen geometrisches Muster in Blau, Grau und Braun Murphy gefiel, weil es ihn an Braque erinnerte, und Celia, weil es Murphy gefiel. Murphy war einer von den Auserwählten, die verlangen, daß alle Dinge sie an andere Dinge erinnern. Die Wände waren zitronengelb getüncht, in der Glücksfarbe Murphys. Es war jedoch weit mehr als das von Suk verordnete Quentchen, so daß er sich dabei nicht ganz wohl in seiner Haut fühlen konnte. Die Zimmerdecke verlor sich im Dunkeln, ja wirklich, sie verlor sich im Dunkeln.

Hier begannen sie das, was Celia das neue Leben nannte. Murphy neigte zu dem Glauben, das neue Leben würde, wenn überhaupt, dann später einsetzen, und zwar nur für einen von ihnen. Aber Celia war so darauf versessen, den Beginn mit der Hedschra nach den Höhen von Islington gleichzusetzen, daß er es dabei beließ. Er hatte keine Lust mehr, ihr zu widersprechen.

Ein Schatten, der sofort auf das neue Leben fiel, war die Hausdame, ein kleiner, magerer Quälgeist namens Miss Carridge, die derart verschlagen ehrlich war, daß sie sich nicht nur weigerte, die Rechnung für Mr. Quigley zu pfeffern, sondern sogar drohte, dem armen Herrn mitzuteilen, in welche Versuchung man sie geführt hätte.

«Eine Dame», sagte Murphy bitter, «keine Hausdame. Dünne Lippen und ein dorisches Becken. Wir sind zahlende Gäste.»

«Ein Grund mehr, um Arbeit zu finden», sagte Celia.

Was sich nun ereignete, wurde durch Celia zu einem neuen Grund für Murphys Arbeitssuche. Sie legte in dieser Hinsicht einen morbiden Scharfsinn an den Tag. Auf so grundverschiedene Gelegenheiten wie eine neue Einlieferung ins Gefängnis von Pentonville und ein Ausverkauf gestohlenen Viehs auf dem Markt machte sie denselben Vers. Die Antinomien der freien Liebe können selten vorteilhafter erschienen sein. Sie überzeugten Murphy davon, daß eine Arbeitsverpflichtung für einen noch so geringen Lohn unausbleiblich die zumindest vorläufige Vernichtung des sichtbaren Universums für seine Geliebte zur Folge haben würde. Sie würde von neuem lernen müssen, was es bedeutete. War sie nicht reichlich alt für eine so heroische Umstellung?

Er behielt diese Vorgefühle für sich und versuchte sogar, sie zu unterdrücken, so sehr war er darum besorgt, daß es für ihn hinfort kein Wollen und kein Nicht-Wollen mehr gäbe außer mit ihr, oder wenigstens so wenig wie möglich. Er kannte übrigens ihre Erwiderung im voraus: «Dann wird es nichts mehr geben, das mich von dir ablenkt.» Es war eine Art Kalauer, dessen Wiederholung Murphy einfach nicht ertragen konnte. Er war nie gut gewesen.

Von Murphys zahllosen Klassifizierungen der Erfahrung war die Unterscheidung zwischen Witzen, die einmal gute Witze gewesen waren, und Witzen, die nie gute Witze gewesen waren, nicht die unbedeutendste. Was, außer einem mangelnden Sinn für Humor, hätte das Chaos so verpfuschen können. Im Anfang war der Kalauer. Und so weiter.

Celia hatte zwei gleich triftige Gründe, um so beharrlich zu sein, wie sie war. Der erste war ihr Wunsch, aus Murphy einen Mann zu machen! Ja, sie hatte nun, von Juni bis Oktober, die Blockade mitgerechnet, beinahe fünf Monate Erfahrung mit Murphy, und doch schwebte ihr immer noch sein Bild als Weltmann vor. Der zweite war ihr Abscheu davor, ihren eigenen Beruf auszuüben, was sicher wieder notwendig würde, wenn Murphy keine Arbeit fände, ehe sie ihre während der Blockade zusammengekratzten Ersparnisse verbraucht hätte. Sie schreckte nicht nur vor einer Tätigkeit zurück, die sie immer stumpfsinnig gefunden hatte (Mr. Kelly irrte sich, wenn er glaubte, sie sei für solch ein Leben geschaffen), sondern auch vor der Wirkung, die ihre Wiederaufnahme auf ihre Beziehungen zu Murphy haben müßte.

Diese beiden Überlegungen führten zu Murphy (alles führte zu Murphy), jedoch auf so verschiedene Arten, die eine von einer larvenartigen Erfahrung zu einer imaginären Person, die andere von einer vollständigen Erfahrung zu einer wirklichen Person, daß nur eine Frau und zwar eine so ... intakte Frau wie Celia beiden gleichen Wert beimessen konnte.

Wenn Murphy nicht da war, verbrachte sie die meiste Zeit des Tages im Schaukelstuhl sitzend mit zum Licht erhobenem Gesicht. Es war nicht viel Licht da, das Zimmer verschlang es, aber sie hielt ihr Gesicht dem Licht zugewandt, das da war.

Das kleine, einzige Fenster verdichtete seine Veränderungen, so wie halbgeschlossene Augen die Nuancen der Tönungen besser wahrnehmen, so daß es im Zimmer nie ruhig war, sondern, sich aufhellend und dunkelnd, langsam, aber unablässig flackerte, den ganzen Tag über, vom Hellen ins Dunkel, in dem es endete. Eine Peristaltik des Lichts, das sich seinen Weg ins Dunkel bohrte.

Sie zog es vor, im Stuhl zu sitzen und sich selbst in diese schwachen Strudel zu tauchen, bis sie ihre Unruhe wie ein Amnion umhüllten, anstatt durch die Straßen zu gehen (sie konnte ihre Art zu gehen nicht verstellen) oder über den Markt zu bummeln, wo die frenetische Rechtfertigung des Lebens als eines Zwecks zum Mittel Licht auf Murphys Voraussage warf, derzufolge der Lebensunterhalt eines oder zwei seiner Lebensgüter oder sogar alle drei zerstören würde. Diese Ansicht, die sie immer absurd gefunden hatte und finden wollte, verlor etwas von ihrer Absurdität als sie Murphy mit dem Caledonian Market kollationierte.

Sie begann also unwillkürlich zu begreifen, sobald er den Versuch aufgab, es zu erklären. Sie konnte nicht dahin gehen, wo der Lebensunterhalt verdient wurde, ohne zu ahnen, daß er durchgebracht würde. Sie konnte nicht lange im Schaukelstuhl sitzen, ohne daß sich, wie an der Schwelle einer ungeahnten Wollust, ein zitterndes Verlangen regte, nackt und gefesselt zu sein. Sie versuchte, an Mr. Kelly zu denken, an die unwiderruflichen Tage oder an die unerreichbaren Tage, aber es kam immer der Moment, in dem keine gedankliche Anstrengung das Gefühl, in ein Gelee von Licht gebettet zu sein, überwinden, oder das bebende Verlangen ihres Körpers, gefesselt zu werden, beruhigen konnte.

Miss Carridges Tag hatte einen Kern, die gute, starke Tasse Tee, die sie nachmittags trank. Es kam manchmal vor, daß sie sich mit der Überzeugung zum Genuß des Elixiers hinsetzte, nichts von dem, was sich lohnt, unterlassen, und nichts von dem, was sich nicht lohnt, getan zu haben. Dann war sie imstande, eine Tasse für Celia einzuschenken und sie auf Zehenspitzen die Treppe hinaufzubringen. Miss Carridges Methode, eine Privatwohnung zu betreten, bestand darin, erst zaghaft draußen an die Tür zu klopfen, wenn sie sie schon von drinnen geschlossen hatte. Nicht einmal eine gute, heiße Tasse Tee in ihrer Hand vermochte es, sie den hierbei üblichen Bedingungen von Zeit und Raum zu unterwerfen. Es war so, als ob sie einen Komplicen hätte.

«Ich habe Ihnen eine...» sagte sie.

«Herein», sagte Celia.

«Schöne, heiße Tasse Tee gebracht», sagte Miss Carridge. «Trinken Sie ihn, bevor er gerinnt.»

Aber Miss Carridge strömte einen Geruch aus, an den sich sogar ihre nächsten und teuersten Angehörigen nicht gewöhnt hatten. Da stand sie, übelriechend und hingerissen von der Betrachtung ihres Tees, der getrunken wurde. Es war dabei eine Ironie, daß Miss Carridge ihren Atem ganz unnötigerweise beim Anblick der Tee trinkenden Celia anhielt, während Celia ihren wegen des Geruchs der über ihr stehenden Miss Carridge nicht anhalten konnte.

«Hoffentlich mögen Sie das Aroma», sagte Miss Carridge. «Extra feiner Lapsang Souchong.»

Sie zog mit der leeren Tasse von dannen und Celia schnappte nach dem wohlriechenden Duft ihres Busens. Es sollte sich erweisen, daß sie gut daran getan hatte, da Miss Carridge auf ihrem Weg zur Tür haltmachte.

«Hören Sie», sagte sie, nach oben zeigend.

Es war ein weiches Hin- und Hertippeln zu hören.

«Der alte Kerl», sagte Miss Carridge. «Nie ruhig.»

Glücklicherweise war Miss Carridge ein wortkarges Weib. Wenn Körpergeruch und Zungenfertigkeit zusammentreffen, gibt es keine Rettung.

Man hielt den Alten für einen Butler im Ruhestand. Er verließ sein Zimmer nie, wenn er nicht unumgänglich dazu gezwungen war, und ließ auch niemand herein. Er nahm das Tablett, das Miss Carridge zweimal täglich vor seiner Tür abstellte, herein und stellte es wieder hinaus, wenn er gegessen hatte. Miss Carridges ‹Nie ruhig› war eine Übertreibung, denn er verbrachte in Wirklichkeit einen großen Teil seiner Zeit damit, kreuz und quer durch sein Zimmer zu laufen.

Es kam nicht oft vor, daß Miss Carridge es im Eifer der häuslichen Sparsamkeit fertigbrachte, eine Tasse Lapsang Souchong abzugeben. Im allgemeinen hielt die Trance im Schaukelstuhl ununterbrochen an, bis es an der Zeit war, kurz vor Murphys Rückkehr eine Mahlzeit zu bereiten.

Die Pünktlichkeit, mit der Murphy zurückkehrte, war erstaunlich. Er schwankte darin tatsächlich nur um wenige Sekunden von Tag zu Tag. Es wunderte Celia, daß jemand, der in puncto Zeit sonst immer so ungenau war, in diesem Fall gerade eine so unmenschliche Regelmäßigkeit beweisen konnte. Er erklärte es auf ihre Frage hin als eine Frucht der Liebe, die ihm verböte, einen Augenblick länger fern von ihr zu bleiben, als die Pflicht erlaubte, sowie der Sorge, den Sinn für die Gleichung Zeit ist Geld, die seines Wissens in Kaufmannskreisen in hohem Ansehen stünde, zu pflegen.

In Wirklichkeit machte Murphy sich schon so zeitig auf den Rückweg, daß er Stunden zu früh in der Brewery Road ankam. Vom praktischen Gesichtspunkt aus vermochte er keinen Unterschied zwischen dem Herumlungern in der Brewery Road und dem Herumlungern in der, sagen wir, Lombard Street zu erkennen. Seine Aussichten auf eine Beschäftigung waren hier wie dort, ja überall die gleichen. Aber vom sentimentalen Gesichtspunkt aus war der Unterschied erheblich. Brewery Road war ihr Vorhof, in gewissen Stimmungen beinahe ihr Alkoven.

Murphy auf Jobpfaden war eine auffallende Erscheinung. Unter den Mitgliedern des Blake-Bundes ging das Gerücht um, daß des Meisters Idee von Bildad von Suah zu leben begonnen habe und in einem grünen Anzug in London auf der Suche nach jemandem sei, den er ermutigen könnte.

Denn was ist Bildad anderes als ein Fragment von Job, wie Zophar und die anderen Fragmente von Job sind. Das einzige, was Murphy suchte, war das, was er unablässig seit dem Augenblick seiner Erwürgung in den Zustand der Atmung suchte, sein Bestes. Der Blake-Bund war völlig auf dem Holzweg, wenn er annahm, er sei auf der Suche nach einem Wesen, das mittelmäßig genug wäre, um sich durch derart sokratische Sprüche trösten zu lassen wie «Wie könnte der, der geboren wurde, rein sein?». Völlig auf dem Holzweg. Murphy brauchte für sein Mitleid keine andere Zielscheibe als sich selbst.

Sein Kummer hatte früh begonnen. Um nur bis zum Vagitus zurückzugehen, so war er nicht das echte a, der internationale Kammerton mit 435 Doppelschwingungen pro Sekunde gewesen, sondern nur ein engbrüstiges g. Wie er zusammenzuckte, der biedere Geburtshelfer, ein teures Mitglied der alten Dubliner Orchestervereinigung und ein verdienter Amateurflötist. Mit welchem Schmerz stellte er fest, daß von all den Millionen Kehlköpfchen, die in jenem Augenblick unisono fluchten, nur das des Säuglings Murphy einen anderen Ton anschlug. Um nur bis zum Vagitus zurückzugehen.

Sein Röcheln wird es wettmachen.

Sein Anzug war nicht grün, sondern patiniert. Das kann dem Blake-Bund gegenüber gar nicht deutlich genug betont werden. An manchen Stellen war er tatsächlich so schwarz wie an dem Tag, an dem er gekauft wurde, an anderen Stellen brauchte man starkes Licht, um den bleifarbigen Glanz hervorzubringen, der Rest war unstreitig patiniert. Man erblickte in der Tat ein Überbleibsel aus jenen hoffnungsvollen Tagen, da er als Theologiestudent mit Bischof Bouviers *Supplementum ad Tractatum de Matrimonio* unterm Kissen Nacht für Nacht wach zu liegen pflegte. Was für ein Werk, potztausend! Ein Kintopp-Drehbuch in geilem Latein. Oder aber beim Nachdenken über Christi Partherpfeil: *Es ist vollbracht.*

Nicht weniger auffallend als die Farbe war der Schnitt. Die Jacke, eine autonome Röhre, hing frei vom Körper herunter bis zur Mitte des Oberschenkels. Dort wirkte der wie ein Glockenrand leicht aufgeworfene Saum wie eine stumme Aufforderung, gelüftet zu werden, der manche nur schwer widerstehen konnten. Die Hosen hatten an ihren besten Tagen von der gleichen stolzen und unbeugsamen Autonomie des Falls gezeugt. Jetzt aber, nachdem sie durch Meilen mühsamer Treppen derart gebrochen waren, daß sie sich hier und da an die darinsteckenden Beine klammern mußten, verriet die korkenzieherartige Form ihre Erschöpfung.

Murphy trug nie eine Weste, weil er sich darin zu weiblich fühlte.

Was den Stoff dieses Anzugs betraf, so hatten die Fabrikanten kühn behauptet, er wäre lochfest. Das stimmte insofern, als er absolut nicht porös war. Er ließ keine Luft von draußen herein und erlaubte auch Murphys eigenen Dünsten nicht, zu entweichen. Er fühlte sich nicht wie Tuch, sondern eher wie Filz an; bei seiner Herstellung hatte man sicher viel Kleister gebraucht.

Diese Reste einer anständigen Ausstattung belebte Murphy durch eine sehr schlichte, zitronengelbe Fliege, die neckisch auf einer aus einem einzigen Stück Zelluloid geschnittenen, saumlosen Kragen-und-Vorhemd-Kombination steckte, welche aus der Zeit des Anzugs stammte und die letzte ihrer Art war.

Murphy trug nie einen Hut; die Erinnerungen an die Schafhaut, die er erweckte, waren zu bitter, vor allem, wenn er ihn abnehmen mußte.

Die Rückkehr in dieser Ausstaffierung dauerte lange, und Murphy tat gut daran, kurz nach dem Mittagessen seine Hoffnung für den ganzen Tag aufzugeben und sich dem langen Aufstieg nach Hause zuzuwenden. Der bei weitem beste Teil des Weges war die Steigung vom King's Cross-Bahnhof durch die Caledonian Road, die ihn an die Steigung von der Gare St. Lazare durch die Rue d'Amsterdam erinnerte. Und wenn Brewery Road weit davon entfernt war, ein Boulevard de Clichy oder sogar des Batignolles zu sein, so war sie doch besser auf der Höhe des Hügels als die beiden andern, so wie das Asyl (letzten Endes) besser ist als das Exil.

Oben auf dem Hügel befand sich das kleine Obdach wie eine Eiterblase auf der Pustel der Market Road Gardens gegenüber der Kaldaunenfabrik. Dort, zwischen dem Desinfektionsmittelduft vom direkt südlich gelegenen Milton House und dem Viehgestank des direkt westlich gelegenen Pferchs, pflegte Murphy sich versteckt zu halten. Die Kaldaunen stanken nicht.

Nun war es jedoch wieder Winter, die jungen Gedanken der Nacht waren um eine Stunde zurückgedrängt worden, die *multis latebra opportuna* der Market Road Gardens waren geschlossen, bevor Murphy wieder bei Celia zu sein hatte. Dann schlug er die Zeit tot, indem er immer wieder rund um das Pentonville-Gefängnis lief. So wie er abends immer wieder rund um die Kathedrale gelaufen war, da man so spät nicht mehr hineingehen konnte.

Er stellte sich frühzeitig an der Mündung der Brewery Road auf, um in dem Moment, in dem die Uhr am Gefängnisturm drei Viertel schlüge, unverzüglich starten zu können. Dann zogen die letzten Stationen langsam vorbei, die

Perseverance und Temperance Vereinigung, die Vis-Vitae-Brot-Verkaufsgesellschaft, die Korkmattenfabrik Marx, bis er mit dem Schlüssel in der Tür auf den Glockenschlag der Marktturmuhr wartete.

Celia mußte ihm zunächst beim Ausziehen des Anzugs helfen und lächeln, wenn er sagte: «Stell dir mal Miss Carridge in solcher Aufmachung vor»; dann mußte sie, während er sich übers Feuer beugte, um sich zu wärmen, soviel wie möglich von seinem Gesicht ablesen und sich jeglicher Fragen enthalten; dann mußte sie ihm zu essen geben. Dann folgten die Serenade, das Nocturno und die Morgenmusik, bis es wieder an der Zeit war, ihn hinauszujagen. Ja, von Juni bis Oktober, mit Ausnahme der Blockade, bestanden ihre Nächte nur aus Serenaden, Nocturni und Morgenmusik.

Murphys von Suk verfaßtes Thema Coeli begleitete den armselig Bestirnten auf allen seinen Wegen. Er hatte es auswendig gelernt, er psalmodierte es vor sich hin, wenn er unterwegs war. Er hatte es oft aus der Tasche gezogen, um es zu vernichten, damit es nicht in die Hände des Feindes falle. Aber sein Gedächtnis war so unzuverlässig, daß er es nicht wagte. Er befolgte seine Gebote, so gut er konnte. Das Quentchen Zitronengelb fehlte nicht an seinem Anzug. Er blieb stets auf der Hut vor den verschiedenen Gefahren, die seinem Hyleg und seiner Person im allgemeinen drohten. Seine Füße hatten viel zu leiden, und sein Hals war nicht ganz frei von Schmerzen. Das freute ihn sehr, da es das Diagramm bestätigte und die Gefahr der Brightschen und Graveschen Krankheit sowie des Harnzwangs und der Anfälle in entsprechendem Maße verminderte.

Es blieben jedoch gewisse Klauseln übrig, die er nicht beachten konnte. Er hatte nicht den richtigen, erfolgversprechenden Edelstein, er hatte tatsächlich überhaupt keinen Edelstein. Er zitterte bei dem Gedanken, daß dieser Mangel sich nachteilig auswirken könne. Die Glückszahl würde ein ganzes Jahr lang nicht als Datum eines Sonntags auftreten; bis Sonntag, dem 4. Oktober 1936, würde jedwedem Unternehmen Murphys ein Maximum an Erfolgsaussichten fehlen. Auch dies war eine ewige Sorge, da er davon überzeugt war, daß lange vor diesem Datum seine eigene Prophezeiung, die sich auf das einzige System gründete, zu dem er außerhalb des Systems der Himmelskörper das geringste Vertrauen hatte, nämlich auf sein eigenes, in Erfüllung gehen würde.

In bezug auf eine Karriere konnte Murphy das Gefühl nicht loswerden, daß seinen Sternen eine Art Weitschweifigkeit vorzuwerfen war und der einmal formulierte Ausdruck Vermittler jede weitere Spezifizierung überflüssig machte. Denn was war alle Arbeit für den Lebensunterhalt anderes als kuppeln und nochmals kuppeln für die Geldbeutel, die Geldbeutel, die einen wollüstig tyrannisieren, damit sie sich vermehren können.

Es scheint da einen gewissen Mißklang zwischen den einzigen beiden Kanons zu geben, zu denen Murphy das geringste Vertrauen haben kann. Um so schlimmer für ihn, das steht fest.

Celia sagte, daß, falls er keine Arbeit fände, sie die ihre wieder aufnehmen müsse. Murphy wußte, was sie meinte. Keine Musik mehr.

Dieser Satz wurde mit Bedacht gewählt, damit es den schmutzigen Zensoren nicht an Gelegenheit mangele, ihrer schmutzigen Synekdoche zu frönen.

Getrieben von dem Gedanken, daß er auf Celia verzichten müßte, und sei es auch nur nachts (da sie ja versprochen hatte, ihn nie mehr zu «verlassen»), fingerte Murphy nervös seine zitronengelbe Fliege zurecht und bewarb sich in einer Drogerie der Gray's Inn Road um die Stelle eines «intelligenten Jungen». Es war das erste Mal, daß er sich persönlich als Kandidat für einen bestimmten Posten vorstellte. Bis dahin hatte er sich damit begnügt, sich in ziemlich reservierten, robusten Posen am Rande gut besuchter

Sklavenmärkte zur Schau zu stellen, oder sich durch die Agenturen von Pontius zu Pilatus schicken zu lassen. Ein Hundeleben ohne die Vorrechte eines Hundes.

Die Drogisten kamen alle herausgesprungen, um sich den intelligenten Jungen anzuschauen.

«Der intelligent?» sagte der Drogist. «Macht mir niemand weis.»

«Der ein Junge?» sagte das halb-private Gespons des Drogisten. «Kann ich mir nicht denken.»

«Sieht mir nicht menschlich genug aus», sagte das älteste Ausschußprodukt der Drogisten, «nicht menschlich genug.»

Murphy war diese Einstellung, ein mit Ekel verbrämter Spott, zu vertraut, um noch einen unangebrachten Versuch der Meinungsbeeinflussung zu machen. Sie drückte sich manchmal mehr und manchmal weniger urban aus. Ihre Formen waren ebenso verschiedenartig wie die Grade der Drogistenmentalität, aber ihr Inhalt war stets: «Du Irrationaler!»

Er guckte, um sich irgendwo hinzusetzen. Es war nirgends möglich. Es gab früher südlich vom Königlichen Gratis-Hospital einen kleinen Park, der jedoch jetzt unter einer jener bösartigen Wucherungen des Stadtgewebes, die man Wohnblocks nennt, begraben lag, und der Rest war für die Bakterien reserviert.

In diesem Augenblick hätte Murphy seine Hoffnung auf das Vorfegefeuer gerne für fünf Minuten in seinem Schaukelstuhl hergegeben und auf den Schutz des Belacqua-Felsens sowie die lange embryonale Ruhe verzichtet, über der in der Morgendämmerung hinterm Schilf zitternden südlichen See und der schräg nach Norden aufgehenden Sonne, immun gegen die Sühne, bis er alles in einem freimütigen Kindertraum durchträumt hätte, von der Spermathek bis zum Krematorium. Er hatte eine so hohe Meinung von dieser postumen Situation, ihre Vorteile waren ihm so genau gegenwärtig, daß er in der Tat hoffte, alt zu werden. Dann würde er lange Zeit träumend daliegen und die Morgensonnen ihre Tierkreise durcheilen sehen, vor dem mühsamen Aufstieg zum Paradies. Die Steigung war übertrieben, eins in weniger als eins. Wolle Gott, daß kein frommer Drogist seine Zeit mit einem guten Gebet abkürzen möge.

Dies war seine Belacqua-Phantasie, vielleicht die am besten organisierte seiner ganzen Sammlung. Sie erwartete ihn jenseits der Grenze des Leidens, sie war die erste Landschaft der Freiheit.

Er lehnte erschöpft am Staket des Königlichen Gratis-Hospitals und wiederholte seine Gelübde, dies Traumbild der Antipoden Sions für immer aus seinem Repertoire zu verbannen, wenn er nur sofort zu seinem Schaukelstuhl schweben und fünf Minuten schaukeln könnte. Sich hinsetzen, genügte nicht mehr, er mußte sich nun unbedingt hinlegen. Irgendein Stückchen des wohlbekannten englischen Rasens würde ihm reichen, um sich daraufzulegen, sich um nichts mehr zu kümmern und in Landschaften einzudringen, wo es keine Drogisten und keine exklusiven Wohngeschwülste gäbe, sondern nur ihn selbst, über alle Maßen vervollkommnet.

Der nächste Platz, an den er sich erinnern konnte, war Lincoln's Inn Fields. Die Atmosphäre dort war mies, ein Miasma von Gesetzen, die der Betrüger und die der Betrogenen. Aber es gab dort Gras und Platanen.

Nach ein paar Schritten in Richtung dieses Schoßes, der besser als gar nichts war, lehnte Murphy sich wieder an das Staket. Es war ihm klar, daß er in seinem jetzigen Zustand ebensoviel Aussicht hatte, zu Fuß zu den Lincoln's Inn Fields wie zum Cockpit zu gelangen. Er mußte sich hinsetzen, bevor er sich hinlegen könnte. Geh, bevor du läufst, setz dich, bevor du dich hinlegst. Er dachte eine Sekunde daran, die Fourpence, die er sich selbst als angemessen für sein Mittagessen zugemessen hatte, für eine Rückfahrt zur Brewery Road auszugeben. Aber Celia würde dann denken, daß er auf Grund ihres Versprechens, ihn nicht zu verlassen, selbst wenn sie ihre Arbeit wieder aufnehmen müsse, aufgäbe. Die einzige Lösung war, sein Mittagessen sofort einzunehmen, mehr als eine Stunde, bevor er Speichel abzusondern pflegte.

Murphys Fourpenny-Mittagessen war ein Ritual, das durch keinerlei Grundregeln der Ernährung verfälscht wurde. Er ging Schritt für Schritt am Staket entlang, bis er eine Filiale der Lebensmitteleinkaufgesellschaft, die er suchte, erreichte. Das Gefühl der Sitzfläche eines Stuhls, die mit seinem sich niederlassenden Hintern schließlich zusammentraf, war so herrlich, daß er sich sofort wieder erhob und sich von neuem hinsetzte, ganz langsam und mit äußerster Konzentration. Solche Zärtlichkeiten wurden Murphy nicht so oft zuteil, als daß er es sich leisten konnte, ihnen gleichgültig zu begegnen. Das zweite Hinsetzen war jedoch eine große Enttäuschung.

Die Kellnerin stand vor ihm und wirkte so geistesabwesend, daß er sich nicht berechtigt fühlte, sich selbst als ein Element ihrer Situation zu betrachten. Als er sah, daß sie sich nicht rührte, sagte er schließlich:

«Bringen Sie mir», in dem Ton eines Schulmeisters, der fest vorhat, die Spezialität des Hauses für die ganze Ausflugsgesellschaft zu bestellen. Er hielt nach diesem vorbereitenden Signal inne, um die Vor-Periode zu Ende gehen zu lassen, diese erste der drei Reaktionsphasen gemäß der Külpe-Doktrin, während der die Antwortqualen am heftigsten sind. Dann übte er den eigentlichen Reiz aus.

«Eine Tasse Tee und eine Packung Kekse.» Für Twopence Tee und für Twopence Kekse, ein sehr ausgewogenes Mahl.

Als ob sie plötzlich die große magische Kraft oder gar die chirurgische Eigenschaft bemerkte, murmelte die Kellnerin, bevor sie wieder in die Strudel des Hochbetriebs geriet: «Nenn mich Vera, Liebling.» Es war keine Zärtlichkeit.

Murphy hatte ein gewisses Vertrauen zur Külpe-Doktrin. Marbe und Bühler mochten sich irren, auch Warr war nur ein Mensch, aber Ach, wie könnte Ach unrecht haben?

Vera beendete ihren Auftritt ihrer Meinung nach viel stilvoller, als sie ihn begonnen hatte. Als sie ihr Tablett absetzte, war es sogar kaum zu glauben, daß sie dasselbe Mädchen für alles war. Sie stellte tatsächlich aus eigenem Antrieb sofort die Rechnung aus.

Murphy schob das Tablett von sich, kippte seinen Stuhl zurück und betrachtete sein Mittagessen mit Ehrfurcht und Genugtuung. Mit Ehrfurcht, da er sich als zeitweiliger Anhänger des extremen Theophanismus Guillaume de Champeaux' nur demütig vor solchen Opfergaben für seinen geringen, aber unerbittlichen Appetit fühlen und das stumme Tischgebet ‹Möge der Herr sich dieses Teils seiner selbst, das ich schlecht zu verdauen im Begriff bin, erbarmen› nicht auslassen konnte. Mit Genugtuung, weil der höchste Moment seiner Erniedrigung gekommen war, der Moment, in dem er allein und ohne Hilfe eine Finanzmacht betrog. Der hinterzogene Betrag war gering, irgend etwas zwischen einem Penny und Twopence (unter Zugrundelegung der Kleinhandelspreise). Aber er verfügte nur über Fourpence Kapital. Er war einfach der Auffassung, daß, wenn ein beim Warten zustande gebrachter Betrug in Höhe von fünfundzwanzig bis fünfzig Prozent der Auslagen kein Beweis für die von Suk angedeuteten großen Profite und schnellen Umsätze wäre, seine Schwindeltheorie einen schwerwiegenden Fehler enthielt. Aber wie man diese Transaktion auch vom wirtschaftlichen Standpunkt aus beurteilen mochte, nichts konnte ihr Verdienst schmälern, ein kleiner taktischer Triumph über eine furchtbare Übermacht zu sein. Man braucht die Kriegführenden nur miteinander zu vergleichen. Einerseits eine kolossal starke Liga plutomanischer Lieferanten, die, mit den erbarmungslosen Schlichen des gesunden Menschenverstandes bestens vertraut, über die mörderischsten Waffen der Nachkriegskonjunktur verfügten; andererseits ein jämmerlicher Solipsist und Fourpence.

Der jämmerliche Solipsist ließ dann, nachdem er sein stummes Gebet gesprochen und seine Schande im voraus gekostet hatte, seinen Stuhl plötzlich an den Tisch schnellen, griff nach der Tasse Tee und trank sie in einem Zuge halb leer. Er hatte sie kaum abgesetzt, als er zu prusten, zu rülpsen und zu wettern begann, als habe man ihn dazu verführt, eine mit Glasstaub gesättigte Lösung zu schlucken. Auf diese Weise zog er nicht nur die Aufmerksamkeit aller anderen Gäste auf sich, sondern auch die der Kellnerin Vera, die herbeieilte, um sich eine gute Sicht auf das Unglück, wie sie annahm, zu sichern. Murphy gab noch eine Weile Geräusche von sich, die an eine überbeanspruchte Wasserspülung erinnerten, und sagte dann mit einer Ei- und Skorpion-Stimme:

«Ich bestelle chinesischen Tee, und Sie geben mir Ceylon-Tee.»

Obwohl Veras Sensationslüsternheit enttäuscht wurde, war sie ohne weiteres bereit, ihren Fehler wiedergutzumachen. Sie war eine gefügige kleine Hungerleiderin, die unfähig war, die Losung ihrer Unterdrücker zu verraten, derzufolge jeder Gast oder Dussel für sein Gift zehnmal mehr als die Zubereitungskosten bezahlte und fünfmal soviel wie die Bedienung kostete, so daß es nur vernünftig wäre, ihre Beschwerden bis zu aber nicht über fünfzig Prozent ihrer Schwindelei zu berücksichtigen.

Bei der frischen Tasse Tee wandte Murphy schnell eine neue Methode an. Er trank nur ein Drittel davon und wartete dann, bis Vera zufällig vorbeikam.

«Es tut mir furchtbar leid», sagte er, «Ihnen soviel Mühe zu bereiten, Vera, aber, glauben Sie, daß es möglich ist, etwas heißen Tee hinzugießen zu lassen?»

Da Vera die kalte Schulter zeigte, sprach Murphy liebenswürdig die Zauberformel aus.

«Ich weiß, daß ich ein Querulant bin, aber Sie haben es zu gut gemeint mit dem Kuhsaft.»

Zu gut gemeint und Kuhsaft waren hier die Schlüsselwörter.

Keine Kellnerin konnte ihren aus Dankbarkeit und Mütterlichkeit zusammengesetzten Obertönen widerstehen. Und Vera war vor allem eine Kellnerin.

Auf diese Weise betrog Murphy täglich eine Finanzmacht zugunsten seines Mittagessens in dem rühmlichen Maße, daß er eine Tasse Tee bezahlte und nahezu 1,83 Tassen zu sich nahm.

Versuchen Sie es mal, lieber Diagonalleser.

Er fühlte sich nun soviel besser, daß er den kühnen Plan faßte, die Kekse für später am Nachmittag aufzubewahren. Er würde den Tee austrinken, dann soviel Milch und Zucker gratis verlangen, wie er kriegen könnte, dann vorsichtig zum Cockpit gehen und dort die Kekse essen. In der Oxford Street würde man ihm vielleicht eine sehr verantwortungsvolle Stellung anbieten. Er besann sich, um genau zu planen, wie er von dort, wo er war, zur Tottenham Court Road gelangen, welche eisige Antwort er dem Magnaten geben und in welcher Reihenfolge er, wenn es an der Zeit wäre, die Kekse essen sollte. Er war kaum bis zum British Museum vorgedrungen, wo er sich gerade im Archaischen Saal vor dem Grab der Harpyen ausruhte, als eine scharfe, gegen seine Nase gedrückte Kante ihn veranlaßte, die Augen zu öffnen. Es stellte sich heraus, daß es eine Visitenkarte war, die man plötzlich zurückgezogen hatte, so daß er lesen konnte:

AUSTIN TICKLEPENNY

Kneipenpoet
aus der Grafschaft Dublin

Diese Kreatur verdient keine besondere Beschreibung. Als unbedeutendste Figur in dem Spiel zwischen Murphy und seinen Sternen macht er seinen kleinen Zug, leitet eine Aktion ein und wird vom Schachbrett gefegt. Es ist denkbar, daß für Austin Ticklepenny eine spätere Verwendung auf dem Halmabrett eines Kindes oder beim «Mensch ärgere dich nicht»-Spiel eines Buchrezensenten gefunden wird, seine Schachspielzeit ist jedenfalls vorbei. Es gibt keine Revanchepartie zwischen einem Menschen und seinen Sternen.

«Da es mir nicht gelang», sagte Ticklepenny, «Ihre Aufmerksamkeit durch das zu gewinnen, was Aristons göttlicher Sohn den aus der Seele über die Lippen hervorquillenden Stimmenfluß nennt, nahm ich mir die Freiheit, wie Sie sehen.»

Murphy trank seine Tasse aus und wollte aufstehen, aber Ticklepenny erwischte seine Beine unterm Tisch und sagte:

«Keine Angst, ich singe nicht mehr.»

Murphy hegte einen so enormen Abscheu vor der Vergewaltigung, daß es ihm nicht schwerfiel, sobald sich ein erstes Anzeichen dafür ergab, völlig weich zu werden. Das tat er nun.

«Ja», sagte Ticklepenny, «*nulla linea sine die*. Wäre ich hier, wenn ich trinken dürfte? Ich glaube nicht.»

Er steigerte seine Strampelei unterm Tisch derart, daß Murphys Gedächtnis zu vibrieren begann.

«Hatte ich nicht einmal die Unehre in Dublin?» sagte er. «War es nicht im Gate-Theater?»

«*Romiet*», sagte Ticklepenny, «*and Juleo*.» Nimm ihn, zerteil in kleine Sterne ihn ... Nicht zu glauben!

Murphy erinnerte sich dunkel an einen willkommenen Apotheker.

«Ich war angeheitert», sagte Ticklepenny, «Sie waren sternhagelvoll.»

Es war jedoch eine traurige Wahrheit, daß Murphy nie

daran rührte. Es würde sich bestimmt früher oder später zeigen.

«Wenn Sie nicht wollen, daß ich eine Polizeibeamtin rufe», sagte Murphy, «unterlassen Sie dann Ihre plumpen Genustuprationen.»

Beamtin war hier das Schlüsselwort.

«Meine Leber verdorrte», sagte Ticklepenny, «also mußte ich meine Leier an den Nagel hängen.»

«Und sich selbst gründlich gehenlassen», sagte Murphy.

«Herren, Melpomene, Kalliope, Erato und Thalia», sagte Ticklepenny, «umwerben mich in dieser Reihenfolge vergebens, seitdem ich mein Leben geändert habe.»

«Dann wissen Sie, was ich fühle», sagte Murphy.

«Derselbe Ticklepenny», sagte Ticklepenny, «der, so weit er zurückdenken kann, Tag für Tag unentwegt einen Pentameter pro Pinte lieferte, ist nun zu einem Krankenpfleger in einem besseren Irrenhaus erniedrigt worden. Es ist derselbe Ticklepenny, aber, gottverdammich *quantum mutatus.*»

«Ab illa», sagte Murphy.

«Ich setze mich auf die, welche nicht essen wollen», sagte Ticklepenny, «sperre ihnen mit dem Knebel die Kiefer auf und drücke ihre Zunge mit dem Spatel beiseite, bis der letzte Trichter leer ist. Mit Schaufel und Eimer gehe ich von Zelle zu Zelle, ich...»

Ticklepenny blieb stecken, trank tatsächlich einen großen Schluck von seinem Limonadensprudel und stellte gleichzeitig seine Annäherungsversuche unterm Tisch ein. Murphy konnte es nicht ausnützen, um sich davonzumachen, denn er war wie betäubt von dem plötzlichen Zusammenstoß zweier bisher verschiedener Motive aus Suks Horoskop, dem des Irrsinnigen aus Absatz zwei und dem Wärter aus Absatz sieben.

«Ich kann es nicht mehr ertragen», stöhnte Ticklepenny, «es macht mich verrückt.»

Es ist schwer zu sagen, wo der Fehler im Falle Ticklepennys liegt, ob es sich um die Seele, den Fluß oder die Lippen handelt, es ist jedoch sicher, daß die Qualität seiner Rede sehr gering ist. Das, was Celia Mr. Kelly und Neary Wylie anvertraute, mußte großenteils indirekt wiedergegeben werden. Nun erst recht das, was Ticklepenny Murphy anvertraute. Es wird nicht viel Zeit in Anspruch nehmen.

Nach langem Zögern konsultierte Ticklepenny einen Dubliner Arzt, einen eher philosophischen als medizinischen Dr. Fist, der väterlicherseits deutscher Abstammung war. Dr. Fist sagte: «Nicht mehr saufen oder krepieren.» Ticklepenny sagte, er wolle nicht mehr saufen. Dr. Fist lachte laut und sagte: «Ich gebe Ihnen einen Schein für Killiecrankie.» Dr. Angus Killiecrankie war Chefarzt einer Anstalt am Rande Londons, die unter dem Namen Magdalen Mental Mercyseat bekannt war. Auf dem Schein stand der Vorschlag, Ticklepenny, ein ausgezeichneter, bedürftiger irischer Barde und Säufer, werde sich als Gegenleistung für eine gelinde Entziehungskur selbst im Hause nützlich machen.

Ticklepenny sprach so gut auf diese Regelung an, daß das Gerücht einer Fehldiagnose begann, sein gräßliches Haupt im M.M.M. zu erheben, bis Dr. Fist von Dublin aus schriftlich erklärte, der Faktor, der sich so heilsam auf diesen interessanten Fall auswirke, sei weder in der Dipsopathie noch im Flaschenspülen zu suchen, sondern in der Befreiung von jeder poetischen Arbeit, die seinem Patienten auf diese Weise zustatten komme, da sein Zusammenbruch weniger auf die Pinten als auf die Pentameter zurückzuführen sei.

Diese Ansicht wird jene kaum erstaunen, die mit der Art von Pentametern vertraut sind, die Ticklepenny sich verpflichtet fühlte, für sein Vaterland zu dichten, und zwar was den fünften Fuß betraf, so frei wie ein Kanarienvogel (eine grausame Disziplin, da Ticklepenny in Endreimen rülpste) und mit so harter und fester Zäsur wie seine eigene göttliche Blähung und im übrigen vor so vielen kleinen Schönheiten der Druidenprosodie strotzend, als man aus einem Beamish's Porter-Krug nur saugen kann. Kein Wunder, daß er sich beim Spülen der Flaschen und Leeren der Eimer der gut situierten Geistesgestörten erheblich besser fühlte.

Aber alles hat einmal ein Ende, und man bot Ticklepenny einen Posten als Wärter mit dem bombastischen Gehalt von fünf Pfund pro Monat plus Wohnung und Verpflegung an. Er war einverstanden. Er hatte nicht mehr den Mut abzulehnen. Der olympische Trunkenbold war zu einem enthaltsamen Küchenjungen geworden.

Nun, nach einer knappen Woche in den Krankensälen, fühlte er, daß er nicht weitermachen könne. Es ging noch an, daß sein Erbarmen und sogar sein Entsetzen in erträglichem Maße gekitzelt wurden, die Lust, sich aus Mitleid und Angst zu erbrechen, schien ihm jedoch im Widerspruch zu der wahren Katharsis zu stehen, um so mehr, als er nie das geringste hervorbringen konnte.

Ticklepenny war Neary in jeder Hinsicht maßlos unterlegen, aber beide hatten sie gewisse mit Murphy kontrastierende Züge gemeinsam. Einer davon war die anspruchsvolle Furcht, verrückt zu werden. Ein anderer war die Unfähigkeit zuzuschauen, ganz gleich um welches Schauspiel es sich handelte. Aber sogar hier war Neary Ticklepenny überlegen, wenigstens gemäß der Tradition, die den Geist des Wettbewerbs höher schätzt als den Krämergeist und den Mann, der sich nach dem, was er nicht haben kann, sehnt, über den Mann stellt, der sich über das, was er nicht begreifen kann, lustig macht. Denn Neary kannte seines großen Meisters Parabel von den drei Leben, während Ticklepenny nichts wußte.

Wylie glich Murphy etwas mehr, wenn auch seine Art zu sehen so verschieden von Murphys wie die eines Voyeurs von der eines Hellsehers war, obgleich Wylie ebensowenig der eine im unanständigen Sinne wie Murphy der andere im mehr-als-anständigen Sinne war. Die Ausdrücke werden nur gebraucht, um zwischen der Vision zu unterscheiden, die vom Licht, Objekt, Gesichtspunkt usw. abhängt, und der Vision, die durch alle diese Dinge behindert wird. Zu der Zeit, als Murphy daran interessiert war, Miss Counihan zu sehen, hatte er zu diesem Zweck seine Augen schließen müssen. Und sogar, wenn er sie jetzt schloß, war es nicht ausgeschlossen, daß sie erschien. Das war Murphys eigentlicher gelber Fleck. So ähnlich hatte er Celia zum erstenmal gesehen, nicht als sie sich in der Weise vor ihm drehte, die Mr. Kelly so entzückt hatte, sondern während sie weg war, um sich das Themseufer anzuschauen. Es war so, als ob irgendein Instinkt sie gehindert hätte, ihn in aller Form anzusprechen, solange ihm nicht ihre Vorzüge klar geworden waren, und ihr angedeutet hätte, daß es, bevor er sehen könnte, nicht nur Nacht werden müsse, sondern seine eigene Nacht. Murphy glaubte, keine Nacht wäre so wie seine eigene Nacht.

Ticklepennys hochtrabende Furcht, durch das unablässige Schauspiel derer, die es schon waren, verrückt zu werden, ließ den innigen Wunsch in ihm aufkommen, seinen Posten als Krankenpfleger im Magdalen Mental Mercyseat aufzugeben. Da man ihn aber probeweise für einen Monat zugelassen hatte, würde er vor Ende des Monats keinen Lohn bekommen. Den Posten nach einer Woche, vierzehn Tagen oder irgendeiner kürzeren Frist als die Probezeit aufgeben, hieß für alles, was er ertragen hatte, nicht entschädigt werden. Und Ticklepenny fiel die Wahl zwischen verrückt werden und den Rest seines Lebens durch den Gedanken daran zu verpfuschen, einmal eine Woche lang für nichts gearbeitet zu haben, nicht schwer.

Die Beschaffung von Pflegern war für den M.M.M. nicht leichter als für andere Geisteskrankenhäuser. Dies war ein Grund für die Einstellung Ticklepennys, dessen

ZEIT IST GELD

Klein, aber fein: Maundy Money im England der dreissiger Jahre

Murphy gehörte nicht zu den Empfängern, als Georg V. 1932 höchstpersönlich Almosengeld verteilte...

...womit er einem Brauch folgte, dem in England nachweislich als erster König Edward II. zu Beginn des 14. Jahrhunderts nachgekommen war und der auf die Bibel zurückgeht: Christus hatte am Abend des Gründonnerstags seinen Jüngern die Füße gewaschen und ihnen anbefohlen, seinem Beispiel zu folgen.

Bei frommen Christen wurde es Sitte, daß Könige, Adlige und Geistliche am Tag vor Karfreitag Bettlern und armen Leuten die Füße wuschen und ihnen Geld, Kleidung und Essen schenkten. Geblieben ist von dieser Sitte das *Maundy Money* (von lat. mandare = befehlen).

Dieses Almosengeld ist ungewöhnlich klein und wird in den Werten penny, twopenny, threepence und fourpence ausgegeben. Die Zahl der Frauen und Männer, die Maundy Money erhalten, richtet sich nach dem Alter des Monarchen, ebenso der Betrag. Für Sammler gibt die Königliche Münze auch heute noch Sätze zu besonderen Anlässen heraus.

Nicht auf Almosen angewiesen ist, wer jährlich die Zinsen aus Pfandbriefen und Kommunalobligationen entgegennehmen kann.

einzige Qualifikationen für den Umgang mit Geistesgestörten die massive Statur des Kneipenpoeten und seine Unempfindlichkeit gegen Schmähungen waren. Denn selbst im M. M. M. waren wenige Patienten der Wirklichkeit so weit entrückt, daß sie einen Ticklepenny in ihrer Mitte nicht erkennen und beschimpfen konnten.

Als Ticklepenny endlich aufgehört hatte, sich selbst in einem wimmernden Wechselgesang zwischen der grausamen Notwendigkeit, verrückt zu werden, und der grausamen Unmöglichkeit, ohne den Lohn wegzugehen, zu bemitleiden, sagte Murphy:

«Angenommen, Sie würden ihnen einen Ersatzmann von meiner Intelligenz» (seine Stirn runzelnd) «und meiner Statur» (seine runden Schultern zurücknehmend) «liefern, was dann?»

Diese Worte versetzten den ganzen Ticklepenny in Erregung, vor allem aber seine Knie, die anfingen, unterm Tisch heftig zu wedeln. So wie erregte Hunde sich manchmal vergessen können.

Als er sich ausgetobt hatte, bat er Murphy, ihn unverzüglich zum M. M. M. zu begleiten und die Stelle anzutreten, als ob die Möglichkeit eines Einspruchs seitens der Obrigkeit gegen diesen blitzschnellen Personalwechsel viel zu abwegig wäre, um in Betracht zu kommen. Murphy neigte also zu dem Glauben, daß die Abmachung sofort gebilligt werden würde, vorausgesetzt, daß Ticklepenny keinen materiellen Umstand verheimlicht hatte, wie eine Liaison mit irgendeinem Vorgesetzten, mit dem Chefkrankenpfleger zum Beispiel. Für den Fall, daß er nicht der Liebling einer solchen Persönlichkeit wäre, neigte Murphy zu dem Glauben, es gäbe nichts, was er nicht sehr viel besser als Ticklepenny tun könne, besonders in einer Gesellschaft von Psychopathen. Sie brauchten nur gemeinsam vor der zuständigen Obrigkeit zu erscheinen, damit es offenbar würde.

Was Murphy jedoch vollends mit Vertrauen erfüllte,

war die plötzliche Syzygie des Irrsinnigen und des Wärters, aus dem zweiten und siebenten Absatz der Aufzeichnungen Suks. Von diesen bis jetzt gesondert Betrachteten war der erste ihm als eine bloße, durch die Anwesenheit des Mondes in der Schlange heraufbeschworene Phrase eines Monatswahrsagers, und der zweite als eine von den Sternen abgelesene Banalität erschienen. Nun ließ ihre Zusammenkunft das Horoskop als in allen seinen Teilen ebenso präzis aufeinander bezogen erscheinen wie das System, von dem es abgeleitet zu sein vorgab.

So hörte dieser Sixpence-Himmel auf, ein lächerlicher Bogen Papier zu sein, den Murphy sein Lebensurteil, seine Inkommunikationsbulle und das Kompendium der Hinderlichkeiten genannt hatte. Er wurde zu einem Gedicht, das er als einziger unter den Lebenden schreiben konnte. Er zog den schwarzen Umschlag hervor, wollte ihn in kleine Stücke zerreißen, steckte ihn dann aber eingedenk seines Gedächtnisses und der Tatsache, daß er nicht allein war, wieder in seine Tasche. Er sagte, er würde sich selbst am nächsten Sonntagmorgen, wann auch immer es sein möge, beim M.M.M. vorstellen, so daß Ticklepenny Zeit hätte, den Boden vorzubereiten. Ticklepenny würde vor diesem für Murphy so günstigen Ruhetag nicht verrückt werden. Jenen, die fürchten, den Verstand zu verlieren, haftet er wie eine Klette an. Und jenen, die hoffen...?

«Nenn mich Austin», sagte Ticklepenny, «oder sogar Augustin.» Er fühlte, daß die Zeit für Gussy oder sogar Gus noch nicht reif war.

Nachdem er nun über eine Stunde ohne jede schlimme Auswirkung gesessen, seinen täglichen Betrug zustande gebracht und einen Posten für einen Kneipenpoeten gefunden hatte, fühlte Murphy, daß er die lange Ekstase flach auf seinem Rücken in dem angenehmsten aller verfügbaren natürlichen Schöße, dem Cockpit im Hyde Park, verdient hatte. Das Verlangen danach hatte ständig zugenommen und zog ihn nun in einem letzten Dringlichkeitskrampf weg von Ticklepenny in die Gray's Inn Road. Unterm Tisch strampelten die Beine immer noch, wie ein Huhn, das lange nachdem es geköpft wurde noch zuckt, in einem leeren Raum und einer geräumigen Leere.

Als Vera bemerkte, daß er beim Hinausgehen nicht an der Kasse vorbeiging und daß seine Rechnung noch dort lag, wo sie sie hingelegt hatte, nahm sie an, daß dem Freund die Bürde des Bezahlens zugefallen sei. Um jedoch ganz sicher zu sein, daß sie nicht ihr selbst zufallen würde, legte sie nach der Ausstellung der zweiten Rechnung die eine zur anderen. Es spielte sich alles so ab, wie Murphy vorausgesehen hatte. Der Trost, den er Ticklepenny gespendet hatte, war viel mehr wert als Fourpence.

Mit der Hälfte der geretteten Kröten bestieg er einen Bus zum Marble Arch. Er bat den Schaffner, ihm Bescheid zu sagen, sobald sie dort angekommen seien, damit er seine Augen schließen und geschlossen halten könne. So wurde der Magnat in der Oxford Street abgeschrieben, denn was waren Magnaten für einen Mann, dessen Zukunft gesichert war? Und was das Grab der Harpyen betraf, so konnte er sich mit geschlossenen Augen in eine archaische Welt versetzt fühlen, die viel unverfälschter war als alles, was im B. M. zu sehen war. Während der Bus sich langsam und ruckweise voranbewegte, versuchte er, sich vorzustellen, welches Gesicht Celia machen würde, wenn sie hörte, daß er Arbeit gefunden hätte, er versuchte sogar, sich die Arbeit selbst vorzustellen, aber sein Schädel schien voller Gelatine zu sein, und er konnte sich überhaupt nichts vorstellen.

Murphy bewunderte viele Dinge; ihn für trübsinnig oder blasiert zu halten hieße, ihm Unrecht tun oder ihm zuviel Ehre zuteil werden lassen. Eines der vielen Dinge, die er bewunderte, war eine Fahrt in einem der neuen Dreiachser während der Hauptverkehrszeit. Die weich gefederten, tiefen Sitze waren höchst heimtückisch, besonders vorn. Vor Celias Zeit war es ihm ein Hauptvergnügen gewesen, an der Station Walham Green auf einen schönen Elfer zu warten und mit ihm, unten, hinter dem Fahrer auf der linken Seite, durch den dichten Abendverkehr zur Liverpool Street und zurück zu fahren. Aber nun, wo er Celia unterhalten mußte und Miss Carridge die Interessen seines Onkels zu ihren eigenen gemacht hatte, war dieses Vergnügen unerschwinglich geworden.

In der Nähe des Cockpit beobachtete eine grölende Menge, wie Rima von einer beträchtlichen Verunreinigung mit rotem Permanganat befreit wurde. Murphy zog sich ein wenig in nördlicher Richtung zurück und schickte sich an, sein Mittagessen zu beenden. Er nahm die Kekse vorsichtig aus dem Paket und legte sie mit der Oberfläche nach oben in der Reihenfolge ins Gras, wie er ihre Eßbarkeit einschätzte. Es waren die gleichen wie immer: ein Ginger, ein Osborne, ein Digestive, ein Petit Beurre und ein anonymer. Er aß immer den zuerst genannten zuletzt, weil er ihn am liebsten mochte, und den anonymen zuerst, weil er es für sehr wahrscheinlich hielt, daß er am schlechtesten schmeckte. Die Reihenfolge, in der er die übrigen drei aß, war ihm gleichgültig und änderte sich unregelmäßig von Tag zu Tag. Während er nun vor den fünf Keksen kniete, kam ihm zum erstenmal der Gedanke, daß die Zahl der Möglichkeiten, sein Mahl zu variieren, durch seine Voreingenommenheiten auf eine armselige sechs beschränkt wurde. Dies war jedoch ein Verstoß gegen das Wesen der Auswahl, es war rotes Permanganat für die Rima der Mannigfaltigkeit. Selbst wenn er sein Vorurteil gegenüber dem Anonymen überwände, so würde es doch nur vierundzwanzig Möglichkeiten geben, die Kekse zu essen. Sollte er jedoch den letzten Schritt tun und auch seine Vernarrtheit in den Ginger überwinden, so würde plötzlich das ganze Assortiment lebendig werden und ihm den schillernden Tanz seiner totalen Vertauschbarkeit vortanzen, da es auf hundertzwanzig Weisen zu essen wäre!

Von diesen Aussichten überwältigt, fiel Murphy vornüber ins Gras neben die Kekse, von denen man mit dem gleichen Recht wie von den Sternen sagen konnte, daß einer vom anderen verschieden war, die er jedoch nicht in ihrer Fülle genießen konnte, solange er nicht gelernt hatte, irgendeinen irgendeinem anderen nicht vorzuziehen. Neben ihnen im Gras liegend, aber in die entgegengesetzte Richtung schauend und mit dem Dämon des Gingerbrots kämpfend, hörte er die Worte:

«Würden Sie wohl so gut sein, entschuldigen Sie die Störung, mein kleines Hündchen zu halten?»

Von oben und von hinten gesehen sah Murphy ziemlich gefällig aus, wie eine Art Fremder, von dem sich ihr kleines Hündchen wohl ohne weiteres festhalten ließe. Er richtete sich auf und saß nun zu Füßen einer kleinen, korpulenten Frau mittleren Alters, die eine wirklich schlimme Entenkrankheit hatte.

Die Entenkrankheit ist ein peinlicher pathologischer Zustand. Die Symptome dieser in Steiss' Nosonomie trefflich als Panpygoptosis beschriebenen Krankheit sind fehlende Oberschenkel, an deren Stelle sich an den Kniekehlen schon beginnende Hinterbacken befinden. Zum Glück tritt diese Krankheit selten auf, die, wie der volkstümliche Name sagt, auf das schwache Geschlecht beschränkt ist, eine Tatsache, die der berühmte Dr. Busby und andere weniger pedantische Honoratioren als eine Laune der Natur bitter beklagen. Sie ist nicht ansteckend (obgleich gewisse Beobachter das Gegenteil behauptet haben), nicht infektiös, nicht vererbbar, schmerzlos und unheilbar. Ihre Ätiologie bleibt allen verborgen außer den psychopathologischen Fanatikern, die gezeigt haben, daß es sich einfach um eine andere Verkörperung des neurotischen *Non me rebus sed mihi res* handelt.

Die Ente, um ihr vorläufig einen Namen zu geben, hielt in einer Hand eine große, pralle Tasche und in der anderen eine Leine als Fortsetzung ihrer Persönlichkeit zu einem so kurzbeinigen und langen Dackel, daß Murphy nicht sagen konnte, ob es sich um einen Hund oder eine Hündin handelte, was er stets zuerst wissen wollte, wenn ihm ein sogenannter Hund vor die Augen kam. Er hatte zwar die klassischen Hündinnenaugen, küß mich auf die Hornhaut, unterhalte mich in der Iris und hilf dir Gott in der Pupille. Aber es gab auch Hunde, die sie hatten.

Murphys Vorderseite hielt nicht, was seine Rückseite versprach, aber die Ente war zu weit gegangen, um einen Rückzieher machen zu können.

«Nelly ist läufig», sagte sie ohne jede Spur von Ziererei mit einer zugleich stolzen und traurigen Stimme und hielt inne, damit Murphy ihr seiner Überzeugung entsprechend gratulieren oder kondolieren könnte. Da er weder das eine noch das andere tat, nahm sie kein Blatt mehr vor den Mund.

«Der Spiritismus ist mein Broterwerb, ich habe den ganzen Weg von Paddington zu Fuß zurückgelegt, um die armen, lieben Schäfchen zu füttern, und nun wage ich nicht, sie laufen zu lassen, hier ist meine Karte, Rosie Dew, alleinstehendes Fräulein, unterm Protektorat von Lord Gall of Wormwood, Sie kennen ihn vielleicht, ein reizender Mann, er schickt mir Objekte, er ist in einer peinlichen Lage, Erbe eines Fideikommisses ohne Hoffnung auf Kinder, sucht nach testamentarischen Hinweisen aus dem Jenseits, wie sie sich reckt, um auf und davon zu laufen, der Vollstrecker ist ein Mann aus Eisen und will nicht daran rütteln, um das Fieber ihres Blutes im Fluß oder See zu kühlen, wie Shelleys erste Frau, Harriet glaube ich, nicht Nelly, Shelley, Nelly, o Nelly, ich BETE dich an.»

Sie zog an der Leine, hob Nelly schnell an die Einöde ihres Busens und bedeckte ihre Schnauze mit all den Küssen, die Nelly sie während langer Abende gelehrt hatte. Dann übergab sie Murphy das zitternde Tier, nahm zwei Salatköpfe aus der Tasche und begann, sich verstohlen den Schafen zu nähern.

Die trübsinnigen, kurz geschorenen, unförmigen, kleinen Schafe waren jämmerlich anzusehen. Sie fraßen nichts, sie käuten nichts wieder, sie sahen gar nicht so aus, als fühlten sie sich wohl. Sie standen einfach da, in tiefer Niedergeschlagenheit, mit hängenden Köpfen, leicht schwankend, wie betäubt. Murphy hatte nie so seltsame Schafe gesehen, sie drohten alle, im nächsten Augenblick in die Knie zu sinken. Sie ließen die Erklärung von Wordsworths lieblichen «fields of sleep» als einen Druckfehler statt «fields of sheep» nicht länger als eine Verhöhnung des hervorragenden Mannes erscheinen. Sie hatten nicht die Kraft, vor Miss Dew zurückzuweichen, die mit dem Salat auf sie zukam.

Sie bewegte sich frei unter ihnen, wobei sie einem nach dem anderen den Salat hinhielt und ihn in ihre herunterhängenden Mäuler drückte, so als ob sie Pferde mit Zucker fütterte. Sie wandten ihre grübelnden Köpfe von dem Brechmittel ab und drehten sie, sobald es an ihnen vorübergegangen war, wieder in ihre alte Richtung. Miss Dew drang auf der Suche nach einem Schaf, das ihren Salat fräße, immer weiter querfeldein.

Murphy war durch diese rührende kleine Argonautik und vor allem durch das ekstatische Verhalten der Schafe so beansprucht, daß er Nelly nicht mehr beachtet hatte. Er bemerkte jetzt, daß sie alle Kekse mit Ausnahme des Ginger, der höchstens ein paar Sekunden in ihrem Maul geblieben sein konnte, gefressen hatte. Sie hatte sich, nach dem unendlich kleinen Winkel zu urteilen, den ihr Rücken nun mit dem Horizont bildete, nach ihrer Mahlzeit hingesetzt. Bei Dackeln von Nellys Länge und Kurzbeinigkeit muß gesagt werden, daß wirklich kaum zu unterscheiden ist, ob sie stehen, sitzen oder liegen. Wenn Parmigianino sich darauf verlegt hätte, Hunde zu malen, würde er sie so gemalt haben, wie Nelly aussah.

Miss Dew probierte nun eine ganz neue Methode. Diese bestand darin, daß sie ihre Gabe auf den Boden legte und sich an einen diskreten Ort zurückzog, damit die Schafe in ihrem Kopf den Geber von der Gabe trennen könnten, wenn sie es wünschten. Miss Dew war nicht Liebe, die sich eins fühlen kann mit dem, was sie gibt, und vielleicht ahnten die Schafe dunkel, daß Miss Dew nicht Salat war, was alles erschwerte. Aber die Psychologie eines Schafes ist viel komplizierter, als Miss Dew sich vorstellen konnte, und den Salat als ein natürliches Produkt des Parks hinzustellen, war ebenso erfolglos, wie ihn freimütig als eine exotische Variante darzubieten.

Miss Dew war schließlich gezwungen, ihre Niederlage zuzugeben, eine bittere Pille, wenn sie vor einem völlig Fremden geschluckt werden muß. Sie hob die beiden Salatköpfe auf und watschelte mit ihren kräftigen, kurzen Beinen wieder dorthin zurück, wo Murphy hockte und seinen Verlust betrauerte. Sie stand neben ihm und konnte vor Verlegenheit nichts sagen, während er vor lauter Kummer nicht schweigen konnte.

«Die Schafe», sagte er, «mögen vielleicht Ihren Kohl verschmähen...»

«Salat!» rief Miss Dew. «Herrlicher, frischer, sauberer, weißer, krauser, glänzender, köstlicher Salat!»

«Aber Ihre läufige Hündin hat mein Mittagessen gefressen», sagte Murphy, «jedenfalls soviel, wie sie vertragen konnte.»

Miss Dew sank in die Knie wie jeder normale Mensch und nahm Nellys Kopf in ihre Hände. Herrin und Hündin tauschten einen langen verständnisinnigen Blick aus.

«Die Verdorbenheit ihres Appetits», sagte Murphy, «erstreckt sich, wie Sie vielleicht mit Vergnügen zur Kenntnis nehmen, nicht auf Ginger, und mein Mordsappetit auch nicht auf das, was ein läufiger Köter wieder ausgespuckt hat.»

Die kniende Miss Dew glich mehr denn je einer Ente oder einem verkümmerten Pinguin. Ihr Busen hob und senkte sich, sie errötete und erblaßte, als Murphy Nelly, die mit Lord Gall alles war, was sie in diesem langweiligen Diesseits hatte, einen läufigen Köter nannte. Ihr Schoßhund hatte sie sicher in ein ganz falsches Licht gesetzt.

Wylie hätte sich an Murphys Stelle mit dem Gedanken trösten können, daß der Park ein geschlossenes System sei, in dem kein Appetitverlust möglich wäre; Neary mit der Salbung eines *Ipse dixit*, Ticklepenny mit Repressalien. Murphy war jedoch untröstlich, während in seinem Geiste noch der Docht der Kerze stank, die die Kekse angezündet hatten und die Nelly erstickt hatte.

«Oh, mein Amerika», rief er, «mein Neufundland, so wenig gesichtet wie Atlantis.»

Miss Dew stellte sich ihren Gönner an ihrer Stelle vor.

«Wieviel fehlt Ihnen?» sagte sie.

Diese Worte waren und blieben Murphy unverständlich, bis er ein Portemonnaie in ihrer Hand sah.

«Twopence», antwortete er, «und eine Kritik der reinen Liebe.»

«Hier sind Threepence», sagte Miss Dew.

Das erhöhte Murphys Kröten auf Fivepence.

Miss Dew ging, ohne auf Wiedersehen zu sagen. Sie war nicht froher von zu Hause weggegangen, als sie nun traurig heimkehrte. Es war oft so. Sie watschelte auf das Victoria Gate zu, wobei Nelly vor ihr her glitt, und sie fühlte, wie schlecht ihr der Ausflug bekommen war. Ihr Salat war abgelehnt worden, man hatte sie gekränkt, ihr Schoßhund war beschimpft worden und also auch sie, und die Threepence, die sie für ein Glas Dünnbier vorgesehen hatte, waren ausgegeben. Sie ging an den Dahlien und am Hundefriedhof vorbei und trat dann in den grellen, grauen Glast der Bayswater Road. Sie nahm Nelly in ihre Arme und trug sie eine längere Strecke als nötig in Richtung Paddington. Ein Stiefel von Lord Gall wartete auf sie, ein Stiefel aus der Garderobe seines Vaters. Sie würde sich mit Nelly in ihrem Schoß, mit einer Hand auf dem Stiefel und mit der anderen auf dem Brett, hinsetzen und dem Äther einen guten Grund abluchsen, damit der Protektor, der unglücklicherweise gleichzeitig der Erbschaftsanwärter war, die grausame Beschränkung der Erbfolge aufhöbe.

Miss Dews Medium, eine panpygoptotische Manichäerin aus dem vierten Jahrhundert namens Lena, mit strenger Haltung und blassem Gesicht, die Hieronymus auf seinem Weg von Calchis nach Bethlehem in Rom gastfreundlich empfangen hatte, war ihrem eigenen Bericht zufolge noch nicht ganz und gar als geistiger Körper wiedererweckt worden, um sich viel bequemer hinsetzen zu können, als es in ihrem natürlichen Zustand der Fall war. Sie erklärte jedoch, daß jedes Jahrhundert eine merkliche Verbesserung bringe, und beschwor Miss Dew, guten Mut zu bewahren. In tausend Jahren habe sie Hoffnung, Oberschenkel wie jede andere zu haben, und nicht nur Oberschenkel, sondern himmlische Oberschenkel.

Miss Dew war kein Allerweltsmedium, ihre Methoden waren original und eklektisch. Sie war vielleicht nicht imstande, Fluten von Ektoplasma heraufzubeschwören oder Anemonen aus ihren Achselhöhlen sprießen zu lassen; wenn man sie jedoch allein und in Ruhe ließ, so konnte sie, mit einer Hand auf einem abgetragenen Stiefel und der anderen auf dem Brett und Nelly im Schoß und Lena am Ende des Unsichtbaren, die Toten den Lebenden in sieben Sprachen schmeicheln lassen.

Murphy blieb noch ein Weilchen auf seinen Fersen sitzen, wobei er mit den fünf Pennies spielte, über Miss Dew nachdachte und über die Schafe, für die er eine große Sympathie hatte, dieses und jenes Vorurteil bedauerte und mit seiner Liebe zu Celia ins Gericht ging. Vergebens. Die Freiheit der Indifferenz, die Indifferenz der Freiheit, der Wille wie Staub inmitten des Staubs seiner Objekte, die Tat eine Handvoll fallen gelassenen Sands – dies waren einige der Formen, die er gesichtet hatte, Landsicht bei

Sonnenuntergang nach so vielen Tagen. Nun war jedoch alles wieder nebelhaft und dunkel, eine finstere Erbitterung, in der sein Geist sich vergebens bemühte. Er wandte sich darum dem anderen Extrem zu, löste seinen Geist von den groben Zudringlichkeiten von Sensation und Reflexion und schickte sich an, auf seinem hohlen Rücken der Erstarrung zu verfallen, nach der er sich seit fünf Stunden gesehnt hatte. Er war durch Ticklepenny, Miss Dew und seine Bemühungen, das Licht wieder anzuzünden, das Nelly gelöscht hatte, unerbittlich davon abgehalten worden. Aber nun schien ihn nichts mehr zurückzuhalten. Nun kann mich nichts mehr zurückhalten, war sein letzter Gedanke, bevor er ins Bewußtsein versank, und nichts wird mich zurückhalten. Es tauchte wirklich nichts auf, um ihn zurückzuhalten, und er glitt hinweg, fort von Strafarbeiten und Zensuren, von Celia, Drogisten, öffentlichen Wegen, usw., von Celia, Autobussen, öffentlichen Gärten, usw., dorthin, wo es weder Strafarbeiten noch Zensuren, sondern nur einen über alle Maßen vervollkommneten Murphy gab.

Als er, ohne recht zu wissen wie, zu oder besser von sich kam, stellte er fest, daß die Nacht hereingebrochen und der Mond aufgegangen war und daß die Schafe um ihn herumstanden, eine Menge blasser, ungewisser Gestalten, die ihn ahnen ließen, wie er vielleicht geweckt worden war. Sie schienen in etwas besserer Form zu sein, wordsworthischer Worte weniger wert, ruhend, wiederkäuend und sogar fressend. Was sie verschmäht hatten, war also weder Miss Dew noch ihr Kohl, sondern lediglich die Tageszeit gewesen. Er dachte an die vier in Käfige eingesperrten Eulen im Battersea Park, deren Leiden und Freuden erst bei der Dämmerung begannen.

Er starrte mit aufgerissenen Augen zum Mond hinauf und schob mit den Fingern gewaltsam die Lider zurück, das Gelb sickerte darunter in seinen Schädel, und feucht und fade stieß es aus fernen Tagen in ihm auf:

Vom Aufgang bis zum Untergeh'n
fast nur durch Tränenschleier angeseh'n, –

er spuckte, stand auf und kehrte in aller Eile, die Fivepence aufbieten konnten, zurück zu Celia. Seine Neuigkeiten waren, ihrem Gott gemäß, zweifellos gut, aber für Murphy war es ein anstrengender Tag gewesen, und er erwartete ungeduldiger als sonst den Beginn der Musik. Er kam viel später als gewöhnlich an und fand nicht ein verderbendes Mahl vor, wie er gehofft und gefürchtet hatte, sondern eine mit dem Gesicht nach unten auf dem Bett ausgestreckte Celia.

Es war etwas Furchtbares geschehen.

6

AMOR INTELLCTUALIS QUO MURPHY SE IPSUM AMAT.

Leider ist hier der Punkt der Geschichte erreicht worden, wo eine Rechtfertigung des Ausdrucks «Murphys Geist» versucht werden muß. Glücklicherweise brauchen wir uns mit diesem Mechanismus, so wie er in Wirklichkeit beschaffen war, nicht zu befassen – es wäre übertrieben und anmaßend –, sondern nur mit dem, was er fühlte und zu sein sich vorstellte. Murphys Geist ist schließlich das Wesentliche dieser Untersuchungen. Indem wir ihm in diesem Stadium einen kurzen Abschnitt widmen, befreien wir uns von der Notwendigkeit, ihn später zu rechtfertigen.

Murphys Geist stellte sich sich selbst als eine große hohle Kugel vor, die hermetisch vom äußeren Universum abgeschlossen war. Dies bedeutete keine Verarmung, da er nichts ausschloß, was er nicht selbst enthielt. Nichts war je im äußeren Universum gewesen, war noch darin oder würde darin sein, was nicht virtuell oder wirklich oder in der Entwicklung vom virtuellen Zustand zur Wirklichkeit oder aus der Wirklichkeit in den virtuellen Zustand fallend bereits in seinem inneren Universum vorhanden war.

Dadurch geriet Murphy jedoch nicht in den idealistischen Teer. Es gab das geistige Faktum, und es gab das physische Faktum, die beide gleich wirklich, wenn auch nicht gleich angenehm waren.

Er unterschied zwischen dem Wirklichen und Virtuellen seines Geistes nicht wie zwischen Form und formlosem Verlangen nach Form, sondern wie zwischen dem, was er sowohl geistig als auch physisch erfahren hatte, und dem, was er nur geistig erfahren hatte. Somit war die Form des Fußtritts wirklich und die der Liebkosung virtuell.

Der Geist fühlte seinen wirklichen Teil oben und klar, seinen virtuellen Teil unten und im Dunkel verschwindend, ohne dies jedoch mit dem ethischen Yo-Yo zu verbinden. Die geistige Erfahrung war scharf von der physischen Erfahrung getrennt, ihre Kriterien waren nicht die der physischen Erfahrung, die Übereinstimmung eines Teils ihres Inhalts mit der physischen Wirklichkeit verlieh diesem Teil keinen höheren Wert. Er funktionierte nicht einem Wertprinzip gemäß und konnte nicht dementsprechend eingeteilt werden. Er bestand aus Licht, das ins Dunkel überging, aus Oben und Unten, aber nicht aus Gut und Böse. Er enthielt Formen mit Parallelen in einer anderen Seinsart und Formen ohne Parallelen, aber nicht richtige Formen und falsche Formen. Er fühlte keinen Widerstreit zwischen seinem Licht und Dunkel und keine Notwendigkeit dafür, daß sein Licht sein Dunkel verschlänge. Die Notwendigkeit bestand darin, mal im Licht zu sein, mal im Halbdunkel und mal im Dunkel. Das war alles.

So fühlte Murphy sich selbst in zwei gespalten, in einen Körper und einen Geist. Sie hatten anscheinend Verkehr, sonst hätte er nicht wissen können, daß sie irgend etwas gemeinsam hatten. Aber er fühlte seinen Geist als etwas Körperdichtes und begriff weder, durch welchen Kanal der Verkehr stattfand, noch wie die beiden Erfahrungen sich überlagern konnten. Er war davon überzeugt, daß die eine Erfahrung nicht aus der anderen zu folgern war. Er dachte nicht an einen Fußtritt, weil er ihn fühlte, und er fühlte auch keinen Fußtritt, weil er daran dachte. Vielleicht verhielt sich die Kenntnis des Fußtritts zu dem wirklichen Fußtritt wie zwei Größen sich zu einer dritten verhalten. Vielleicht gab es außerhalb von Raum und Zeit einen nicht-geistigen nicht-physischen Fußtritt seit aller Ewigkeit, der Murphy vage in seinen aufeinander bezogenen Arten des Bewußtseins und der Ausdehnung als der Fußtritt *in intellectu* und der Fußtritt *in re* offenbart wurde. Wo aber war die höchste Liebkosung?

Wie dem auch sei, Murphy war bereit anzunehmen, daß diese teilweise Kongruenz seiner geistigen und seiner körperlichen Welt auf irgendeinen ähnlichen Prozeß einer übernatürlichen Determination zurückzuführen war. Das Problem war nicht sehr interessant. Jede Lösung war ihm recht, die nicht gegen das mit Murphys zunehmendem Alter stärker werdende Gefühl verstieß, daß sein Geist ein geschlossenes System wäre, das keinem anderen Wandlungsprinzip als seinem eigenen unterworfen, selbstgenügsam und gegen die Wechselfälle des Körpers gefeit wäre. Unendlich viel interessanter als die Tatsache, wie es dazu kam, war die Art und Weise, in der es ausgenützt werden könnte.

Er war gespalten, ein Teil von ihm verließ nie diese geistige Kammer, die sich selbst als eine Sphäre voller Licht vorstellte, das ins Dunkel überging, weil es keinen Ausweg gab. Aber die Bewegung in dieser Welt hing von der Ruhe in der äußeren Welt ab. Ein Mann liegt im Bett und möchte schlafen. Eine Ratte ist hinter der Wand, an seinem Kopfende, und möchte sich bewegen. Der Mann hört, wie die Ratte sich rührt, und kann nicht schlafen, die Ratte hört, daß der Mann sich rührt, und wagt nicht, sich zu bewegen. Sie sind beide unglücklich, einer rührt sich, und der andere wartet, oder beide sind glücklich, die Ratte bewegt sich, und der Mann schläft.

Murphy konnte, auch wenn er körperlich sozusagen auf dem Damm war, mit Hilfe einer Art geistigen *tic douloureux*, der für seine Parodie des vernünftigen Verhaltens ausreichte, schlecht und recht denken und erkennen. Aber das war es nicht, was er unter Bewußtsein verstand.

Sein Körper versetzte sich mehr und mehr in einen Schwebezustand, der weniger fragil war als der Schlaf, zu seiner eigenen Bequemlichkeit und damit sein Geist sich bewegen könne. Es schien wenig von diesem Körper übrig zu sein, das nicht gemeinsame Sache mit diesem Geist machte, und dies Wenige überließ sich gewöhnlich seiner eigenen Müdigkeit. Die Entwicklung von dem, was wie ein heimliches Einverständnis zwischen zwei sich völlig Fremden aussah, blieb für Murphy genauso unverständlich wie die Telekinese oder die Leydener Flasche und ebensowenig interessant. Er stellte mit Genugtuung fest, daß sie existierte und daß sein körperliches Bedürfnis mehr und mehr mit seinem geistigen zusammenfiel.

Wenn er körperlich verfiel, fühlte er, wie er geistig lebendig und frei wurde, um sich zwischen seinen Schätzen zu bewegen. Der Körper hat seinen Bestand, der Geist seine Schätze.

Es gab die drei Zonen, Licht, Halbdunkel, Dunkel, jede mit ihrer Besonderheit.

In der ersten gab es die Formen mit Parallelen, ein herrlicher Abriß des Hundelebens, die für eine neue Anordnung verfügbaren Elemente physischer Erfahrung. Hier bestand das Vergnügen in der Vergeltung, es war das Vergnügen, die physische Erfahrung umzusetzen. Der Fußtritt, den der physische Murphy bekommen hatte, wurde hier vom geistigen Murphy gegeben. Es war derselbe Fußtritt, jedoch mit korrigierter Richtung. Hier ließen die Drogisten sich langsam die Haare ausrupfen. Hier vergewaltigte Ticklepenny Miss Carridge, und so weiter. Hier wurde das ganze physische Fiasko zu einem tollen Erfolg.

In der zweiten waren die Formen ohne Parallelen. Hier bestand das Vergnügen in der Kontemplation. Diesem System gegenüber gab es keine andere Art, in der es aus den Fugen sein konnte, es brauchte darum auch nicht korrigiert zu werden. Hier war die Belacqua Seligkeit und andere kaum weniger genaue.

In diesen beiden Zonen seiner privaten Welt fühlte Murphy sich souverän und frei, in der einen frei, um zu vergelten, was er empfangen, und in der anderen frei, um sich nach Belieben von einer unvergleichlichen Seligkeit zur anderen zu begeben. Es gab keine Konkurrenz.

Die dritte, die dunkle Zone, bestand aus einer Flut von Formen, einem ständigen Zusammenkommen und Auseinanderfallen von Formen. Das Licht enthielt die fügsamen Elemente einer neuen Vielfältigkeit, die körperliche, wie in Spielzeugteile zerbrochene Welt; das Halbdunkel Zustände des Friedens. Aber das Dunkel enthielt weder Elemente noch Zustände, sondern nur Formen, aber werdende und zu Fragmenten eines neuen Werdens zerfallende Formen, ohne Liebe oder Haß oder irgendein erkennbares Wandlungsprinzip. Hier gab es nur Aufruhr und die reinen Formen des Aufruhrs. Hier war er nicht frei, sondern ein Stäubchen im Dunkel absoluter Freiheit. Er bewegte sich nicht, er war ein Punkt in dem unaufhörlichen, bedingungslosen Werden und Vergehen der Linien.

Gebärmutter des Irrationalen.

Es war ein Vergnügen, die Ticklepennies und Miss Carridges gleichzeitig mit einem Fußtritt in gräßliche Liebesakte zu stoßen. Es war ein Vergnügen, träumend auf der Terrasse neben Belacqua zu liegen, um zu beobachten, wie die Sonne schräg aufgeht. Aber ein wieviel größeres Vergnügen war das Gefühl, ein Geschoß ohne Herkunft oder Bestimmung zu sein, das von einem Tumult nicht-newtonscher Bewegung ergriffen wird. Es war ein so großes Vergnügen, daß Vergnügen nicht das richtige Wort war.

Somit verbrachte er in dem Maße, wie sein Körper ihn mehr und mehr in seinem Geist befreite, immer weniger Zeit im Licht, wo er auf die Sturzwellen der Welt spie; und weniger Zeit im Halbdunkel, wo die Wahl der Wonne eine Anstrengung erforderte; und mehr und mehr und mehr im Dunkel, in der Willenlosigkeit, ein Stäubchen in seiner absoluten Freiheit.

Nachdem diese peinliche Pflicht nunmehr erfüllt ist, werden keine weiteren Bulletins mehr veröffentlicht.

7

NACH CELIAS VERTRAULICHEM GESPRÄCH MIT ihrem Großvater triumphierte sie ungefähr Mitte September über Murphy, und zwar am Donnerstag, dem 12., um pedantisch genau zu sein, kurz vor dem Quatember, als die Sonne noch immer im Zeichen der Jungfrau stand. Wylie rettete, tröstete und beriet Neary eine Woche später, als die Sonne mit einem Seufzer der Erleichterung zur Waage hinüberwechselte. Das so folgenschwere Treffen zwischen Murphy und Ticklepenny fand am Freitag, dem 11. Oktober statt (was Murphy natürlich nicht wußte), als der Mond wieder voll war, der Erde jedoch nicht so nahe stand wie bei der letzten Opposition.

Wir wollen Chronos, den alten Hurenbock, nun, obgleich er hinten schon kahl ist, bei seinen spärlichen, noch übrigen, kümmerlichen Härchen packen und ihn zurück zum Montag, dem 7. Oktober und ersten Tag seiner Restitution an die bezaubernde Miss Greenwich ziehen.

Die anständigen Leute gingen zu Bett.

Mr. Willoughby Kelly ließ sich zurückfallen. Das Segel seines Drachens war aus karminroter Seide, die durch manche Unbilden der Witterung verschlissen und verblichen war. Er hatte es mit Nadel und Faden gestopft, mehr konnte er nicht tun. Das große, von seinem sternförmigen Gerüst befreite karminrote Sechseck lag auf der Steppdecke. Mr. Kelly selber hätte man knappe neunzig Jahre gegeben, Lichtkaskaden fielen von der Nachttischlampe auf die unbehaarten Kuppeln und Beulen seines Schädels, so daß sein Gesicht von Schatten zerfurcht wurde. Das Denken fiel ihm schwer, sein Körper schien ihm über eine weite Fläche ausgebreitet zu sein, Teile davon entfernten und verirrten sich, wenn er nicht scharf aufpaßte, er fühlte, wie sie voller Ungeduld auf und davon wollten. Er war wachsam und erregt, seine Wachsamkeit war erregt, in seinem Geiste machte er Sätze und Sprünge hierhin und dahin. Das Denken fiel ihm schwer, es gelang ihm nicht, das traurige Wortspiel (sein Französisch war nämlich ausgezeichnet): Celia, s'il y a, Celia, s'il y a, das pausenlos hinter seinen Augen pulste, weiter zu entwickeln. Mit ihrem Namen Wortspiele zu machen, tröstete ihn ein wenig, sehr wenig. Was hatte er ihr getan, daß sie ihn nicht mehr besuchte? Jetzt habe ich niemanden mehr, sagte Mr. Kelly, nicht einmal Celia. Das menschliche Augenlid ist nicht tränendicht, die Krater zwischen Nase und Backenknochen fingen das kostbare Naß auf, kein anderes Tränenfläschchen war erforderlich.

Auch Neary hatte niemanden mehr, nicht einmal Cooper. Er kauerte, von seinen Sorgen umschlungen, wie eine Eule im Efeu, in der Glasshouse Street und überschwemmte seinen mit Vogelnestersuppe, Sojabohnen, Nudeln, Haifischflossen und Ly-Chee-Sirup gefüllten Magen mit grünem Tee. Er war traurig, verbissen traurig wie ein Choleriker. Er hielt die Eßstäbchen wie Knochen zwischen den Fingern und trommelte leise seinen Zorn aus.

Sein Problem war nicht nur, wie er Murphy finden sollte, sondern auch, wie er ihn finden sollte, ohne selbst von Ariadne geborene Cox gefunden zu werden. Es war, als ob man eine Nadel in einem Heuschober voller Nattern suchte. Die Stadt war voll von ihrer Allgegenwärtigkeit und er war allein. Bei einem Wutausbruch hatte er Cooper abgeschüttelt, den er jetzt herbeisehnte und nicht finden konnte. Er hatte Wylie schriftlich gebeten, zu kommen und ihm mit seinem Einfallsreichtum, seiner Pfiffigkeit, seinem *savoir faire* und seinem *savoir ne pas faire*, eben mit all jenen listigen Fähigkeiten zu helfen, die Neary nicht besaß. Wylie hatte darauf ganz ehrlich geantwortet, daß Miss Counihan ihn ganz und gar beanspruche und daß es viel schwieriger sei, Neary einen Weg zu bahnen, als er geahnt habe. Dieser Brief erfüllte Neary mit neuer Besorgnis. Er war von Cooper, einem erprobten und vertrauenswürdigen Diener, verraten worden, mit wieviel größerer Wahrscheinlichkeit also von Wylie, den er kaum kannte. Plötzlich erschien ihm Murphy, den er eigentlich verfolgte, als der einzige Mann unter all seinen Bekannten, der einzige von allen Menschen, die er je kennengelernt hatte, der keinen Treuebruch einem Mann gegenüber begehen würde, wie schlecht er auch immer die Frauen behandeln mochte. Also veränderte sich sein Verlangen nach Murphy. Es konnte nicht dringender sein, als es schon war, es mußte in bezug auf den Rivalen in dem Maße abnehmen, wie es in bezug auf den Freund zunahm. Die Tochter des Blutegels war ein geschlossenes System.

Er saß da, schüttelte seinen Kopf wie eine vielleicht leere Flasche, trommelte ärgerlich mit den Eßstäbchen und mehr noch als irgendeine Frau oder gar Geliebte, und wäre es Yang Kuei-Fu persönlich, fehlte ihm ein Geist, neben den er den seinen betten könnte. Das orientalische Milieu war zweifellos nicht unbeteiligt an dieser Verirrung. Der Ly-Chee-Sirup, von dem er drei Portionen verzehrt hatte, verbreitete weiter seinen namenlosen Wohlgeruch, eine hinter seinen Sorgen dämmernde Lautenmusik.

Miss Counihan saß auf Wylies Knien, *nicht* in Wynn's Hotel, damit nicht eine Verleumdungsklage Lügen gestraft zu werden braucht, und beide tauschten Austernküsse aus. Wylie küßte nicht oft, aber wenn er küßte, küßte er gründlich. Er gehörte nicht zu jenen trüben Figuren, die den Klöppel aus der Glocke der Leidenschaft entfernen wollen. Ein Kuß von Wylie war wie über mehrere Takte gebundene Noten einer langen, langsamen, verliebten Phrase, die von leise geklimperten Tremolos begleitet wurden. Noch nie hatte Miss Counihan etwas so genußreich gefunden wie diese Liebesspeichelosmose im Zeitlupentempo.

Der obige Abschnitt wurde sorgfältig darauf zugeschnitten, den gebildeten Leser zu verderben.

Für ein irisches Mädchen war Miss Counihan außerordentlich menschenähnlich. Wylie war nicht sicher, ob er überhaupt etwas für ihren Mund, der ziemlich groß war, übrig hatte. Die Kußfläche war größer als die der Rosenknospe, jedoch nicht so stark getönt. Abgesehen davon ging's. Es ist überflüssig, sie zu beschreiben, sie war genauso wie jedes andere hübsche irische Mädchen, mit dem Unterschied, wie gesagt, daß sie viel menschenähnlicher war. Inwieweit dies einen Vorteil darstellt, muß jeder Mann für sich entscheiden.

Cooper tritt auf. Wie ein von seinem Felsen gerissenes Weichtier ließ Wylie die Beute los. Miss Counihan kümmerte sich um ihren wunden Mund. Wylie hätte sein Liebesspiel ebensowenig wegen Cooper wie eines Tieres wegen unterbrochen, aber er fürchtete, daß Neary auch in der Nähe wäre.

«Ich bin rausgeschmissen worden», sagte Cooper.

Wylie erfaßte blitzschnell die Situation. Er wandte sich beruhigend der immer noch keuchenden Miss Counihan zu und sagte:

«Keine Angst, Liebling, es ist Cooper, Nearys Faktotum. Er klopft nie an, nimmt nie Platz und setzt nie seinen Hut ab. Er weiß sicher etwas Neues über Murphy.»

«Oh, wenn Sie etwas Neues wissen», rief Miss Counihan, «wenn Sie Neues über meinen Liebsten wissen, so reden Sie, reden Sie, ich flehe Sie an.» Sie war eine allesverschlingende Leserin.

Es stimmte, daß Cooper sich nie hinsetzte, seine Acathisie saß tief und war ein altes Leiden. Es war ihm einerlei, ob er stand oder lag, sitzen konnte er jedoch nicht. Von Euston bis Holyhead hatte er gestanden, von Holyhead bis Dun Loaghaire gelegen. Jetzt stand er wieder kerzengerade mitten im Zimmer, mit der Melone auf dem Kopf, dem enggeknoteten, scharlachroten Schal und dem blutunterlaufenen Glasauge, während seine Mittelfinger an den Nähten seiner Breecheshosen genau oberhalb der Knie auf- und abglitten und er immer wiederholte: «Ich bin rausgeschmissen worden. Ich bin rausgeschmissen worden.»

«Sag lieber», sagte Wylie, der, anders als Murphy, lieber faule Witze als gar keine hatte, vorausgesetzt, daß er sie selbst machte, «sag lieber, du seist durchgedreht.»

Er goß einen doppelten Whisky ein und reichte ihn ihm, indem er sagte:

«Das wird die Nadel aus der Rille reißen.»

Der doppelte Whisky war für Cooper nur soviel wie der Geruch eines Korkens, den er aber nichtsdestotrotz nicht verschmähte. Die meisten Korken, die ihm angeboten wurden, waren geruchlos.

Coopers Erklärung dafür, wie es dazu kam, daß er rausgeschmissen wurde, ergibt geläutert, beschleunigt, beschönigt und verkürzt folgendes.

Nach vielen Tagen sichtete er Murphy eines späten

Nachmittags am Cockpit und folgte seinen Spuren bis zu der Gasse in West Brompton. An der Gassenecke stand ein prachtvoller, viereckiger Gin-Palast, eine Kneipe, die weder von der Sonne noch vom Mond beleuchtet zu werden brauchte. Als Cooper, Murphy dicht auf den Fersen, daran vorbeiging, tat sich das Gitter auf, wurden die Jalousien hochgezogen und öffneten sich die Türen. Cooper folgte seinem Weg, Murphys Weg, bis dieser in dem Hause endete, das Murphy betrat. Er schloß selbst auf, also wohnte er dort. Cooper notierte die Hausnummer im Geiste und eilte den Weg, den er gekommen war, zurück, wobei er sich unterwegs das Telegramm an Neary ausdachte.

An der Ecke hielt er inne, um die Kneipe zu bewundern, die großartiger war als alle, die er je gesehen hatte. Im Eingang stand plötzlich ein strahlender Mann in Hemdsärmeln, einer Schürze aus feinem, grünem Serge und mit einer Flasche Whisky in der Hand. Sein Gesicht sah wie ein Engelsgesicht aus, und er reichte Cooper die Hand.

Als er fünf Stunden später wieder herauskam, war sein Durst unstillbar geworden. Die Türen schlossen sich, die Jalousien rasselten herunter, die Flügel des Gitters vereinten sich wieder. Die Verteidigung West Bromptons durch West Brompton gegen West Brompton überließ nichts dem Zufall.

Er wütete. Pantagruel packte ihn bei der Gurgel. Der Mond, der merkwürdigerweise nicht nur voll war, sondern sich auch im Perigäum befand, verlieh dem verlorenen Paradies einen ironischen Glanz. Er knirschte mit den Zähnen, er klammerte sich grimmig an die ausgebeulten Knie seiner Hosen, er war vom Bösen besessen. Er dachte an Murphy, seine Beute, also sein Feind. Die Tür des Hauses war halb offen, er schloß sie hinter sich und stand in der dunklen Diele. Er zündete ein Streichholz an. Der einzige Raum, der sich an die Diele anschloß, hatte keine Tür; aus dem Kellergeschoß drang weder ein Laut noch Licht. Er stieg die Treppe hinauf. Er öffnete die einzige Tür auf dem

Treppenabsatz, um in dem gespenstisch flackernden Streichholzschein ein Klosett zu erblicken. Zwei Räume grenzten an den Treppenabsatz der ersten Etage, einer hatte keine Tür und aus dem anderen drang ein langer Seufzer der Verzweiflung. Cooper trat ein, fand Murphy in der schrecklichen, im dritten Kapitel beschriebenen Lage, nahm an, daß ein Mord schiefgegangen wäre, und zog sich schleunigst zurück. Als er aus der Tür stürzte, schlüpfte die schönste junge Frau, die er je gesehen hatte, hinein.

«O weh!» schrie Miss Counihan. «Treulos und grausam.»

Er nahm die Untergrundbahn nach Wapping, dessen Selbstverteidigung durch sich selbst gegen sich selbst nicht so unerbittlich war wie die West Bromptons, und trank dort eine Woche lang.

Ein glücklicher Zufall wollte, daß er gleichzeitig keinen Durst und kein Geld mehr hatte. Er plünderte einen Almosen-Opferstock nach dem anderen, bis er ein paar Schillinge zusammengekratzt hatte. Er eilte zurück nach West Brompton und machte unterwegs nur halt, um Neary die gute Nachricht zu drahten, daß Murphy gefunden sei. Die Trümmer der Gasse wurden gerade weggeräumt, um Platz für eine Architektur zu schaffen, die besser zu dem Palast an der Ecke paßte. Er eilte zurück zu seinem Quartier und machte unterwegs nur halt, um Neary die schlechte Nachricht zu drahten, daß Murphy wieder verlorengegangen sei.

Neary traf am nächsten Morgen ein. Cooper flehte ihn um Mitleid an, gestand alles haarklein und wurde mit Schimpf und Schande rausgeschmissen.

Ein paar Tage später wurde er wegen Bettelns ohne Singen festgenommen und bekam zehn Tage. Die Mußestunden seiner Haft, die ihm sonst sehr lange geworden wären, verwandte er darauf, die Rückfahrthälfte seiner Monatskarte so umzudatieren, daß er im Augenblick der Freilassung ohne Zeitverlust in sein geliebtes Heimatland zurückkehren konnte. Er war ein paar Tage in Dublin gewesen, um Miss Counihan zu suchen, die keine Adresse in Wynn's Hotel hinterlassen hatte. Nun fand er sie schließlich zu seiner größten Freude in den Armen Mr. Wylies, den er natürlich noch aus der Studienzeit in Cork kannte, aus jenen glücklichen Tagen, die für immer vorbei waren. Er wischte eine Träne weg.

Alle Marionetten in diesem Buche flennen früher oder später, mit Ausnahme von Murphy, der keine Marionette ist.

Wylie fragte ihn drohend:

«Könntest du Murphy wiederfinden?»

«Vielleicht», sagte Cooper.

«Könntest du Neary finden?»

«Leicht», sagte Cooper.

«Wußtest du, daß Neary seine Frau verlassen hatte?»

«Wußte ich», sagte Cooper.

«Wußtest du, daß sie in London war?»

«Wußte ich», sagte Cooper.

«Warum bist du nicht zu ihr gegangen, als Neary dich hinausgeschmissen hatte?»

Cooper konnte diese Frage ganz und gar nicht leiden. Er zeigte seinem Peiniger mehrmals in schneller Folge seine Profile, zwischen denen nur wenig Ähnlichkeit bestand.

«Warum nicht?» sagte Wylie.

«Ich mag Mr. Neary zu gut leiden», sagte Cooper.

«Lügner», sagte Wylie.

Dies war keine Frage. Cooper wartete auf die nächste Frage.

«Neary weiß zuviel», sagte Wylie.

Cooper wartete.

«Du verpetzt ihn», sagte Wylie, «und er verpetzt dich, so ist es doch?»

Cooper gab nichts zu.

«Alles, was du brauchst», sagte Wylie, «ist ein wenig

Freundlichkeit, und nach kurzer Zeit wirst du dich hinsetzen, deinen Hut abnehmen und alles tun, was dir jetzt unmöglich ist. Miss Counihan und ich sind deine Freunde.»

Cooper hätte nicht dankbarer dreinschauen können, wenn er Frankensteins Dämon und Wylie De Lacey gewesen wäre.

«Und nun, Cooper», sagte Wylie, «sei so freundlich und verlaß das Zimmer und warte draußen, bis ich so gut bin, dich zu rufen.»

Als Cooper das Zimmer verlassen hatte, war Wylies erste Sorge, Miss Counihans Tränen wegzuküssen. Er pflegte zu diesem Zweck einen Spezialkuß anzuwenden, einen adstringierenden Kuß, dessen Bewegung an eine Haarschneidemaschine erinnerte. Nicht der Gedanke an den mit dem Obersten zuunterst gekehrten, blutenden Murphy, sondern der Gedanke an die schöne weibliche Besucherin hatte Miss Counihan erschüttert. Eingedenk des Schnitzers, den Neary am Grabe Pfarrer Prouts (F. S. Mahony) gemacht hatte, beteuerte Wylie, daß Murphy absolut nichts mit der jungen Frau, die Cooper beim Weggehen gesehen hatte, verband. Aber anstatt sie zu besänftigen, kränkte diese Äußerung Miss Counihan, die darin eine Herabsetzung Murphys sah. Denn, was konnte die Schönheit in Murphys Nähe anderes suchen als Murphy selbst? Sie verstärkte die Tränenflut, teils, um zu zeigen, wie gekränkt sie war, teils, weil die Küsse, die sie nun bekam, eine ganz neue Erfahrung für sie bedeuteten.

Als die Mühe, Tränen zu vergießen, schließlich größer wurde als das Vergnügen, das sie beim Wegküssen empfand, gab sie es auf. Wylie stärkte sich selbst mit einem kleinen Whisky und äußerte das Folgende als eine reiflich überlegte Meinung, was auch stimmte.

Es wäre an der Zeit, Miss Counihans Ungewißheit und also auch die ihrer Gönner, womit er sich selbst meinte, auf die eine oder andere Weise ein für allemal zu beseitigen. Ohne Cooper würde Neary Murphy nie finden. Aber selbst wenn es ihm gelänge, würde es Miss Counihan dann in irgendeiner Weise helfen? Im Gegenteil. Denn, wenn Murphy Miss Counihan nicht schon aus eigener freier Dummheit im Geiste aufgegeben hätte, würde Neary ihn einschüchtern oder bestechen, es schwarz auf weiß zu tun, oder, falls ihm dies nicht gelänge, ihn einfach aus dem Weg zu schaffen. Ein Mann, der fähig sei, bei Miss Counihan bigame Absichten zu hegen, sei zu allem fähig.

Selbst Wylie wußte nichts von der ersten Mrs. Neary, die gesund und munter, wenn auch offiziell leidend, in Kalkutta lebte.

«Obgleich ich Mr. Neary nicht verteidigen will», sagte Miss Counihan, «stelle ich ihn mir ungern als den Feigling vor, als den Sie ihn beschreiben. Wenn er, wie Sie sagen, seine Frau verlassen hat – ich weiß nicht warum und frage auch nicht danach –, so hatte er zweifellos triftige Gründe dafür.»

Miss Counihan konnte einen Mann nicht zu streng beurteilen, den ihre Reize vielleicht an den Rand der Bigamie gebracht hatten, wenn überhaupt. Es habe auch gar keinen Sinn, Wylies Verunglimpfungen eines Bewerbers zuzustimmen, der zahlungskräftiger, wenn auch – öh – persönlich weniger interessant sei als er selbst. Sie wolle sich nicht weiter mit Wylie einlassen, als es ihrem Zweck (Murphy) dienlich und ihrem Appetit genehm sei. Wenn sie ihn weniger streng behandelte als Neary, dann nur weil letzterer ihr den Appetit verschlüge. Aber sie habe dem einen wie dem anderen klargemacht, daß, solange noch irgendeine Hoffnung auf Murphy bestünde, ihre Gefühle als in einem Schwebezustand befindlich anzusehen seien. Wylie nahm dies gerne in Kauf. Er fand ihre schwebenden Gefühle so herzlich, daß ihm nicht besonders daran gelegen war, wenn sie nie deblockiert würden.

Wylie, der intelligent genug war, seinen Sternen zu danken, daß er nicht noch intelligenter war, sah ein, daß es ein

Fehler war, Murphy zu verteidigen und Neary anzugreifen. Eine Frau auf ihrem eigenen Terrain sentimentaler Lüsternheit zu überlisten, war für einen Mann ebenso unmöglich wie einen Hund beim Wittern zu übertreffen. Miss Counihans Instinkt war ein Scheidewasser, das aus Wylies geringsten Regungen sofort und mühelos das herauslöste, was sie nur an Schmeicheleien und Vorteilen für sie enthalten konnten. Ihre einzigen verwundbaren Stellen waren ihre erogenen Zonen und ihr Verlangen nach Murphy. Er begann ein schnelles Geplänkel mit den zuerst erwähnten und sagte dann:

«Es ist möglich, daß ich Neary Unrecht tue. Ich hoffe es von ganzem Herzen. Er ist vielleicht der zuverlässigste Mensch auf der Welt. Aber ohne Cooper wird er Murphy nie finden. Er hat nicht die dazu erforderliche, besondere Begabung. Und solange Murphy nicht gefunden ist, ist nichts zu machen.»

Miss Counihan ahnte dunkel, daß nach Murphys Auffindung vielleicht noch viel weniger zu machen wäre. Sie sagte:

«Was schlagen Sie vor?»

Bevor Wylie irgend etwas vorschlug, wollte er gerne zum Ausdruck bringen, daß Murphys Verlangen nach Miss Counihan sicher größer sei als ihres nach ihm. Eine Vorstellung von seiner Misere könne sie sich auf Grund von Coopers Schilderung, wie er Murphy angetroffen hätte, machen, nämlich offenbar als das Opfer irgendeines brutalen Überfalls, höchstwahrscheinlich in den Händen eines Geschäftskonkurrenten, und zwar in einer Wohnung, die nicht nur menschenunwürdig sei, sondern deren Tage auch von den Zentralbehörden gezählt seien. Nun würde er wahrscheinlich auf dem Themseufer schlafen oder die ganze Nacht hindurch um den St. James Park herumgetrieben werden, oder er würde die Todesqualen der Verdammten in der Krypta der Kirche St. Martin's in the Fields leiden. Es sei wichtig, ihn unverzüglich zu finden, nicht nur, damit er Miss Counihan bewies, daß seine Einstellung ihr gegenüber so positiv wie eh und je wäre, was natürlich das Hauptziel bliebe, sondern auch, damit er von seinem irrsinnigen irischen Stolz befreit würde. Solange es ihm möglich wäre, sich selbst auf Grund irgendeiner falschen Vorstellung von der Ritterlichkeit Miss Counihans Gesellschaft zu entziehen, würden alle seine Bemühungen zu nichts Gutem führen. Mit Miss Counihan an seiner Seite, um ihn anzuregen, zu ermutigen, zu trösten und zu belohnen, würde es jedoch keine Höhe geben, die er nicht erklimmen könnte.

«Ich fragte nach dem, was Sie vorschlagen», sagte Miss Counihan.

Wylie schlug vor, daß sie sich alle nach London begeben sollten, sie, er und Cooper. Sie sollte das Herz und die Seele, er der Kopf und Cooper die Klauen des Unternehmens sein. Es würde ihr gestatten, in dem Augenblick, in dem Murphy gefunden würde, ihre ganze angestaute Liebe auf ihn zu entladen, die in der Zwischenzeit täglich zu hegen und zu pflegen für ihn, Wylie, neben seinen übrigen Funktionen wie mit Neary verhandeln und Cooper vom Trinken abhalten, ein Vergnügen und eine Ehre wäre. Daß er nebenbei das Leben Ariadnes, geborener Cox, mit Hoffnung erfüllen würde, hätte er hinzufügen können, tat es aber nicht.

«Und wer bezahlt», sagte Miss Counihan, «bei diesem großen Putsch?»

«Letzten Endes Neary», sagte Wylie.

Als Beweis dafür zog er den Brief heran, in dem Neary seine Heftigkeit Cooper gegenüber bedauerte, Wylie anflehte, doch in seinen Dienst zu treten, und in dem er nach dem Saum von Miss Counihans Pelzmantel lechzte, so als wäre er vom ersten bis zum letzten Wort ein Kreditbrief. Es wäre vielleicht nötig, Miss Counihan um die Deckung einiger besonders dringender Ausgaben zu bitten, was sie nicht als einen bloßen Vorschuß, sondern als eine Kapitalanlage betrachten sollte, bei der Murphy zu den Dividenden zählen würde.

«Ich werde nicht vor Samstag abreisen können», sagte Miss Counihan. Sie steckte mitten in einer Anprobe.

«Gut», sagte Wylie, «um so besser. Es ist immer angenehm, dies Land zu verlassen, aber nichts ist angenehmer, als es mit dem Samstagschiff der Britisch-Irischen Linie zu tun, mit den Damen und Herren vom Theater, die das Recht genießen, auf hoher See die ganze Nacht hindurch zu zechen.»

«Ich meine, daß wir noch Zeit genug haben», sagte Miss Counihan, «um Mr. Neary zu benachrichtigen und die ganze Sache auf etwas – öh – sicherere Füße zu stellen.»

«Ich bin gegen jede Verbindung mit Neary», sagte Wylie, «solange Murphy nicht gefunden ist. Würde man sich jetzt, wo alles noch in der Luft hängt, an ihn wenden, so könnte er dumm genug sein, seinen eigenen Interessen zu schaden. Wenn er hingegen mit seinem Freund und seiner Geliebten in einem Augenblick konfrontiert wird, in dem er mißmutig ist, und der wiedergefundene Murphy als *fait accompli* im Hintergrund steht, so wird es, glaube ich, sicher einen Regen von Wohltaten geben.»

Schlimmstenfalls, dachte Wylie, wenn Murphy nicht gefunden werden kann und Neary frech wird, gibt es immer noch die Cox.

Schlimmstenfalls, dachte Miss Counihan, wenn mein Geliebter nicht gefunden werden kann und Wylie frech wird, gibt es immer noch Neary. «Einverstanden», sagte sie.

Wylie versicherte ihr, daß sie es nie bedauern würde. Keiner von ihnen würde es je bedauern. Es wäre der Anfang eines neuen Lebens für sie alle, für sie, für Murphy, für Neary und für seine Wenigkeit. Es wäre das Ende der Dunkelheit für alle Beteiligten. Er ging zur Tür.

«Ob ich es bedauere oder nicht», sagte Miss Counihan,

«ob es ein neues Leben ist oder nicht, ich werde Ihre Freundlichkeit nie vergessen.»

Er stand mit dem Rücken zur Tür, eine Hand hinter ihm hielt die Klinke, die andere machte eine Gebärde, zu der er stets Zuflucht nahm, wenn Worte unzulänglich waren, um seine Gefühle zu verbergen. Miss Counihan verlieh ihrem Gesicht daraufhin einen Anflug von gerade soviel Verständnis, wie es bequem wieder beheben konnte. Es war ein Risiko, das sie nicht oft auf sich nehmen mochte.

«Sie sind so gütig», sagte Wylie, «nicht ich.»

Allein gelassen, schürte sie vergeblich das Feuer. Der Torf war echt irisch in seiner Eleutheromanie, er wollte nicht hinter Gittern brennen. Sie löschte das Licht, öffnete das Fenster und lehnte sich hinaus. Ist es der Rücken, den der Mond nie der Erde zuwenden kann, oder ist es sein Gesicht? Was war schlimmer, nie dem zu dienen, den sie liebte, oder immerzu jenen, einem nach dem anderen, die ihr kaum unsympathisch waren? Es waren schwierige Probleme. Wylie und Cooper erschienen draußen auf dem Pflaster, zwei winzige Köpfe auf den Prangern ihrer Schultern (Murphys Bild). Dann setzte Cooper sich plötzlich in Bewegung, er rannte mit seinen staksigen, gehemmten Schritten fort, wobei er sich in seiner ganzen Länge aufrichtete. Sie hörte nicht, daß die Haustür laut zugeschlagen wurde, um sie zu veranlassen, eine würdige Haltung anzunehmen, in der sie von Wylie überrascht werden könnte, sondern lehnte sich noch weiter und tiefer hinaus, bis sie nur noch zur Hälfte überm Boden schwebend, im Zimmer blieb. Die sich beiderseits unter den grauen Freitreppen vor dem grauen Bürgersteig erstreckenden Höfe bildeten einen dunklen Graben. Die Spitzen des Geländers glichen der Schneide einer scharfen, Licht spritzenden Säge. Miss Counihan schloß ihre Augen, was unklug war, und schien das Zimmer ganz und gar zu verlassen, als Wylies Hände mit geschicktem Griff ihre Brüste umspannten und sie zu einem geselligeren Schwindel zurückzogen.

8

DAS SCHRECKLICHE MUSSTE GESCHEHEN SEIN, ALS die Drogisten sich über Murphy lustig machten.

An jenem Freitag, dem 11. Oktober, fand Miss Carridge nach langer Zeit ihr Brot wieder, es trudelte in Form von Warenproben verschiedener Art bei ihr ein: Rasierseife, Parfüm, Toilettenseife, Fußsalze, Badewürfel, Zahnpasta, desodorierende Lösungen und sogar Haarentferner. Man verliert so leicht seine Körperfrische, Miss Carridges unschätzbarer Vorteil gegenüber den meisten ihres Geschlechts war die Tatsache, daß sie Einruch in ihr Gebrechen hatte. Sie wollte nicht ohne Kampf stinken, vorausgesetzt, daß der Kampf nicht zu kostspielig wäre.

Freudig erregt, in allen Eckchen und Winkeln gründlich gewaschen und gesalbt und im Vollgefühl ihrer «Makellosigkeit», wie sie es nannte, erschien Miss Carridge mit der Tasse Tee bei Celia. Celia stand in einer Haltung, die gar nicht typisch für sie war, am Fenster und schaute hinaus.

«Herein», sagte Celia.

«Trinken Sie ihn, bevor er gerinnt», sagte Miss Carridge.

Celia drehte sich ruckartig um und rief:

«Oh, Miss Carridge, Sie sind es, ich bin so besorgt um den alten Kerl, er hat sich den ganzen Tag noch nicht gerührt.» Ihre Erregung ging mit ihr durch, sie kam und packte Miss Carridge beim Arm.

«Was für ein Unsinn», sagte Miss Carridge, «er hat sein Tablett wie gewöhnlich hineingenommen und wieder herausgestellt.»

«Das war vor Stunden», sagte Celia, «seitdem hat er sich nicht mehr gerührt.»

«Verzeihen Sie», sagte Miss Carridge, «ich hörte ganz deutlich, daß er sich wie immer bewegte.»

«Wie ist es möglich, daß Sie es gehört haben und ich nicht?» sagte Celia.

«Aus dem einfachen Grunde», sagte Miss Carridge, «weil Sie nicht ich sind.» Sie machte eine Pause, um den sonderbaren Satz bewundern zu lassen. «Haben Sie den Tag vergessen, an dem ich Sie auf den Gips aufmerksam machen mußte, der durch sein Stampfen auf Ihren Kopf bröckelte?»

«Nun bin ich aber darauf gefaßt», sagte Celia, «und lausche danach, und es ist das erste Mal, daß ich nichts gehört habe.»

«Was für ein Unsinn», sagte Miss Carridge. «Was Sie brauchen, ist...»

«Nein, nein», sagte Celia, «erst wenn ich weiß, was los ist.»

Miss Carridge zuckte mitleidslos die Achseln und wandte sich zum Gehen, Celia klammerte sich an ihren Arm. Miss Carridge schwitzte ihr Lob auf die Salben, die solche Herzlichkeit ermöglichten, die Dankbarkeit perlte aus allen ihren Poren. Diese von den Römern *caper* genannte Eigenschaft ist wirklich tragisch, besonders, wenn sie mit Einruch verbunden ist.

«Mein armes Kind», sagte die jungfräuliche Miss Carridge, «womit kann ich Sie beruhigen?»

«Indem Sie hinaufgehen und nachschauen», sagte Celia.

«Ich habe den strikten Befehl, ihn nie zu stören», sagte Miss Carridge. «Ich kann es jedoch nicht ertragen, Sie in solcher Verfassung zu sehen.»

Celia war tatsächlich in einer derartigen Verfassung, daß sie zitterte und aschgrau aussah. Die Schritte über ihrem Kopf waren zu einem wesentlichen Element ihrer Nachmittage geworden, zusammen mit dem Schaukelstuhl und dem kriechend dahinschwindenden Licht. Würde die Nacht in der Brewery Road so plötzlich hereinbrechen wie in der Ägäis, so könnte es sie nicht stärker beunruhigen als das Fehlen dieser Schritte.

Sie stand am Fuße der Treppe, während Miss Carridge leise hinaufstieg, an der Tür horchte, klopfte, lauter klopfte, pochte, an der Klinke rüttelte, mit ihrem Passepartout öffnete, ein paar Schritte ins Zimmer ging und stehenblieb. Der alte Kerl lag zusammengekauert mitten in Mäandern von Blut auf ihrem teuren Linoleum, mit einem Rasiermesser in der Hand und mit durchschnittener Kehle. Mit einer Ruhe, die sie selbst überraschte, überblickte Miss Carridge die Szene. Sie entsprach so genau dem Bild, das sie erwartet hätte und sich deshalb irgendwann einmal vorgestellt haben mußte, daß sie gar nicht oder kaum schockiert war. Sie hörte Celia «Na?» rufen. Sie sagte sich, wenn ich einen Arzt rufe, muß ich sein Honorar bezahlen, wenn ich dagegen die Polizei rufe ... Das Rasiermesser war zugeklappt, ein Finger war halb abgetrennt, ein plötzliches schwarzes Zucken füllte seinen Mund. Diese Einzelheiten, die sie sich nie vorgestellt haben konnte, verursachten ihre Übelkeit, diese und andere, deren Beschreibung zu peinlich wäre. Sie eilte die Treppe hinunter, Stufe für Stufe, wobei ihre Füße sich so schnell bewegten, daß sie wie auf Raupenrädern zu rollen schien, ihr Zeigefinger sägte an ihrem Kropf hin und her, damit Celia im Bilde wäre. Sie schlitterte, bis sie an den Stufen der Freitreppe zum Stehen kam, und schrie nach der Polizei. Sie hüpfte wie ein verstörter Strauß auf der Straße herum und machte wilde, immer wieder abgedrosselte Anläufe mal in Richtung der York Road, mal in Richtung der Caledonian Road, die unglücklicherweise gleich weit von der Tragödie entfernt waren, warf die Arme in die Luft, machte die Wohltat der Warenmuster zunichte und schrie nach polizeilicher Hilfe. Sie war so gefaßt, daß es ihr durchaus klar war, wie unangebracht es wäre, so zu wirken. Als Nachbarn und Passanten sich in genügend großer Zahl versammelt hatten, rannte sie zurück, um ihnen den Eintritt ins Haus zu verwehren.

Die Polizei kam und ließ einen Arzt holen. Der Arzt

kam und ließ einen Krankenwagen holen. Der Krankenwagen kam, und der alte Kerl wurde die Treppe hinuntergetragen, an Celia vorbei, die am Geländer klebte, und in den Wagen geschoben. Dies bewies, daß er noch lebte, denn es ist nicht statthaft, eine Leiche, wenn sie auch noch so frisch ist, in einen Krankenwagen zu legen. Eine auszuladen, stellt jedoch keinen Verstoß weder gegen ein Gesetz noch gegen einen Erlaß oder gegen eine Verordnung dar, und der alte Kerl, der sein Verbrechen auf dem Weg zum Krankenhaus vollendete, war durchaus im Recht.

Es hatte Miss Carridge keinen Penny gekostet, nicht einen Penny. Nicht sie hatte den Arzt gerufen, sondern die Polizei, die also auch das Honorar zu zahlen hatte. Für die Blutflecken auf ihrem hübschen Linoleum wurde sie durch die vom Alten am Vortage im voraus bezahlte Monatsmiete reichlich entschädigt. Sie hatte sich glänzend aus der Affäre gezogen.

Murphy verbrachte den größten Teil jener Nacht, den folgenden Tag und die folgende Nacht damit, Celia immer wieder aufgeregt klarzumachen, welche unsagbaren Vorteile dem alten Kerl durch sein Ableben erwachsen würden und bereits erwachsen wären. Der Trost verfehlte jedoch seinen Zweck, denn Celia betrauerte, wie alle ehrbaren Überlebenden, ganz unverhohlen sich selbst. Aber erst kurz bevor der Sonntagmorgen graute, ging ihm auf, wie unangebracht und obendrein unecht seine Einstellung war. Sie war nicht nur weit davon entfernt, auf Celia abgestimmt zu sein, sie war auch nicht für sie bestimmt.

Es ist schwer, zu sagen, warum sie so zutiefst traurig war und blieb. Der Schaden, den ihre Nachmittage erlitten, die sie genauso schätzen gelernt hatte wie Murphy seine, bevor er von ihr aufgegabelt worden war, scheint als Erklärung dafür nicht auszureichen. Sie wollte immerzu hinaufgehen, um einen Blick in das Zimmer zu werfen, in dem es geschehen war, wagte es aber nicht. Sie drang immer nur bis zum Fuße der Treppe vor und machte dann wieder kehrt. Ihr ganzes Verhalten ärgerte Murphy, dessen Gegenwart sie nur dann und wann wahrzunehmen schien, und zwar in einer Art unpersönlicher Verzückung, die er gar nicht leiden konnte.

Schließlich rief seine mit lässigem Stolz gemachte Andeutung, daß er endlich eine Arbeit gefunden oder so gut wie gefunden hätte, nur ein «Oh» bei ihr hervor. Nichts weiter. Nicht einmal ein «Oh, wirklich?». Er packte sie ärgerlich an den Schultern und zwang sie, ihn anzuschauen. Das Hellgrün ihrer rollenden Augen, die wie bei einer fehlgebärenden Ziege verdreht waren, war gelblich unterlaufen.

«Schau mich an», sagte er.

Sie schaute durch ihn hindurch oder von ihm aus wieder zurück.

«Seit Juni», sagte er, «war es immer dasselbe, Arbeit, Arbeit, nichts als Arbeit. Es geschieht nichts auf der Welt, das nicht dazu bestimmt wäre, mich für eine Arbeit zu begeistern. Ich sage, eine Arbeit ist unser Ende oder zumindest meines. Du sagst, nein, es ist der Anfang. Ich soll ein neuer Mann werden, Du sollst eine neue Frau werden, der ganze sublunarische Auswurf wird sich in Zibet verwandeln, es wird mehr Freude im Himmel sein über Murphy, der Arbeit findet, als über Billionen Schreiberseelen, die nie etwas anderes gehabt haben. Ich brauche dich, du begehrst mich nur, du hast die Oberhand, du siegst.»

Von seiner Erregung im Stich gelassen, hielt er inne. Der Zorn, der ihm Kraft verlieh, um anzufangen, war verflogen, bevor er halb fertig war. Wenige Worte verbrauchten sie. So war es immer gewesen, nicht nur mit dem Zorn, nicht nur mit den Worten.

Celia sah nicht wie eine Siegerin aus, sie sackte unter seinen Händen zusammen, sie atmete mühsam durch den Mund, und ihre Augen waren fleckig und wild.

«Überanstrengung beim Reden», murmelte sie als müde Ellipse von Suk.

«Ich schleppe mich durch dieses Kaninchengehege», sagte Murphy mit dem Rest von Groll. «Tag für Tag, wenn's hagelt, regnet, graupelt, schneit, nebelt, ich meine bei Nebel, im Ruß und wohl auch im Sonnenschein bin ich mit rutschenden Hosen, wegen der Fourpenny-Brechmittel, auf der Suche nach *deiner* Arbeit. Schließlich finde ich sie, sie findet mich, ich bin halbtot, dreivierteltot, vor lauter Beschimpfungen und Strapazen, ich komme unverzüglich zu dir zurückgekrochen, um mir von dir gratulieren zu lassen, und du sagst ‹Oh›. Immer noch besser als ‹Bah!›.»

«Du verstehst es nicht», sagte Celia, die nicht versuchte, ihm zu folgen.

«Nein», sagte Murphy. «Ein verkalkter Diener schaltet ab, und du erhebst ein Niobegeschrei, als ob er deine vierzehn Kinder wäre. Nein. Ich komme nicht mehr mit.»

«Nicht Diener», sagte Celia. «Butler. Exbutler.»

Die kleine Szene war vorbei, wenn es überhaupt eine Szene genannt werden konnte. Es folgte eine lange Pause, während der Celia Murphy verzieh, barsch zu ihr gesprochen zu haben, und Miss Counihan, Wylie und Cooper im Liverpool–London-Express frühstückten. Murphy stand auf und begann, sich sorgfältig anzuziehen. Er hielt inne, um einen faulen Witz zu machen, der Celia nicht amüsierte; in ihren besten Tagen und unter den besten Umständen hätte er sie nicht amüsieren können. Darauf kam es nicht an. Er war nicht nur weit davon entfernt, auf Celia abgestimmt zu sein, er war auch nicht für sie bestimmt. Er amüsierte Murphy, darauf allein kam es an. Er hatte ihn immer lustig, ja sogar urkomisch gefunden, diesen und einen anderen mit einer Flasche Bier und einer Kartengesellschaft. Dies waren die nach dem Liliputaner-Wein benannten Gilmigrim-Witze. Er taumelte barfuß, in einem ehemaligen Amateur-Theologiestudentenhemd mit Vorhemdchen und zitronengelber Fliege, von den Toxinen des simplen Witzes überwältigt, im Zimmer umher. Er sank auf das Linoleum, das ihm wie ein Traum von Descartes vorkam.

Es hatte viel mehr Ähnlichkeit mit einem epileptischen Anfall als mit einem Lachkrampf, so daß Celia sich beunruhigt fühlte.

Als sie ihn in seinem einzigen anständigen Hemd und Vorhemdchen auf dem Fußboden rollen sah, erinnerte sie sich mutatis mutandis an die Szene in der Gasse und kam ihm zu Hilfe, wie sie es damals getan hatte. Es war unnötig, der Anfall war vorbei, die Schwermut trat an seine Stelle, wie nach einer durchzechten Nacht.

Er duldete, daß sie ihn anzog. Als sie fertig war, setzte er sich in seinen Stuhl und sagte:

«Gott weiß, wann ich zurück sein werde.»

Sie wollte sofort alles genau wissen. Um sie bequem bei dieser verspäteten Anteilnahme quälen zu können, hatte er sich hingesetzt. Er liebte sie immer noch genug, um sie gelegentlich mit Vergnügen leiden zu lassen. Als er sich beruhigt hatte, was bald der Fall war, hörte er auf zu schaukeln, hob seine Hand und sagte:

«Die Arbeit ist deine Schuld. Wenn es nicht klappt, werde ich heute abend zurück sein. Wenn es klappt, weiß ich nicht, wann ich zurück sein werde. Das meinte ich, als ich sagte, Gott wüßte es. Wenn sie mich sofort anfangen lassen, ist nichts daran zu ändern.»

«Sie», sagte Celia. «Wer? Womit anfangen?»

«Du wirst es heute abend wissen», sagte Murphy. «Oder wenn nicht heute abend, dann morgen abend. Oder wenn nicht morgen abend, dann übermorgen abend. Und so weiter.» Er stand auf. «Zieh die Jacke ein wenig herunter, hinten an der Taille», sagte er, «es zieht schrecklich.»

Sie beulte seine Jacke an der Taille ein. Vergebens, sie sprang, wie ein angestochener Ball, der keine Delle behält, sofort wieder vor.

«Es will nicht», sagte sie.

Murphy seufzte.

«Es ist die zweite Kindheit», sagte er. «Dicht auf den Fersen Pantalons.»

Er küßte sie auf lydische Art und ging zur Tür.

«Du verläßt mich, glaube ich», sagte Celia.

«Vielleicht für kurze Zeit, du zwingst mich dazu», sagte Murphy.

«Für immer.»

«O nein», sagte er, «nur für kurze Zeit, höchstens. Wenn es für immer wäre, würde ich den Stuhl mitnehmen.» Er fühlte in seine Tasche, ob Suk darin war. Er war darin. Er ging.

Sie hatte zu wenig an, um ihn bis an die Tür begleiten zu können, sie mußte sich damit begnügen, auf einem Stuhl stehend, ihren Kopf aus dem Fenster zu stecken. Sie wunderte sich schon darüber, daß er nicht erschien, als er wieder ins Zimmer zurückkehrte.

«Sollte heute morgen nicht eine Hinrichtung stattfinden?» sagte er.

«Sonntags nie!» sagte Celia.

Er schlug sich verzweifelt an den Kopf, schüttelte ihn und ging wieder. Er wußte ganz genau, daß es Sonntag war, es mußte Sonntag sein, und doch wurde er den Gedanken nicht los, daß es Freitag wäre, der Tag der Hinrichtung, der Liebe und des Fastens.

Vom Fenster aus sah sie ihn unentschlossen am Tor stehen, sein Kopf war in den Pranger seiner Schultern gesunken, er preßte seinen Rock vorn und hinten fest an die Taille, als ob er beim Tanzen eines Hornpipe versteinert wäre. Nach einer Weile ging er in Richtung der York Road, hielt jedoch nach einigen Schritten inne und lehnte sich an das Gitter, wobei eine Hand den Hals einer Eisenspitze in Kopfhöhe umklammerte, wie jemand, der sich auf einen Stab stützt.

Als alle anderen Umstände dieses Abschieds in ihrem

Geiste verblaßt waren, sah sie immer wieder, ganz unvermutet, ob sie wollte oder nicht, die Hand, die die Spitze des Gitterstabs umklammerte, die Finger, die sich immer wieder oberhalb des schwarzen Kopfes schlossen und lösten.

Er ging langsam denselben Weg wieder zurück, zischend. Celia dachte, er käme zurück, weil er etwas vergessen hätte, aber nein. Als er an der Tür vorbei in Richtung Pentonville ging, rief sie ihm «Good Bye» zu. Er hörte sie nicht, er zischte.

Seine Figur rief bei einer Gruppe von Jungen, die auf der Straße Fußball spielten, soviel Spott hervor, daß sie ihr Spiel unterbrachen. Sie sah ihn, in ihren Nachäffereien vervielfacht, noch lange nachdem ihre eigenen Augen ihn nicht mehr sehen konnten.

Er kehrte weder an diesem noch am nächsten, noch am übernächsten Abend zurück. Am Montag fragte Miss Carridge, wo er wäre. «Geschäftlich unterwegs», sagte Celia. Am Dienstag fragte Miss Carridge, wann sie ihn zurückerwarte. «Jeden Tag», sagte Celia. Am Mittwoch bekam Miss Carridge einen neuen Posten Warenproben und brachte den Tee herauf. «Wollen Sie sich setzen?» sagte Celia. «Sehr angenehm», sagte Miss Carridge. Sie hatte allen Grund.

«Haben Sie Sorgen?» sagte Miss Carridge, deren Nächstenliebe keine andere Grenze als Almosen kannte. «Es ist natürlich Ihre Sache, aber ich höre Sie nachmittags genauso wie den alten Kerl – Gott sei seiner unsterblichen Seele gnädig – umherlaufen, bevor er von uns genommen wurde.»

Dieser auffallende Gebrauch des Passivs entsprang nicht etwa fatalistischen Ideen in Miss Carridges Kopf, sondern ihrer Überzeugung, derzufolge sie sich als Hausdame dazu verpflichtet fühlte, so oft wie möglich zu betonen, der alte Kerl habe sich die Gurgel unabsichtlich durchgeschnitten.

«O nein», sagte Celia, «keine besonderen Sorgen.»

«Na ja, wir haben alle unsere Sorgen», sagte Miss Carridge seufzend und wünschte, daß ihre eigenen weniger penetrant wären.

«Erzählen Sie mir etwas über den alten Kerl», sagte Celia.

Die Geschichte, die Miss Carridge zu erzählen hatte, war sehr pathetisch und langweilig. Sie klärte sich bei der Rekonstruktion der Todesszene ein wenig auf, da die Habgier ihrer Phantasie Flügel verlieh.

«Er nimmt sein Rasiermesser, um sich zu rasieren, wie er es stets regelmäßig gegen Mittag tat.» Eine Lüge. Der alte Kerl rasierte sich einmal in der Woche, und dann kurz vorm Zu-Bett-Gehen. «Das weiß ich genau, da ich den Pinsel mit einem Klecks Creme auf der Anrichte fand.» Eine Lüge. «Er will die Tube schließen, bevor er sich einseift, durchquert das Zimmer mit dem Rasiermesser in der Hand und schraubt dabei die Verschlußkappe auf die Tube. Er läßt die Verschlußklappe fallen, wirft die Tube aufs Bett und kniet nieder. Ich fand die Tube auf dem Bett und die Verschlußkappe unter dem Bett.» Lügen. «Er kriecht mit dem aufgeklappten Rasiermesser in der Hand auf dem Boden herum und bekommt plötzlich einen Anfall. Er erzählte mir, als er hier ankam, daß er jeden Augenblick einen Anfall bekommen könnte, er hätte in diesem Jahr schon einen am Rosenmontag und einen am Derby-Tag gehabt. Das weiß ich genau.» Lauter Lügen. «Er fällt mit dem Gesicht auf das Rasiermesser, zack!» Sie unterstrich die Onomatopöie mit einer stummen Gebärde: «Da haben Sie es!»

Aber das war es nicht, warum Celia Miss Carridge dazu gebracht hatte, über den alten Kerl zu reden. Sie wartete mit freundlicher Miene.

«Ich sage Ihnen nur dies», sagte Miss Carridge, «und das habe ich auch dem Leichenbeschauer gesagt. Man bezahlt nicht heute eine Monatsmiete im voraus und bringt sich morgen um. Das ist nicht normal.» Sie überzeugte sich ganz und gar selbst mit diesem Argument. «Wenn er im Rückstand gewesen wäre, würde ich nicht so sicher sein.»

Celia meint auch, daß es schrecklich sein müßte, Miss Carridge Miete zu schulden.

«Was sagte man bei der Untersuchung?» sagte Celia.

«Selbstmord», sagte Miss Carridge, voll Zorn und Verachtung, «und damit haben sie das Zimmer in ganz Islington in Verruf gebracht. Gott weiß, wann ich es jetzt wieder vermieten kann. Selbstmord! Scheiß-Selbstmord!» Genauso wie Mr. Kelly.

Hier ergab sich endlich die Gelegenheit, auf die Celia wartete. Die Tatsache, daß Miss Carridge sie geboten hatte und nicht sie, verlieh dem, was sie vorzuschlagen hatte, einen fast barmherzigen Anschein.

Sie und Murphy würden hinaufziehen und ihr jetziges Zimmer, dem keine unheilvollen Assoziationen anhafteten, zum Vermieten freigeben.

«Mein liebes Kind», rief Miss Carridge aus und wartete auf den Haken.

Sie würden gerne für das Zimmer dasselbe bezahlen, was der alte Kerl für Zimmer und Kost bezahlt hatte, was monatlich zehn Schilling weniger wäre als sie jetzt zahlten, wie Miss Carridge in einem Anflug von Gefühlsduselei dummerweise ausgeplaudert hatte. Das Zimmer sei zwar etwas klein für zwei, aber Mr. Murphy rechnete damit, mehr als bisher unterwegs zu sein, und die Einsparung wäre ihnen sehr lieb.

«Ha!» sagte Miss Carridge. «Einsparung? Dann soll ich sicher die gleiche Rechnung an Mr. Quigley schicken und Ihnen die zehn Schillinge herausrücken?»

«Abzüglich der üblichen Kommission», sagte Celia.

«Jetzt bin ich aber beleidigt!» sagte Miss Carridge, wobei sie nach einer Möglichkeit suchte, es weniger zu sein.

«Wie meinen Sie das?» sagte Celia. «Mr. Quigley verliert nichts dabei. Sie unterliegen den Umständen. Sie müssen leben. Wir tun Ihnen einen Gefallen, und Sie tun uns einen Gefallen.»

Celias berufliche Überredungskunst war durch ihre Verbindung mit Murphy beeinträchtigt worden. Was sie nun wiederbelebte, war nicht so sehr der Wunsch, bei Miss Carridge zu erreichen, was Murphy nicht gelungen war, sondern vielmehr ein unendliches Verlangen, in das Zimmer des alten Kerls zu ziehen.

«Es mag sein», sagte Miss Carridge, «aber es ist eine Frage des Prinzips, eine Frage des Prinzips.» Sie setzte ein höchst angespanntes, beinahe angstvolles Gesicht auf. Um das Prinzip einer solchen Transaktion mit ihrem Ehrgefühl in Einklang zu bringen, bedurfte es einiger Zeit, eines kurzen Gebets und vielleicht sogar einer Meditation.

«Da muß ich zuerst mal den Himmel um Rat bitten», sagte sie und ging.

Nach einer angemessenen Pause, die einer gründlichen Gewissenserforschung entsprach, und während der Celia packte, kam Miss Carridge mit heiterem Blick zurück. Es blieb nur noch eine Kleinigkeit zu regeln, bevor die gegenseitige Hilfsaktion beginnen konnte, und zwar war die Bedeutung von «übliche Kommission» zu präzisieren.

«Zehn Prozent», sagte Celia.

«Zwölfeinhalb», sagte Miss Carridge.

«Nun gut», sagte Celia. «Ich kann nicht feilschen.»

«Ich auch nicht», sagte Miss Carridge.

«Wenn Sie die beiden Taschen nehmen könnten», sagte Celia, «dann kann ich den Stuhl nehmen.»

«Ist das alles, was Sie haben?» fragte Miss Carridge geringschätzig. Sie ärgerte sich darüber, daß Celia die göttliche Nachsicht für eine Selbstverständlichkeit hielt.

«Alles», sagte Celia.

Das Zimmer des alten Kerls war halb so groß, halb so hoch und doppelt so hell wie ihres. Die Wände und das Linoleum waren die gleichen. Das Bett war winzig. Miss Carridge konnte sich nicht vorstellen, wie die beiden je darin zurechtkommen würden. Wenn Miss Carridges Phantasie nicht von der Habgier erregt wurde, war sie äußerst kümmerlich.

«Ich weiß jedenfalls, daß ich nicht zu zweit darin schlafen möchte», sagte sie.

Celia öffnete das Fenster.

«Ich rechne damit, daß Mr. Murphy nicht oft zu Hause sein wird», sagte sie.

«Na ja», sagte Miss Carridge, «wir haben alle unsere Sorgen.»

Celia packte ihre Tasche aus, nicht aber Murphys. Es war spät am Nachmittag. Sie zog sich aus und setzte sich in den Schaukelstuhl. Nun war die Stille droben eine andere, nicht mehr die erstickte Stille. Es war nicht die Stille der Leere, sondern die der Fülle, nicht die des angehaltenen Atems, sondern die der ruhigen Luft. Der Himmel. Sie schloß die Augen und war im Geiste bei Murphy, Mr. Kelly, Kunden, ihren Eltern, anderen, sich selbst als Mädchen, als Kind und als Säugling. In der Zelle ihres Geistes zupfte sie am Werg ihrer Vergangenheit. Dann war es zu Ende, die Tage und Orte und Dinge und Menschen waren entwirrt und verstreut, sie lag zurückgelehnt da, sie hatte keine Vergangenheit mehr.

Es war ein sehr angenehmes Gefühl. Murphy kam nicht zurück, um es abzukürzen.

Als Penelope ohne Geliebten konnte sie nachts schlafen. Am nächsten Tag und am übernächsten Tag mußte alles von neuem gemacht werden, der Wirrwarr ihres Lebens mußte von neuem zu Werg durchhechelt werden, bevor sie sich in der paradiesischen Unschuld von Tagen und Orten und Dingen und Menschen hinlegen konnte. Murphy kam nicht zurück, um sie daraus zu vertreiben.

Der nächste Tag war ein Samstag (wenn unsere Rechnung stimmt), und Miss Carridge kündigte an, daß die Putzfrau käme, um das große Zimmer zu putzen, und daß sie das Zimmer des alten Kerls am besten gleich mit putzen könnte. Für beide war das obere Zimmer immer noch das Zimmer des alten Kerls. Während die Putzfrau es putzte, könnte Celia unten im großen Zimmer warten. «Oder unten bei mir, wenn es Ihnen lieber ist», sagte Miss Carridge mit einem erbärmlichen Mangel an Selbstvertrauen.

«Das ist sehr nett von Ihnen», sagte Celia.

«Sehr angenehm», sagte Miss Carridge.

«Aber ich glaube, ich sollte hinausgehen», sagte Celia. Sie war über vierzehn Tage nicht aus dem Haus gewesen.

«Wie Sie wollen», sagte Miss Carridge.

Beim Weggehen traf Celia vor der Haustür die Putzfrau, die gerade ankam. Sie ging in Richtung Pentonville, ohne daß es ihr gelang, das Wiegen ihrer Hüften zu unterdrükken. Die Putzfrau starrte ihr lange nach, schneuzte sich und näselte, obwohl keiner da war, der es hören konnte:

«Schöne Arbeit, wenn man sie kriegen kann.»

Ihr Ziel war klar: der Round Pond. Die Versuchung, West Brompton wieder aufzusuchen, ihr altes Revier bei Tageslicht abzuklappern, wieder an der Kreuzung der Cremorne Road und Stadium Street zu stehen und die Schuten mit Altpapier auf dem Fluß und die sich vor den Brücken verneigenden Schornsteine zu sehen, war groß, aber sie schob sie beiseite. Dafür wäre immer noch Zeit. Eine steife Brise kam von Westen, sie würde zum Round Pond gehen und zuschauen, wenn Mr. Kelly seinen Drachen steigen ließ.

Sie nahm die Piccadilly-Untergrundbahn von Caledonian Road bis Hyde Park Corner und spazierte am Rasen nördlich der Serpentine entlang. Jedes fallende Blatt hatte eine Anwandlung neuen Lebens, einen plötzlichen Freiheitsrausch beim Kontakt mit der Erde, bevor es sich zu den anderen legte. Sie hatte eigentlich vor, das Wasser an der Rennie's Bridge zu überqueren und die Kensington Gardens durch eine der Pforten an ihrem Ostrand zu betreten, aber beim Gedanken an die Dahlien am Victoria Gate besann sie sich anders und bog nach rechts, in nördlicher Richtung, ab, um die Unfallstation der Royal Humane Society herum.

Cooper stand unter einem Baum auf dem Cockpit, wie er es, mit kurzen Liegepausen, Tag für Tag seit seiner Rückkehr mit Wylie und Miss Counihan nach London getan hatte. Er erkannte Celia, als sie mit wiegenden Hüften vorbeiging. Er ließ ihr einen guten Vorsprung und machte sich dann hinter ihr her, wobei sein Gang gehemmter denn je war, da er sich bemühte, den gleichen Abstand zu wahren. Er konnte nicht verhindern, daß er sie einholte, und mußte immer wieder anhalten, um sie weiter vorgehen zu lassen. Sie verweilte lange bei den Dahlien und betrat die Gardens dann bei den Springbrunnen. Sie schlug den Pfad ein, der direkt zum Round Pond führte, ging im Sinne des Uhrzeigers um ihn herum und setzte sich an der Westseite auf eine Bank, mit dem Rücken zum Palast und zum Wind, dicht, aber nicht zu dicht bei den Drachensportfreunden. Sie wollte Mr. Kelly sehen, jedoch nicht von ihm gesehen werden. Noch nicht.

Die Drachensportfreunde waren ein paar alte Männer, von denen sie die meisten aus den Tagen kannte, an denen sie regelmäßig jeden Samstagnachmittag mit Mr. Kelly hierhergekommen war, und ein Kind. Mr. Kelly hatte Verspätung.

Es fing an zu regnen, sie stellte sich unter das Regendach. Ein junger, zur Liebe aufgelegter Mann folgte ihr mit schönen Worten. Sie konnte es ihm nicht verübeln, es war ein natürliches Versehen, er tat ihr leid, sie riß ihn sanft aus seinem Irrtum.

Das Wasser spritzte über den Rand des Weihers, die niedrigen Drachen trudelten und sackten ab. Je niedriger sie waren, um so unbändiger drehten sie sich. Einer stürzte in den Weiher, ein anderer landete nach langen Zuckungen hinter der Gipsfigur der Physikalischen Energie von G.F. Watts, O.M.R.A. Nur zwei flogen unbeirrt, ein Tandem, sie waren vorn nebeneinander gekoppelt wie der Schlepper und die Schute seligen Angedenkens, und wurden von dem Kind mittels einer doppelten Winde geführt. Sie konnte sie gerade erkennen, Seite an Seite hoch über den Bäumen, zwei Pünktchen am bereits dunkelnden Osthimmel. Während sie sie betrachtete, zerriß das Gewölk hinter ihnen, und sie standen einen Augenblick regungslos und schwarz in einer Lichtung des hellen, sich gründlich verfärbenden Himmels.

Ihre Ungeduld, Mr. Kelly kommen und sein Gesicht beweisen zu sehen, nahm in dem Maße ständig zu, wie die Aussichten darauf geringer wurden. Sie saß noch da, als es fast dunkel war und alle Drachensportfreunde mit Ausnahme des Kindes gegangen waren. Aber es begann schließlich auch, die Drachen einzuholen, und Celia wartete darauf, daß sie erschienen. Als sie schließlich von heftigen Zuckungen geschüttelt auftauchten, konnte sie kaum fassen, daß es dasselbe Paar war, das am Ende der abgewundenen Schnur so ruhig am Himmel dahingesegelt war. Es war ein geschicktes Kind, es manövrierte sie mit einer Kunst, die eines Mr. Kelly würdig war. Endlich kamen sie ganz ruhig an, sie hingen niedrig im Dunkel, beinahe direkt über ihnen, dann setzten sie sanft auf. Das Kind kniete im Regen nieder, nahm sie auseinander, wickelte die Schwänze und Stäbchen in die Segelflächen und ging singend von dannen. Als es am Regendach vorbeikam, rief Celia ihm Guten Abend zu. Es hörte sie nicht, es sang.

Bald würden die Tore geschlossen werden, überall im Garten riefen die Wärter ihren Ruf: All out. Celia ging langsam den Broad Walk entlang und fragte sich, was mit Mr. Kelly geschehen sein könnte, den im allgemeinen kein Wetter außer Windstille beeindrucken konnte. Nicht daß er darauf angewiesen wäre, von ihr geschoben zu werden, er bestand immer darauf, seinen Rollstuhl selbst fortzubewegen. Es machte ihm großen Spaß, die Hebel zu bedienen, er sagte, es sei genauso, als ob man eine Bierpumpe betätigte. Mit Mr. Kelly schien irgend etwas nicht zu stimmen.

Sie fuhr mit der District-Bahn von Notting Hill Gate bis King's Cross. Cooper ebenfalls. Sie schleppte sich die Caledonian Road hinauf und fühlte, wie schlecht ihr der Ausflug bekommen war. Sie war müde und durchnäßt, Mr. Kelly war ausgeblieben und das Kind hatte ihr Guten Abend nicht beachtet. Nichts erwartete sie bei ihrer Rückkehr, und doch war sie froh, als sie ankam. Cooper ebenfalls. Sie schloß selbst auf, also wohnte sie dort. Diesmal hielt er sich strikt an seine Instruktionen und eilte von dannen, sobald er die Hausnummer im Geiste notiert hatte. Coopers geistige Notizen waren nicht zahlreich, aber unauslöschlich. Celia war die ersten Stufen im Dunkeln hinaufgestiegen, als Miss Carridge aus ihrem Zimmer kam und das Licht anknipste. Celia blieb mit ihren Füßen auf verschiedenen Stufen stehen, ihre Hand lag auf dem Geländer, und ihr Gesicht war im Profil.

«Mr. Murphy ist gekommen, als Sie weg waren», sagte Miss Carridge. «Kaum fünf Minuten nachdem Sie gegangen waren.»

Eine volle Sekunde lang glaubte Celia fälschlicherweise, es hieße, Murphy sei zurückgekommen.

«Er holte seine Tasche und den Stuhl», sagte Miss Carridge, «konnte aber nicht warten.»

Es trat die übliche Stille ein, während der Miss Carridge nichts von Celias Gesichtsausdruck entging und Celia ihre Hand auf dem Geländer zu mustern schien.

«Keine Nachricht?» sagte Celia schließlich.

«Ich verstehe nicht», sagte Miss Carridge.

«Hat Mr. Murphy keine Nachricht hinterlassen?» sagte Celia sich abwendend und eine Stufe höher steigend.

«Lassen Sie mich mal nachdenken», sagte Miss Carridge.

Celia wartete.

«Ja», sagte Miss Carridge, «jetzt fällt es mir wieder ein.

Ich soll Ihnen sagen, es ginge ihm gut und er würde schreiben.» Eine Lüge. Miss Carridges Mitleid kannte außer Almosen keine Grenzen.

Als es ganz klar war, daß dies die ganze Nachricht war, ging Celia langsam die Treppe hinauf. Miss Carridge stand gaffend mit einem Finger am Lichtschalter. An der Treppenwindung verlor sie Celias Körper aus den Augen, sie konnte jedoch die Hand noch sehen, die das Geländer umklammerte, dann ein wenig glitt, es wieder umklammerte und dann wieder ein wenig glitt. Als auch die Hand verschwand, knipste Miss Carridge das Licht aus und stand im Dunkeln, was nicht so verschwenderisch und, abgesehen davon, akustisch ergiebiger war, und lauschte.

Sie hörte zu ihrer Überraschung, wie die Tür zum großen Zimmer geöffnet und sofort wieder geschlossen wurde. Nach einer Pause stiegen die Schritte weiter hinauf, nicht langsamer als vorher, aber vielleicht ein wenig unsicherer. Sie wartete, bis sich die Tür des Zimmers des alten Kerls weder laut noch leise schloß, und ging dann zurück zu ihrem Buch: ‹The Candle of Vision› von George Russell (A. E.).

9

IL EST DIFFICILE À CELUI QUI VIT HORS DU MONDE de ne pas rechercher *les siens*. (Malraux)

Der Magdalen Mental Mercyseat hatte ein wenig außerhalb der Stadt, auf eigenem Boden, an der Grenze zweier Grafschaften eine ideale Lage. Wollte ein Patient lieber unter dem einen Sheriff als unter dem anderen sterben, so brauchte er sich in seinem Bett nur auf die andere Seite zu legen oder legen zu lassen. Es erwies sich manchmal als sehr praktisch.

Der Chefkrankenpfleger Mr. Thomas («Bim») Clinch, ein riesiger roter, kahlköpfiger, schnurrbärtiger, von sich selbst überzeugter, in seiner eigenen Abteilung autoritärer Mann, hatte eine Vorliebe für Ticklepenny, die hart an Liebe grenzte. Ihr war es größtenteils zu verdanken, daß Ticklepenny überhaupt eingestellt worden war. Ihr war es nun größtenteils zu verdanken, daß Murphy an Ticklepennys Stelle eingestellt wurde. Denn Ticklepenny hatte Bim geschworen, daß er mit oder ohne Lohn gehen würde, falls er nicht durch Murphy abgelöst und von den Qualen der Krankenpflege befreit würde. Wenn man Murphy jedoch einstellen würde, so würde er auch bleiben, zu den Flaschen und Eimern zurückkehren und Bim weiter zur Verfügung stehen, denn dessen Vorliebe für ihn grenzte hart an Liebe.

Nach einem heißen Kampf zwischen Mensch und Chefkrankenpfleger Bim versöhnte er sehr geschickt das Angenehme mit seiner Pflicht. Er würde Murphy für einen Monat zur Probe einstellen und Ticklepenny von seinem Vertrag befreien. Erst wenn Murphy seinen Monat um hätte, würde Ticklepenny seine zehn Arbeitstage ausbezahlt bekommen. Auf diese Weise hatte Ticklepenny für Murphy zu bürgen, und Bim hatte einen vollen Monat Zeit, um seiner Vorliebe überdrüssig zu werden.

Ticklepenny schlug vor, daß man ihm seine zehn Tage nicht erst ausbezahlte, wenn Murphy seinen eigenen Monat hinter sich hätte, sondern sobald er den Rest von Ticklepennys Monat um hätte.

«Mein Lieber», sagte Bim, «du bekommst deine ein Pfund sechs Schilling acht Pence, sobald dein Murphy einen Monat lang zufriedenstellend gearbeitet hat, und nicht früher.»

«Sagen wir ein Pfund zehn Schilling», sagte Ticklepenny. «Hab ein Herz!»

«Das hängt ganz von dir ab», sagte Bim.

Somit stand Murphys Ernennung, so als handelte es sich um eine ausgesprochene Vertrauensstellung, von vornherein fest. Seine eigenen Werte blieben trotz des magischen Auges so im Verborgenen, daß er offenbar nicht ihretwegen ernannt werden konnte, sondern nur auf Grund der Unwerte oder Nebenwerte Ticklepennys. So kam es, daß er wenige Minuten nach seiner Ankunft schon angestellt und von Bim, dem er eigentlich gar nicht gefiel, mit der Hausordnung vertraut gemacht wurde.

Er müsse Betten machen, Tablette tragen, gewöhnlichen und ungewöhnlichen Schmutz beseitigen, Thermometer lesen, Tabellen beschreiben, Bettlägerige waschen, Medizin verteilen, ihren Auswirkungen nachstellen, Steckbecken wärmen, Fieber kühlen, Knebel auskochen, in Zweifelsfällen sterilisieren, den Oberkrankenpflegern gegenüber ehrerbietig und gehorsam sein, dem Arzt, wenn er komme, mit Händen, Füßen und Mund zu Diensten stehen und freundlich dreinschauen.

Er solle nie außer acht lassen, daß die Patienten, um die er sich zu kümmern habe, für das, was sie täten und sagten, nicht verantwortlich seien.

Er dürfe sich unter keinen Umständen von noch so gemeinen oder unverdienten gegen ihn gerichteten Beschimpfungen beeinflussen lassen. Da die Patienten die Pfleger so häufig, den Arzt dagegen so selten sähen, sei es natürlich, daß sie die ersteren als ihre Verfolger und den letzteren als ihren Retter betrachteten.

Er dürfe unter keinen Umständen grob zu einem Patienten sein. Druckmittel und Zwangsmaßnahmen seien manchmal unvermeidlich, müßten jedoch immer mit äußerster Sanftmut angewandt werden. Es handele sich hier schließlich um einen Gnadenstuhl. Wenn er allein nicht mit einem Patienten fertig werden könnte, ohne ihm zu nahe zu treten, so müsse er die anderen Krankenpfleger zu Hilfe rufen.

Er dürfe nie außer acht lassen, daß er ein Geschöpf ohne Initiative sei. Er sei nicht befugt, von sich aus Tatsachen festzustellen. Es gebe im M.M.M., außer den vom Arzt bestätigten, keine Tatsachen. Wenn, um ein einfaches Beispiel anzuführen, ein Patient unvermutet und in flagranti gestorben sei, was sich manchmal selbst im M.M.M. nicht vermeiden ließe, so dürfe er bei der Benachrichtigung des Arztes keinerlei Vermutungen äußern. Kein Patient sei tot, bevor der Arzt ihn gesehen habe.

Er dürfe unter keinen Umständen vergessen, seinen Mund zu halten. Die Gnaden des Gnadenstuhls seien privater und vertraulicher Art.

Dies seien die Hauptregeln, die er ständig im Kopf haben müsse, andere routinemäßige Einzelheiten würden ihm nach und nach erklärt werden.

Er sei dem Skinner's House, Männerseite, erster Stock, zugeteilt. Seine Arbeitszeit dauere von 8 bis 12 und von 2 bis 8 Uhr. Er habe am nächsten Morgen anzufangen. Er habe in der ersten Woche Tagesdienst und in der zweiten Nachtdienst. Die besonderen Aufgaben beim Nachtdienst würden ihm zu gegebener Zeit erklärt werden.

Man werde ihm eine unauffälligere Ausstattung zur Verfügung stellen.

Ob er noch irgendwelche Fragen habe, bevor er Ticklepenny übergeben würde?

Es entstand eine Stille, Bim gefiel Murphy immer weniger, Murphy zerbrach sich den Kopf, um noch eine plausible Frage stellen zu können.

«Also, dann...» sagte Bim.

«Sind sie alle offiziell für verrückt erklärt worden?» sagte Murphy.

«Das geht Sie nichts an», sagte Bim. «Sie werden nicht dafür bezahlt, daß Sie sich für die Patienten interessieren, sondern dafür, daß Sie für sie hin- und herflitzen und den

Dreck aufwischen, den sie hinterlassen. Alles, was Sie von ihnen wissen, ist die Arbeit, die sie Ihnen bereiten. Lassen Sie sich das gesagt sein.»

Murphy erfuhr später, daß nur 15 Prozent der Patienten offiziell für verrückt erklärt waren, eine kleine, nur auf dem Papier exklusive Gruppe, die mit der gleichen zuversichtlichen, peinlichen Genauigkeit wie die 85 Prozent Inoffizielle behandelt wurde. Denn der M.M.M. war ein Sanatorium und keine Irrenanstalt oder ein Heim für Schwachsinnige und nahm daher nur solche Fälle auf, deren Prognosen nicht hoffnungslos waren. Wirkte die Behandlung sich so aus, daß die Prognose hoffnungslos wurde, was sich manchmal selbst im M.M.M. nicht vermeiden ließ, so wurde der Patient abgeschoben, es sei denn, daß besondere mildernde Umstände dagegen sprachen. War der Chronische zum Beispiel (wenn eine Verschlimmerung einmal feststand) wirklich ein netter, ruhiger, reinlicher, fügsamer und zahlungsfähiger Bursche, so konnte ihm gestattet werden, sich für den Rest seines natürlichen Lebens im M.M.M. einzurichten. Es gab einige so glückliche Fälle, die als Offizielle oder Inoffizielle alle Annehmlichkeiten einer Nervenheilanstalt vom Peraldehyd bis zum Billard genossen und von allen therapeutischen Quälereien verschont blieben.

Mit einem Schauer der Erleichterung führte Ticklepenny Murphy zuerst zu seinem Nachtquartier, dann zum Skinner's House.

Zwei große Gebäude, eines für Männer, das andere für Frauen, weit vom Hauptgebäude und noch weiter voneinander entfernt, beherbergten das Pflege- und anderes Hauspersonal. Verheiratete Krankenpfleger, Männer wie Frauen, wohnten außerhalb. Seit Menschengedenken hatte keine Krankenpflegerin einen Krankenpfleger geheiratet, obwohl eine einmal beinahe dazu gezwungen gewesen wäre.

Murphy hatte die Wahl zwischen einem Zimmer mit

Ticklepenny zusammen oder einem Dachkämmerchen für sich allein. Sie kletterten die Leiter zum letzteren hinauf, und Murphy wählte es mit solcher Entschiedenheit, daß sogar Ticklepenny sich etwas verletzt fühlte. Es kam eigentlich nie vor, daß Ticklepenny sich überhaupt verletzt fühlte, es war ihm noch nie, so ohne Grund wie in diesem Falle, passiert. Aber selbst wenn er Cleopatra persönlich während der letzten Regierungsjahre ihres Vaters gewesen wäre, hätte Murphy dieselbe Wahl getroffen.

Der Grund für diese Exzentrizität war nicht sehr überzeugend. Vor weniger Jahren als Murphy sich eingestehen wollte, als er noch in der ersten Blüte seiner Jugend war, hatte er eine Dachkammer in Hannover bewohnt, allerdings nicht lange, aber doch lange genug, um alle ihre Vorteile kennenzulernen. Seitdem hatte er weit und breit nach einer mindestens halb so guten Dachkammer gesucht. Vergebens. Was in Großbritannien und Irland als Dachkammer galt, war in Wirklichkeit nichts anderes als ein Söller. Ein Söller! Wie war so eine Begriffsverwirrung möglich? Ein Keller war noch besser als ein Söller. Ein Söller!

Aber die Dachkammer, die er jetzt sah, war kein Söller, auch keine Mansarde, sondern eine echte Dachkammer, nicht halb, sondern doppelt so gut wie die in Hannover, weil sie nämlich halb so groß war. Decke und Außenwand waren eins, eine prachtvolle, im Goldenen Winkel der weitesten Wurfbahn geneigte weiße Woge, die von einem kleinen Dachfenster aus Milchglas durchbrochen wurde, das sich tagsüber ideal gegen die Sonne schließen und nachts für die Sterne öffnen ließ. Das Bett war so niedrig und seine Federn so erschlafft, daß seine Mitte, sogar unbelastet, den Boden berührte; es stand mit der Längsseite im Spalt zwischen Fußboden und Decke, so daß es Murphy erspart blieb, es da hineinzurücken. Die Dachkammer enthielt außer dem Bett noch einen Stuhl und eine Kommode ohne Schubladen. Eine riesige Kerze, die mit ihrem eigenen Talg am Boden klebte, richtete ihre

Schnuppe am Kopfende des Betts himmelwärts. Dieser einzige Beleuchtungskörper war mehr als genug für Murphy, der ein strenger Nicht-Leser war. Er protestierte jedoch heftig dagegen, daß kein Heizkörper da war.

«Ich brauche Feuer», sagte er zu Ticklepenny, «ich kann ohne Feuer nicht leben.»

Ticklepenny bedauerte, er hielt es für höchst unwahrscheinlich, daß Murphy ein Feuer in der Dachkammer zugebilligt würde. Es führten weder Rohre noch Drähte zu diesem entlegenen Horst hinauf. Ein Kohlenrost schien die einzige Lösung zu sein, aber Bim würde schwerlich einen Kohlenrost genehmigen. Murphy würde sicher einsehen, daß ein Feuer in einem so beschränkten Raum wirklich unnötig wäre. Die innere Flamme würde im Nu einen schönen Mief erzeugen.

«Ich komme her, um Ihnen einen Gefallen zu tun», sagte Murphy, «und ich bin immer noch dazu bereit, jedoch nicht ohne Feuer.»

Er kam wieder auf Rohre und Drähte zu sprechen. War es nicht gerade das Schöne an Rohren und Drähten, daß sie verlängert werden konnten? War es nicht ihre Haupteigenschaft, daß sie leicht verlängert werden konnten? Warum überhaupt Rohre und Drähte, wenn man sie nötigenfalls nicht ohne weiteres verlängerte? Schrien sie nicht geradezu danach, verlängert zu werden? Ticklepenny dachte, daß Murphy nie mehr aufhörte, fieberhaft auf leicht verschiedene Weise stets dasselbe zu sagen.

«Sie sollten sich mal mein Feuer ansehen», sagte Ticklepenny.

Dies brachte Murphy in Wut. Sollte er nach all den Jahren, gerade als alle Hoffnung erloschen zu sein schien, eine Dachkammer finden, eine Dachkammer, die wirklich weder ein Söller noch eine Mansarde war, nur um sie mangels einiger Yards Rohr oder Draht wieder zu verlieren? Der Schweiß brach ihm aus, er verlor seine gelbe Farbe, sein Herz pochte, die Dachkammer drehte sich, er konnte nicht mehr sprechen. Als er wieder konnte, sagte er mit einer Stimme, die Ticklepenny ganz fremd war:

«Wenn bis heute abend kein Feuer in dieser Dachkammer ist, dann...»

Er hielt inne, weil er nicht weitersprechen konnte. Es war eine Aposiopese reinster Art. Ticklepenny stellte sich die unausgesprochenen Folgen in den verschiedensten Formen vor, die jede für sich schmerzlicher waren als alle, die Murphy hätte anführen können, und die allesamt schrecklich waren. Suks Erwähnung des Schweigens als eines der Hauptattribute Murphys hätte nicht überzeugender gerechtfertigt werden können.

Es ist merkwürdig, daß keiner von beiden an ein Öl-Öfchen dachte. Bim hätte kaum etwas dagegen einwenden können, und das ganze Trara mit den Rohren und Drähten wäre vermieden worden. Es steht jedenfalls fest, daß keiner von beiden zu der Zeit an ein Öl-Öfchen dachte, obwohl Ticklepenny viel später noch darauf kommen sollte.

«Und nun zu den Krankensälen», sagte Ticklepenny.

«Haben Sie zufällig begriffen, was ich sagte?» sagte Murphy.

«Ich werde tun, was ich kann», sagte Ticklepenny.

«Es ist mir nämlich einerlei», sagte Murphy, «ob ich gehe oder bleibe.»

Er irrte sich.

Auf dem Wege zu Skinner's House kamen sie an einem entzückenden kleinen Gebäude aus patinierten Backsteinen vorbei. Rasen und Blumenbeete schmückten den Vorplatz, Waldreben und wilder Wein überwucherten die Fassade, und das Ganze war von einer gestutzten Taxushecke eingefaßt.

«Ist das der Kindergarten?» sagte Murphy.

«Nein», sagte Ticklepenny, «die Leichenhalle.»

Skinner's House war ein langes, graues, zweistöckiges Gebäude, das an beiden Enden wie eine Hantel erweitert war. Die Frauen waren alle in der westlichen, die Männer alle in der östlichen Hälfte untergebracht, so daß man es ein gemischtes Haus nannte, im Gegensatz zu den beiden Genesungsheimen, die mit Recht nicht gemischt waren. So ähnlich wie bei den gemischten Badeanstalten, wo das Baden nicht gemischt ist.

Skinner's House war die Arena des M. M. M., und hier fanden, sobald sich Gelegenheit dazu bot, heiße Kämpfe zwischen den psychopathischen und psychiatrischen Meinungen statt. Die Patienten kamen als Geheilte, Tote oder chronische Fälle aus Skinner's House ins Genesungsheim, in die Leichenhalle oder zur Entlassung, je nachdem.

Sie gingen sofort zum ersten Stock hinauf, und Murphy wurde dem Oberkrankenpfleger Mr. Timothy («Bom») Clinch, dem jüngeren Zwillingsbruder Bims, dem er aufs Haar glich, unterstellt. Bom, den Bim verständigt hatte, erwartete nichts von Murphy und Murphy *ex hypothesi* nichts von Bom, mit dem Ergebnis, daß keiner von beiden enttäuscht war.

Bim Clinch hatte nicht weniger als sieben männliche Verwandte, direkte und angeheiratete, die unter ihm arbeiteten, von denen der bedeutendste Bom und der vielleicht unbedeutendste ein betagter Onkel («Bum») in der Bindewickelabteilung war, ebenso wie eine ältere Schwester, zwei Nichten und ein Bankert auf der weiblichen Seite. Die Vetternwirtschaft Bim Clinchs war keinesfalls altmodisch oder kleinlich, es gab keinen entschlosseneren und erfolgreicheren Familienpapst in Südengland, und sogar in Südirland hätte noch mancher seine Methoden mit Nutzen studieren können.

«Hierher», sagte Bom.

Die Krankensäle bestanden aus zwei langen Korridoren, die zusammen ein T bildeten, oder richtiger einen enthaupteten Galgen, dessen drei äußerste Enden in geräumige Krückenköpfe übergingen, in denen sich die Lese-, Schreib- und Erholungsräume befanden, die von den gewitzteren Dienern des Gnadenstuhls Sublimatoria genannt wurden. Hier wurden die Patienten dazu angeregt, Billard, Wurfspieß, Ping-Pong, Klavier und andere weniger anstrengende Spiele zu spielen oder einfach müßig herumzulungern. Die große Mehrheit bevorzugte, einfach müßig herumzulungern.

Um für einen Augenblick zum ausschließlichen Zweck der Beschreibung die Terminologie der Kirchenarchitektur anzuwenden: die Anlage der Krankensäle glich einem Kirchenschiff mit Querschiffen ohne jede Fortsetzung östlich der Vierung. Es gab keine offenen Krankensäle im üblichen Sinne, sondern Einzelzimmer oder, wie manche sagen würden, Zellen oder, wie Boswell sagte, ‹mansions›, an der Südseite des Hauptschiffes und an den Ost- und Westseiten der Querschiffe. An der Nordseite des Hauptschiffes befanden sich die Küchen, der Speisesaal der Patienten, der Speisesaal der Pfleger, die Apotheke, die Patiententoilette, die Pflegertoilette, die Besuchertoilette, usw. Die Bettlägerigen und widerspenstigeren Fälle waren nach Möglichkeit zusammen im südlichen Querschiff untergebracht, wo sich die Polsterkammern befanden, die von den gewitzteren «Ruhestuben», «Gummistuben» oder kurz «Polster» genannt wurden. Das Ganze war überheizt und roch nach Peraldehyd und leicht nachgebenden Schließmuskeln.

Es waren nicht viele Patienten da, als Murphy Bom durch die Krankensäle folgte. Einige waren in der Frühmette, einige in den Gärten, einige konnten nicht aufstehen, einige wollten nicht aufstehen und einige waren einfach nicht aufgestanden. Aber jene, die er sah, waren durchaus nicht die Ungeheuer, die man sich Ticklepennys Bericht zufolge hätte vorstellen können. Da waren regungslos vor sich hin brütende Melancholiker, die je nach ihrer Spezies ihren Kopf oder ihren Bauch festhielten. Paranoiker, die fieberhaft Seite um Seite mit Beschwerden über ihre Behandlung oder mit wortgetreuen Protokollen ihrer inneren Stimmen füllten. Ein Hebephreniker spielte aufmerksam Klavier. Ein Hypomanischer lehrte einen Korsakows Syndrom Billard spielen. Ein abgezehrter Schizoider, der zusammenbrechend erstarrt wie zu einem ewigen «lebenden Bild» verurteilt aussah, hielt in seiner linken, rhetorisch ausgestreckten Hand eine halb gerauchte, erloschene Zigarette, während er seine Rechte steif und zitternd hochhielt.

Sie wirkten nicht grauenerregend auf Murphy. Seine am leichtesten zu deutenden unmittelbaren Gefühle waren Ehrfurcht und Unwürdigkeit. Alle, mit Ausnahme des Manischen, der ihm wie eine Epitome aller self-made Dollardiener, die je über leere Taschen und saubere Hände triumphierten, vorkam, erweckten in ihm den Eindruck jener in sich selbst versunkenen Gleichgültigkeit gegenüber den Zufälligkeiten der zufälligen Welt, die er für sich selbst als einziges Glück erkoren und so selten erreicht hatte.

Nachdem der Rundgang beendet war und alle Vorschriften Bims durch Beispiele erläutert waren, führte Bom ihn zur Vierung zurück und sagte:

«Das wäre zunächst alles. Melden Sie sich morgen früh um acht.»

Er erwartete Dankesworte, bevor er die Tür öffnete. Ticklepenny stieß Murphy mit dem Ellbogen an.

«Hunderttausend Dank», sagte Murphy.

«Keinen Dank», sagte Bom. «Noch Fragen?»

Murphy dachte nicht daran, tat aber so, als dächte er angestrengt nach.

«Er möchte gern sofort anfangen», sagte Ticklepenny.

«Das hängt von Mr. Bim ab», sagte Mr. Bom.

«Oh, Mr. Bim ist damit einverstanden», sagte Ticklepenny.

«Laut meinen Anweisungen hat er nicht vor morgen früh anzufangen», sagte Bom.

Ticklepenny stieß Murphy mit dem Ellbogen, diesmal war es jedoch unnötig, denn Murphy war nur zu erpicht darauf, seinen überraschenden Eindruck bestätigt zu wissen, nämlich, daß sich hier die Menschenrasse befand, die zu finden er vor langer Zeit verzweifelt aufgegeben hatte. Er wollte übrigens auch, daß Ticklepenny frei würde, damit er sich um sein Feuer kümmern könnte. Er hätte von sich aus eingehakt.

«Ich weiß wohl, daß mein Monat erst ab morgen zählt», sagte er, «aber Mr. Clinch hatte freundlicherweise nichts dagegen, wenn ich sofort anfinge, falls ich es wollte.»

«Wollen Sie es denn?» sagte Bom sehr ungläubig, da er den Ellbogenstoß gesehen hatte (den zweiten Ellbogenstoß).

«Er wünscht», sagte Ticklepenny.

«Sie», sagte Bom plötzlich so erzürnt, daß Murphy zusammenzuckte, «Sie halten gefälligst Ihre dreckige Schnauze, was Sie wünschen, wissen wir alle.» Er erwähnte einige der Dinge, die Ticklepenny sich am meisten wünschte. Ticklepenny wischte sich das Gesicht. Zwei Arten von Zurechtweisungen waren Ticklepenny vertraut, eine, die ihn veranlaßte, sich das Gesicht zu wischen, und eine andere, die ihn nicht dazu veranlaßte. Er gebrauchte kein anderes Unterscheidungsprinzip.

«Ja», sagte Murphy, «ich würde wirklich gern sofort beginnen, wenn ich darf.»

Bom gab es auf. Wenn Narr und Spitzbube gemeinsame Sache machen, bleibt dem braven Mann nichts anderes übrig als die Hände zu falten. Das Bündnis des Narren mit dem Spitzbuben gegen sich selbst ist eine Allianz, der keiner widerstehen kann. Oh, humanitäres, wenngleich aufgeklärtes Monstrum, das an einer Welt verzweifelt, in der die einzigen natürlichen Verbündeten Narren und Spitzbuben sind, eine durch eigene Mitschuld sterile Menschheit, bewundere Bom, der einmal dunkel ahnt, was du so oft deutlich fühlst, das Reiben von Pilatus' Händen in seinem Geiste.

Bom entließ also Ticklepenny und lieferte Murphy seiner Torheit aus.

Mit dem Gefühl, in der vorgeschriebenen Kleidung genauso wertlos zu sein wie während der schlimmsten Tage auf der Arbeitssuche, vielleicht weil er die zitronengelbe Fliege durchaus nicht ablegen wollte, meldete Murphy sich um zwei Uhr bei Bom und begann mit der Erfahrung, von der er bereits soviel Besseres erhoffte, ohne genau zu wissen warum oder was oder in welchem Sinne Besseres.

Er war traurig, als es acht Uhr schlug und der Dienst für ihn vorüber war, nachdem Bom ihm laut vorgeworfen hatte, daß er ungeschickt mit den Sachen (Tabletts, Betten, Thermometern, Spritzen, Stechbecken, Kanülen, Spaten, Schrauben, usw.) umginge, und ihn schweigend für seine Geschicklichkeit beim Umgang mit den Patienten selbst gelobt hatte, deren Namen und augenfällige Besonderheiten er bereits nach sechs Stunden koordiniert hatte, sowie das, was er von ihnen erwarten konnte, und das, was nie mehr zu erhoffen war.

Ticklepenny lag ausgestreckt auf dem Boden der Dachkammer, kämpfte mit einem winzigen, altmodischen Gasöfchen, auf das er im Schein der Kerze verzweifelt mit einer Funkenpistole schoß. Er berichtete, wie die gebrechliche Anlage nach und nach entstanden war, und zwar Schritt für Schritt, angefangen von der entferntesten Vision bis zu der Verwirklichung, die nun nicht funktionieren wollte. Er hatte eine ganze Stunde gebraucht, um die Vision zu vervollkommnen, und er hatte eine weitere Stunde gebraucht, um das Öfchen aufzustöbern, das *sine qua non* der ganzen Konstruktion, an das ironischerweise eine Funkenpistole angebunden war.

«Ich hätte angenommen», sagte Murphy, «das Gas wäre zunächst wichtiger gewesen als das Öfchen.»

Er hatte das Öfchen in die Dachkammer gebracht, hatte es auf den Fußboden gestellt und war dann zurückgetreten, um es sich brennend vorzustellen. Verrostet, verstaubt, verwahrlost, und mit abbröckelnden Asbestringen schien es jedem Versuch, es anzuzünden, zu trotzen. Er ging niedergeschlagen weg, um nach Gas zu suchen.

Er hatte eine weitere Stunde gebraucht, um zu finden, was ihm vielleicht nützen konnte, nämlich eine nicht mehr in Gebrauch befindliche Gasdüse im WC, das jetzt elektrisch beleuchtet wurde, ein Stockwerk tiefer.

Nachdem die Extreme somit ermittelt waren, brauchte man sie nur miteinander zu verbinden. Dies war ein Problem, dessen Reize ihm noch aus den Tagen vertraut waren, als er sich noch als Kneipenpoet so lang und so hingebungsvoll abmühte, die Enden seiner Pentameter zusammenzubringen. Er löste es in weniger als zwei Stunden mittels einer Anzahl weggeworfener, ehemals für künstliche Ernährung gebrauchter Schläuche, die durch Glaszäsuren verlängert wurden, dank deren nun Gas in das Öfchen strömte. Der Asbest wollte jedoch nicht Feuer fangen, wenn man auch noch so viele Funken hineinspritzte.

«Sie sprechen von Gas», sagte Murphy, «ich rieche aber kein Gas.»

Um so schlimmer für ihn, denn Ticklepenny roch Gas, zwar schwach, aber unverkennbar. Er schilderte, wie er es im WC aufgedreht hatte und dann mit dem Gas um die Wette zur Dachkammer hinaufgeeilt war. Er erklärte, daß der Druck nur vom WC aus reguliert werden könne, da sich an dem Öfchen weder ein Hahn noch die Vorrichtung für einen Hahn befand. Das war vielleicht der Hauptnachteil seiner Apparatur. Es gäbe für Murphy, mangels eines Gehilfen, der unten das Gas aufdrehen würde, während er oben mit der Funkenpistole in der Hand wartete, noch eine vornehmere Art, Feuer zu machen, und zwar müsse er zu diesem Zweck das Ende seiner Leitung mit einer Asbestdüse versehen, mit ihr an die Quelle hinabsteigen, sie im WC anzünden und das Feuer in aller Ruhe zum Öfchen tragen. Oder er könnte, wenn es ihm lieber wäre, das ganze Öfchen ins WC hinuntertragen und sich die zusätzliche Düse sparen. Aber das waren Nebensächlichkeiten. Wichtig war jedoch, daß er, Ticklepenny, den Gashahn schon vor über zehn Minuten aufgedreht und seitdem das Öfchen mit Funken übersprüht hatte, und das ohne jeden Erfolg. Das stimmte.

«Entweder ist der Gashahn nicht aufgedreht», sagte Murphy, «oder die Leitung ist undicht.»

«Ich hab doch gerade noch nachgesehen», sagte Ticklepenny. Eine Lüge. Ticklepenny war völlig erledigt.

«Sehen Sie noch einmal nach», sagte Murphy. «Geben Sie mir die Funken.»

Ticklepenny kletterte mühsam die Leiter hinunter. Murphy kauerte sich vor dem Öfchen nieder. Er bemerkte sofort ein leises Zischen und dann einen leichten Geruch. Er wandte seinen Kopf ab und schoß. Das Öfchen fing mit einem Seufzer an zu brennen und errötete mit dem, was vom Asbest übriggeblieben war.

«Wie ist es?» rief Ticklepenny vom Fuß der Leiter herauf.

Murphy stieg hinunter, erstens, um Ticklepenny, der ihm vorerst nicht mehr von Nutzen zu sein schien, am Heraufkommen zu hindern, und zweitens, um sich den Hahn zeigen zu lassen.

«Klappt es?» sagte Ticklepenny.

«Ja», sagte Murphy. «Wo ist der Hahn?»

«Es ist mir unbegreiflich», sagte Ticklepenny. Unbegreiflich war ihm, wie der Hahn, den er bestimmt geöffnet hatte, geschlossen sein konnte.

Die einsame Düse ragte oben aus der WC-Wand heraus, und das, was Ticklepenny den Hahn nannte, war eine jener, für Zwerge sehr bequemen Vorrichtungen aus zwei mit Ringen versehenen Kettchen.

«Gottverdammich», sagte Ticklepenny, «wenn ich den verfluchten Hahn soeben nicht geöffnet habe.»

«Vielleicht ist ein kleiner Vogel hereingeflogen», sagte Murphy, «und hat sich draufgesetzt.»

«Wie denn nur, das Fenster ist doch zu?» sagte Ticklepenny.

«Vielleicht hat er es hinter sich zugemacht», sagte Murphy. Sie kehrten wieder an den Fuß der Leiter zurück.

«Hunderttausend Dank», sagte Murphy.

«Es ist mir ganz unbegreiflich», sagte Ticklepenny.

Murphy versuchte, die Leiter hinter sich hinaufzuziehen. Sie war unten befestigt.

«Kommen Sie doch auf einen Sprung mit in den Klub», sagte Ticklepenny, «warum eigentlich nicht?»

Murphy klappte die Falltür zu.

«Es ist mir absolut unbegreiflich», sagte Ticklepenny, indem er von dannen schlenderte.

Murphy schob das Öfchen so dicht wie möglich ans Bett, ließ sich in die Mitte der durchhängenden Matratze sacken und versuchte, in seinem Geist zu leben. Da sein Körper zu sehr mit seiner Müdigkeit beschäftigt war, um es zu gestatten, ergab er sich dem Schlaf, Schlaf, Sohn des Erebos und der Nacht, Schlaf, Halbbruder der Furien.

Als er erwachte, war die Kammer voll Mief. Er stand auf und öffnete die Dachluke, um zu sehen, welche Sterne er unter sich hatte, schloß sie aber sofort wieder, da keine Sterne da waren. Er zündete die große, dicke Kerze am Öfchen an und ging zum WC hinunter, um das Gas abzudrehen. Was war die Etymologie von Gas? Auf seinem Rückweg untersuchte er den Fuß der Leiter. Sie war nur leicht angeschraubt, Ticklepenny könnte da Abhilfe schaffen. Er zog sich bis auf sein Diensthemd aus, klebte die Kerze mit ihrem eigenen Talg am Boden fest, am Kopfende des Betts, stieg hinein und versuchte, in seinem Geist zu leben. Aber sein Körper wurde noch immer zu sehr von seiner Müdigkeit in Anspruch genommen. Und die Etymologie von Gas? Könnte es dasselbe Wort wie Chaos sein? Kaum. Chaos war Gähnen. Aber dann wäre Kretin gleich Christ. Chaos geht noch an, es mochte nicht richtig sein, war aber amüsant. Für ihn würde hinfort Gas Chaos und Chaos Gas sein. Es konnte bewirken, daß man gähnte, lachte, weinte, warm wurde, zu leiden aufhörte, etwas länger lebte oder etwas früher starb. Was konnte es nicht? Gas. Konnte es einen Neurotiker in einen Psychopathen verwandeln? Nein. Nur Gott konnte es. Es werde eine Feste zwischen den Wassern, und die sei ein Unterschied zwischen den Wassern. Das Chaos- und Wasserversorgungsgesetz. Die Chaos, Licht- und Koksgesellschaft. Hölle. Himmel. Helen. Celia.

Am Morgen war von dem Traum nur noch der Nachgeschmack des Desasters übriggeblieben und von der Kerze nur noch ein kleiner Talgring.

Es blieb nichts übrig, als zu sehen, was er sehen wollte. Jeder x-beliebige Idiot kann ein Auge zudrücken, aber wer weiß, was der Strauß im Sand sieht?

Er hätte nie zugegeben, daß er Brüder brauchte. Aber er brauchte sie. Angesichts dieses (psychiatrisch-psychopathischen) Konflikts zwischen dem Leben, von dem er sich abgewandt, und dem Leben, von dem er noch keine Kenntnis hatte, abgesehen von dem Keim, den er in sich zu haben hoffte, konnte er nicht umhin, sich für das letztere zu entscheiden. Seine ersten Eindrücke (immer die besten), die Hoffnung auf Besseres, das Gefühl seelischer Verwandtschaft, usw. hatten darauf hingedeutet. Er brauchte sie nur noch zu verstärken, indem er alles entstellte, was sie zu dementieren drohte. Es war eine anstrengende, aber sehr amüsante Arbeit.

Es war also erforderlich, daß in jeder bei der Krankenpflege verbrachten Stunde zusammen mit seiner Achtung für die Patienten auch sein Abscheu vor der lehrbuchhaften Haltung ihnen gegenüber, nämlich vor dem selbstgefälligen, wissenschaftlichen Conceptualismus zunähme, demzufolge der Kontakt mit der äußeren Realität der Index für das geistige Wohlbefinden war. Sie nahmen in jeder Stunde zu.

Die Natur der äußeren Realität blieb dunkel. Die Männer, Frauen und Kinder der Wissenschaft schienen ebenso viele Methoden zu haben, vor ihren Tatsachen niederzuknien, wie jedes beliebige Illuminatencorps. Die Definition der äußeren Realität, oder kurz der Realität, änderte sich je nach der Sensibilität dessen, der sie zu definieren wagte. Den Kontakt mit ihr, und sei es auch nur der stumpfsinnige Kontakt des Laien, schienen alle einmütig für ein seltenes Vorrecht zu halten.

Infolgedessen wurden die Patienten als von der Realität, von den elementaren Wohltaten der Laienrealität als «abgeschnitten» beschrieben, wenn nicht ganz und gar wie bei den schwereren Fällen, so doch in gewissen wesentlichen Beziehungen. Es war der Zweck der Behandlung, den Abgrund zu überbrücken, den Patienten von seinem eigenen, verderblichen, kleinen Misthaufen in die glorreiche Welt diskreter Partikel zu versetzen, wo er wieder das unschätzbare Vorrecht haben würde, sich zu wundern, zu lieben, zu hassen, zu begehren, sich in vernünftig ausgeglichener Weise zu freuen und zu beklagen und sich in Gesellschaft anderer, die in derselben mißlichen Lage wären, darüber hinwegzutrösten.

Dies alles wirkte recht empörend auf Murphy, dessen Erfahrung als physisches und vernunftbegabtes Wesen ihn zwang, ein Heiligtum zu nennen, was die Psychiater Exil nannten, und die Patienten nicht als von einem wohltätigen System Verbannte, sondern als einem kolossalen Fiasko Entronnene anzusehen. Wenn sein Geist eine korrekte Registrierkasse, ein unermüdlicher Mechanismus zum Summieren des Kleingelds der Alltäglichkeiten gewesen wäre, so hätte er ihre Ausschaltung zweifellos als einen Mangel empfunden. Da dem aber nicht so war, da sein Geist nicht wie ein Instrument, sondern wie ein Ort funktionierte, von dessen einzigen Freuden ihn gerade jene Alltäglichkeiten abhielten, war es da nicht mehr als natürlich, daß er ihre Ausschaltung wie eine Befreiung von Fesseln begrüßte?

Also bestand der Konflikt, so wie Murphy ihn zu vereinfachen und zu verdrehen liebte, zwischen nichts weniger Fundamentalem als der großen Welt und der kleinen Welt; er war von den Patienten zugunsten der letzteren entschieden, von den Psychiatern der ersteren zunutze wieder entfacht worden und für Murphy ungelöst geblieben. Faktisch ungelöst, nur faktisch, denn er hatte seine Wahl getroffen. «Ich bin nicht von der großen Welt, ich bin von der kleinen Welt», war ein alter Refrain Murphys und eine Überzeugung, zwei Überzeugungen, zuerst die negative. Wie sollte er die Gelegenheiten zum Fiasko ertragen oder gar anstreben, nachdem er einmal die beseligende Vision seiner Höhle gehabt hatte? Wie Arnold Geulincx in seinem schönen Belgo-Latein sagte: Ubi nihil vales, ibi nihil velis.

Aber es genügte nicht, nichts zu wollen, wo er nichts wert war, und nicht einmal, sogar auf alles zu verzichten, was außerhalb der intellektuellen Liebe lag, wo allein er sich selbst lieben konnte, da er allein dort liebenswert war. Es hatte nie genügt, und es gab keine Anzeichen dafür, daß es je genügen würde. Diese und andere ihnen dienende Anlagen, die alle verfügbaren Mittel (z. B. den Schaukelstuhl) in ihren Dienst zwangen, konnten zwar von der gewünschten ausschlaggebenden Bedeutung für die Entscheidung sein, ohne sie jedoch fällen zu können. Er blieb gespalten, Beweis: seine bedauernswerte Schwäche für Celia, für Ginger, und so weiter. Die Mittel, um die Entscheidung zu fällen, fehlten. Angenommen, er würde sie nun fällen, im Dienste des Clinch Clans. Das wäre nicht schlecht.

Die häufigen Ausdrücke des Schmerzes, der Wut und Verzweiflung, wie es schien, sowie alles Übrige, bei dem einige Patienten sich keinen Zwang auferlegten, was alles auf ein Haar in der mikrokosmischen Suppe schließen ließ, wurden von Murphy entweder gar nicht beachtet oder so ausgelegt, daß sie die gewünschte Bedeutung bekamen. Wenn diese Ausbrüche in ihren Hauptzügen mehr oder weniger den Ausbrüchen glichen, die in Mayfair und Clapham gang und gäbe waren, so folgte daraus nicht, daß sie auf dieselbe Weise hervorgerufen wurden, ebensowenig wie es nicht möglich war, von der düsteren Rüstung der Melancholie auf die Lebern in jenen Distrikten zu schließen. Aber selbst wenn die Ursachen von Eton und Waterloo hinter diesen Trugbildern ihrer Wirkungen festgelegt werden könnten, selbst wenn die Patienten sich zuweilen ebenso elend fühlten, wie sie zuweilen aussahen, so bedeutete dies noch nicht zwangsläufig eine Verdächtigung der kleinen Welt, in der sie nach Murphys Meinung alle eine herrliche Zeit verbrachten. Man brauchte ihre Erregungen nur statt irgendeinem Sprung im Kristall ihrer In-Sich-Selbst-Verschlossenheit der Tatsache zuzuschreiben, daß es von seinen Heilern eingeschlossen wurde. Die Melancholie des Melancholikers, die Wutanfälle des Manischen, die Verzweiflung des Paranoikers waren sicher ebensowenig autonom wie das lange, fette Gesicht eines Leichenbitters. Hätte man sie in Frieden gelassen, so wären sie unbekümmert wie Lazarus gewesen, dessen Wiedererweckung Murphy so vorkam, als wäre der Messias hier vielleicht ein einziges Mal zu weit gegangen.

Mit Hilfe dieser und anderer Konstruktionen, die noch weniger gewichtig waren, stützte er seine Wirklichkeit gegen den Druck der Wirklichkeit des Mercyseat ab. Angeregt von all diesen Leben, die, wie er hartnäckig annahm, im Geist eingemauert waren, baute er eifriger denn je an seinem eigenen kleinen Luftverlies. Drei Faktoren bestärkten ihn besonders hierin und in dem Glauben, endlich seine Seelenverwandtschaft gefunden zu haben. Der erste war die absolute Unempfindlichkeit der höheren Schizoiden gegenüber den erbarmungslosesten therapeutischen Bombardierungen; der zweite waren die Polsterkammern; der dritte, sein Erfolg bei den Patienten.

Der erste spricht, nach dem, was über Murphys eigene Knechtschaft gesagt wurde, für sich selbst. Welche stärkere Anregung könnte einem, der sich im Schlamm der großen Welt suhlt, gegeben werden, als das Beispiel eines allem Anschein nach in der kleinen Welt unumstößlich verwirklichten Lebens?

Die Polsterkammern übertrafen bei weitem alles, was er sich in puncto Innenraum der Seligkeit je hatte vorstellen können. Die drei leicht konkaven Dimensionen waren so vortrefflich proportioniert, daß das Fehlen der vierten kaum zu spüren war. Das sanfte, leuchtende Austerngrau der Gummipolsterung, die jeden Quadrat-Inch der Decke, der Wände, des Bodens und der Tür bedeckte, verlieh der Tatsache, daß man dort ein Gefangener der Luft war, den Anstrich der Wahrheit. Es herrschte eine solche Temperatur, daß nur völlige Nacktheit ihr gerecht werden konnte. Die Illusion eines zu atmenden Vakuums wurde durch keinen Ventilator zerstört. Das Abteil war fensterlos wie eine Monade, abgesehen von dem mit Klappen versehenen Guckloch in der Tür, an dem ein gesundes Auge erschien oder aber im Verlauf von vierundzwanzig Stunden häufiger und in regelmäßigen Abständen zu erscheinen hatte. Innerhalb der engen Grenzen häuslicher Architektur war es ihm nie gelungen, sich eine trefflichere Vorstellung von dem zu machen, was er unermüdlich die kleine Welt nannte.

Sein Erfolg bei den Patienten war beinahe anstoßerregend. Da der Psychopath, so wie er im Lehrbuch steht, stets geneigt ist, alle Dinge, Ideen, Personen, usw., die nur den geringsten gemeinsamen Nenner aufweisen, in einen Topf zu werfen, hätten die Patienten Murphy mit Bom & Co. gleichsetzen müssen, nur weil er ihnen in oberflächlichen Dingen, wie Funktion oder Kleidung, glich. Die große Mehrheit tat es jedoch nicht. Die große Mehrheit entschied sich so unmißverständlich für Murphy, daß selbst Bom etwas von seiner lebhaften Farbe verlor. Was sie auch immer für Bom & Co. zu tun pflegten, taten sie bereitwilliger für Murphy. Und in gewissen Fällen, in denen Bom & Co. Druck oder Gewalt anwenden mußten, ließen sie sich von Murphy überreden. Ein Patient, der ein unklarer, zweifelhafter Fall war, wollte nur spazierengehen, wenn Murphy ihn begleitete. Ein anderer, ein Melancholiker mit ausgeprägten Schuldkomplexen, wollte nur dann sein Bett verlassen, wenn Murphy ihn darum bat. Wieder ein anderer Melancholiker, der davon überzeugt war, daß seine Eingeweide sich in Bindfaden und Löschpapier verwandelt hatten, wollte nur essen, wenn Murphy den Löffel hielt. Andernfalls mußte er durch Einläufe ernährt werden. Das alles war höchst regelwidrig und beinahe anstoßerregend.

Murphy war darüber empört, daß Suk seine sonderbare Begabung nur dem Umstand zuschrieb, daß der Mond in der Stunde seiner Geburt im Zeichen der Schlange gestanden hatte. Je mehr sein eigenes System sich um ihn schloß, um so weniger konnte er dulden, daß er einem anderen unterworfen wäre. Zwischen ihm und seinen Sternen gab es zweifellos eine Verbindung, jedoch nicht im Sukschen Sinne. Es waren *seine* Sterne, er war das primäre System. Er war in jener unseligen Stunde larvenhaft und dunkel auf den Himmel projiziert worden, um dort vergrößert und verklärt in seiner eigenen Bedeutung zu erscheinen. Aber es war *seine* Bedeutung. Der Mond im Zeichen der Schlange war nicht mehr als ein Bild, ein Bruchteil einer erfüllten Prophezeiung.

Also veränderte sich der Sixpence-Himmel wiederum von dem Gedicht, das er allein unter den Lebenden aus seinem Leben machen könnte, in das Gedicht, das er allein unter allen Geborenen hätte machen können. Was den prophetischen Status der Himmelskörper betraf, so war Murphy durch-und-durch Präterist geworden.

Da es Murphy somit zum erstenmal frei stand, *in situ* jene «große magische Kraft des Auges, der Irrsinnige leicht verfallen würden», zu prüfen, war er froh, festzustellen, wie gut sie zu dem paßte, was er schon von seiner Idiosynkrasie wußte. Sein Erfolg bei den Patienten war schließlich der Wegweiser auf dem Weg, dem er bisher so lange und blindlings gefolgt war und auf dem ihn nur die Überzeugung, daß alle anderen Wege falsch waren, aufrechthielt. Sein Erfolg bei den Patienten war ein Wegweiser, der zu ihnen hin wies. Er bedeutete, daß sie in ihm fühlten, was sie gewesen waren, und er in ihnen, was er sein würde. Er bedeutete, daß nicht weniger als eine regelrechte Psychose den langen Streik seines Lebens vollenden könnte. *Quod erat extorquendum.*

Es schien Murphy, daß von allen Freunden, die er unter den Patienten hatte, keiner seinem «Zettel» gleichkäme, Mr. Endon war sein «Zettel». Es schien Murphy, daß er an Mr. Endon gebunden war, nicht durch den Zettel, sondern durch eine Liebe reinster Art, die frei von den in der großen Welt üblichen frühreifen Ejakulationen von Gedanken, Worten und Taten war. Sie blieben füreinander, selbst wenn sie sich im Geiste völlig eins waren, wie Murphy schien, Mr. Murphy und Mr. Endon.

Ein «Zettel» war ein Patient «auf Pergament» (oder «unter Aufsicht»). Ein Patient wurde «auf Pergament» (oder «unter Aufsicht») gestellt, sobald es einen Anlaß gab, ihn ernstlicher, selbstmörderischer Absichten zu verdächtigen. Der Anlaß konnten vom Patienten geäußerte Drohungen oder ganz einfach der Tenor seines allgemeinen Verhaltens sein. Dann wurde ein Zettel auf seinen Namen ausgefüllt, auf dem in allen Fällen genau angegeben wurde, für welche Art des beabsichtigten Selbstmords der Betreffende eine Vorliebe geäußert hatte. Zum Beispiel: «Mr. Higgins. Harakiri oder jedes andere geeignete Mittel.» – «Mr. O'Connor. Gift oder jedes andere geeignete Mittel.» – «Jedes andere geeignete Mittel» war eine Sicherheitsklausel. Der Zettel wurde dem Chefkrankenpfleger übergeben, der ihn abzeichnete und an einen seiner Oberkrankenpfleger weiterleitete, der ihn dann ebenfalls abzeichnete und von dem Moment an für den natürlichen Tod des betreffenden Kranken verantwortlich war. Zu den besonderen Pflichten, die mit dieser Verantwortung zusammenhingen, gehörte vielleicht vor allem die Kontrolle des Verdächtigen, die in regelmäßigen Abständen von nicht mehr als zwanzig Minuten zu erfolgen hatte. Man hatte im M.M.M. nämlich die Erfahrung gemacht, daß nur ganz Geschickte und Entschlossene es in kürzerer Zeit schafften.

Mr. Endon war auf Pergament, und Murphy hatte seinen Zettel: «Mr. Endon. Apnoea, oder jedes andere geeignete Mittel.»

Selbstmord durch Apnoea war oft versucht worden, vor allem von zum Tode Verurteilten. Vergeblich. Es ist eine physiologische Unmöglichkeit. Aber der M.M.M. war nicht gewillt, unnötige Risiken einzugehen. Mr. Endon hatte immer wieder beteuert, daß es, wenn überhaupt, dann durch Apnoea geschehen würde und nicht anders. Er sagte, daß seine innere Stimme keine andere Methode billige. Aber Dr. Killiecrankie, der von den Äußeren Hebriden stammende Chefarzt, hatte einige Erfahrungen mit schizoiden Stimmen gemacht. Es war gar keine wirkliche Stimme, bald sagte sie dies und eine Minute später etwas ganz anderes. Er war auch nicht ganz und gar von der physiologischen Unmöglichkeit des Selbstmords durch Apnoea überzeugt. Dr. Killiecrankie war zu oft von den Fähigkeiten der organischen Materie hereingelegt worden, um je wieder die Knutsche Grenze zu ziehen.

Mr. Endon war ein Schizophrener liebenswürdigster Art, zumindest für die Absichten eines so demütigen und eifersüchtigen Outsiders wie Murphy. Die Trägheit, in der er seine Tage verbrachte, und die sich dann und wann zu reizvollen Unterbrechungen von Gebärden vertiefte, war nie so tief, um jeder Bewegung Einhalt zu gebieten. Seine innere Stimme redete nicht auf ihn ein, sie war unaufdringlich und melodisch, ein leiser *cantus firmus* in der Polyphonie seiner Halluzinationen. Das Wunderliche seines Verhaltens war nie mehr als eine Überbetonung der Grazie. Kurz, eine so klare, unerschütterliche Psychose, daß Murphy sich zu ihr hingezogen fühlte wie Narziß zu seiner Quelle.

Der winzige Körper war in allen Einzelheiten vollkommen und sehr behaart. Er hatte feine, regelmäßige und angenehme Gesichtszüge, sein Teint war da, wo er nicht bartblau war, olivbraun. Der an sich schon große, für seinen Körper jedoch riesige Schädel knisterte vor dickem, schwarzem Haar, das am Vorderhaupt von einer leuchtend weißen Strähne unterbrochen wurde. Mr. Endon zog sich nie an, sondern ließ sich in einem schönen, mit schwarzer Litze eingefaßten Morgenrock aus scharlachrotem Byssus, in schwarzem Seidenpyjama und tiefpurpurnen neomerowingischen Schnabelschuhen durch die Säle treiben. Seine Finger funkelten von Ringen. Seine kleine Faust umklammerte den je nach der Tageszeit verschieden langen Stummel einer ausgezeichneten Zigarre. Murphy zündete sie ihm morgens und den ganzen Tag über immer wieder an. Und abends war sie immer noch nicht zu Ende geraucht.

Dasselbe galt für das Schachspiel, Mr. Endons einziger Frivolität. Murphy pflegte morgens, gleich nach seiner Ankunft, das Spiel in einer ruhigen Ecke der Erholungsräume aufzubauen, seinen ersten Zug zu machen (denn er spielte immer Weiß), wegzugehen, zurückzukommen, um Mr. Endons Zug zur Kenntnis zu nehmen, seinen zweiten Zug zu machen, wieder wegzugehen, und so weiter, den ganzen Tag über. Sie trafen sich nur selten am Schachbrett. Mr. Endon wollte sein Treiben nie länger als eine oder zwei Minuten unterbrechen, und länger wagte auch Murphy nicht, sich seinen Pflichten und der Aufsicht Boms zu entziehen. Jeder machte seinen Zug in Abwesenheit des anderen, überblickte den Stand des Spiels in der Zeit, die noch übrigblieb, und ging wieder weg. So verlief das Spiel, bis es abends ebenso unentschieden wie am Anfang war. Das lag nicht so sehr daran, daß sie gleichwertig waren, oder gar an den ungünstigen Spielbedingungen, als vielmehr an den fabianischen Methoden, die beide anwandten. Wie wenig sie sich eigentlich auf den Kampf einließen, mag aus der Tatsache hervorgehen, daß manchmal, nach acht oder neun Stunden Guerilla, weder der eine noch der andere Spieler eine Figur verloren, geschweige denn seinen Gegner matt gesetzt hatte. Dies gefiel Murphy als ein Ausdruck seiner Verwandtschaft mit Mr. Endon, und er griff, wenn eben möglich, vorsichtiger an, als es seiner Natur entsprach.

Er tat sich selbst leid, sehr leid, wenn es acht Uhr schlug und er die Krankensäle, Mr. Endon und die weniger guten Freunde und Vorbilder, die Wärme, den Peraldehydgeruch, usw. verlassen und zwölf Stunden mit seinem Ich allein verbringen mußte, mit seinem unerlösten, gespaltenen Ich, das jetzt mehr denn je das Beste war, was er erreichen konnte, und das weniger denn je genügte. Der Zweck erniedrigt den Weg zu einem Mittel, zu einer sinnlosen Langeweile. Und doch hätte er die Ahnung des Endes begrüßen müssen.

Die Dachkammer, der Mief und der Schlaf waren dann das weniger denn je Genügende, das er erreichen konnte. Ticklepenny hatte die Leiter losgeschraubt, so daß er sie jetzt hinter sich heraufziehen konnte. Steig nicht die Leiter hinunter, man hat sie weggenommen.

Er sah die Sterne nicht mehr. Auf seinem Rückweg von Skinner's House hatte er die Augen auf den Boden gerichtet. Und wenn es nicht zu kalt war, um die Dachkammerluke zu öffnen, schienen die Sterne immer von Wolken, Nebel oder Dunst verhüllt zu sein. Die traurige Wahrheit war hingegen, daß die Dachluke den Blick nur auf ein sehr trübes Stück Nachthimmel, den galaktischen Kohlensack, freigab, den natürlich jeder Beobachter, der, ebenso wie Murphy, kalt, müde, ärgerlich, ungeduldig und unzufrieden mit einem System gewesen wäre, das ihm als Karikatur seines eigenen vorkam, für schlechtes Wetter gehalten hätte.

Er dachte auch nicht mehr an Celia, obgleich er sich manchmal erinnern konnte, von ihr geträumt zu haben. Wäre er nur imstande gewesen, an sie zu denken, so hätte er nicht von ihr zu träumen brauchen.

Es gelang ihm auch nicht mehr, in seinem Geiste lebendig zu werden. Er schob die Schuld auf seinen Körper, der nach so viel Dienst mit seiner Müdigkeit beschäftigt war; sie lag jedoch eher bei den zahlreichen Autologien, denen er sich seit dem Morgen bei dem kleinen Mr. Endon und all den anderen Stellvertretern mit Freuden hingegeben hatte. Darum fühlte er sich glücklich in den Krankensälen und traurig, wenn es an der Zeit war, sie zu verlassen. Er konnte nicht beides zugleich haben, nicht einmal die Illusion davon.

Er dachte an den Schaukelstuhl, den er in der Brewery Road zurückgelassen hatte, der ihm geholfen hatte, in seinem Geist zu leben, und von dem er sich vorher nie getrennt hatte. Seine Bücher, seine Gemälde, seine Postkarten, seine Partituren und seine Musikinstrumente hatte er alle nach und nach in dieser Reihenfolge aufgegeben, alle eher als den Schaukelstuhl. Es quälte ihn in dem Maße, wie die Woche, in der er Tagesdienst hatte, sich ihrem Ende näherte, und die Woche, in der er Nachtdienst hatte, heranrückte, immer mehr.

Die Dachkammer, der Mief, die Müdigkeit, die Nacht, die Stunden der Autologie, dies alles hatte ihm gestattet, ohne Stuhl zu sein. Beim Nachtdienst würde es jedoch anders sein. Dann würde es keine Beruhigung durch Stellvertreter geben, denn Mr. Endon und seinesgleichen würden schlafen. Dann würde es keine Müdigkeit geben, denn die Nachtwache würde ihn nicht ermüden. Dagegen würde er morgens, wenn er all die Stunden Lichts vor sich hätte, mit hungrigem Geist und fügsamem Körper nach dem Stuhl schreien.

Samstag hatte er seinen freien Nachmittag, und er eilte zur Brewery Road. In einer, der einzigen, der ewigen Hinsicht tat es ihm leid, daß Celia ausgegangen war. In jeder anderen Hinsicht war er froh. Denn, ob er ihre Fragen beantwortete oder nicht, ob er die Wahrheit sagte oder löge, sie würde wissen, daß es aus war. Er wollte nicht, daß sie fühlte, er wollte zumindest nicht zugegen sein, wenn sie fühlte, wie sehr all ihre liebende Quälerei ihr Ziel verfehlt hatte; wie sie ihn nur in der Einstellung bestärkt hatte, gegen die sie gerichtet war, die Einstellung, in der sie ihn gefunden hatte und nicht verlassen wollte; wie ihre Bemühungen, einen Mann aus ihm zu machen, ihn mehr denn je zu Murphy gemacht hatten, und wie sie durch ihre hartnäckigen Versuche, ihn zu ändern, ihn verloren hatte, wie er ihr warnend vorausgesagt hatte. «Du, mein Körper, mein Geist... einer muß gehen.»

Es war Nacht, als er mit dem Stuhl die Dachkammer erreichte, nachdem er beim Hinaufsteigen erfreut festgestellt hatte, daß niemand auf war, es war jedenfalls niemand auf dem WC. Fast unverzüglich begann Gas ins Öfchen zu strömen, was ihn daran erinnerte, daß er vergessen hatte, es aufzudrehen. Das konnte ihn, den kein Selbstzweck einem kadavergehorsamen Stoff verband, der seine besten Freunde immer unter den Dingen gefunden hatte, nicht beunruhigen. Er war nur dankbar dafür, daß er die Leiter nicht hinunterlassen mußte, um das Versäumte nachzuholen.

Er zündete das Öfchen an, zog sich aus, setzte sich in den Schaukelstuhl, ohne sich jedoch festzubinden. Immer langsam voran, sich setzen, bevor man sich hinlegt. Als er wieder zu sich oder besser von sich kam, wobei er keine Ahnung hatte wie, sah er zuerst den dicken Mief, dann den Schweiß auf seinem Oberschenkel und dann, wie von Griffith in halber Länge verschwommen auf die stumme Leinwand projiziert, Ticklepenny, wobei es ihm einleuchtete, wie er wahrscheinlich geweckt worden war.

«Ich zündete die Kerze an», sagte Ticklepenny, «um Sie besser bewundern zu können.»

Murphy ließ sich nicht stören, nicht mehr, als man sich durch ein Tier stören läßt oder ein Tier sich durch einen stören läßt. Auch der instinktive Drang, zu wissen, wie lange Ticklepenny da war, was er in dieser toten Stunde wollte, wie er es fertiggebracht hatte, ohne Leiter einzudringen, usw., war zu träge, um sich in Worten zu entladen.

«Ich konnte nicht schlafen», sagte Ticklepenny. «Sie sind der einzige Kumpel, den ich in diesem Laden habe. Ich rief und rief. Ich schleuderte meinen Handball immer wieder mit aller Wucht gegen die Falltür. Ich bekam es mit der Angst und habe schnell meine kleine Trittleiter geholt.»

«Ich nehme an, daß meine Kumpel», sagte Murphy, «wenn ich ein Schloß an der Falltür anbringen ließe, durch die Dachluke einsteigen würden.»

«Sie faszinieren mich», sagte Ticklepenny. «Sie schlafen im Dunkeln fest mit weit offenen Augen, wie eine Eule, nicht wahr?»

«Ich schlief nicht», sagte Murphy.

«Oh», sagte Ticklepenny, «dann haben Sie mich gehört.»

Murphy sah Ticklepenny an.

«Oh», sagte Ticklepenny, «dann waren Sie vielleicht tief in Gedanken oder vielleicht in eine Träumerei versunken.»

«Wofür halten Sie mich?» sagte Murphy. «Für einen Primus in Philosophie?»

«Was denn sonst?» sagte Ticklepenny. «Wenn es nicht zuviel gefragt ist.»

Murphy ergötzte sich kurz und grimmig an dem Problem der Antwort, die eine Person seines Schlags, ehrlich darauf erpicht, zu verstehen, und darauf bedacht, verstanden zu werden, gegeben hätte, ein Mr. Endon zum Beispiel in seinem Anfangsstadium. Aber bevor der unvollständige Satz ausgesprochen werden konnte, löste die Frage sich in ihrer eigenen Absurdität auf, der Absurdität, einer solchen Person rationalistischen Juckreiz aufhalsen zu wollen, skeptisches Brunstgefühl, das die Objekte seiner Neugier mit den Girls auf eine Stufe stellt. Die seltenen Vögel vom Schlage Murphys wollten nicht ver-, sondern beistehen, sich selbst mit größter Aufmerksamkeit und den anderen ihrer Spezies mit der vielleicht noch übrigen Aufmerksamkeit beistehen. Nicht um eine obszöne Ansicht der Oberfläche zu gewinnen, ist der Große Alk in alten Zeiten unters Eis getaucht, der Große Alk, den man überm Eis nicht mehr antrifft.

«Ich weiß nicht genau, was Sie wollen», sagte Murphy, «aber ich kann Ihnen versichern, daß ich nichts für Sie tun kann, was nicht irgend ein anderer besser tun könnte. Warum also bleiben?»

«Wissen Sie, warum?» sagte Ticklepenny. «Ich will Sie nicht beleidigen, aber Sie sahen vor einer Minute genau so aus wie Clarke.»

Clarke befand sich seit drei Wochen im Zustand einer katatonischen Betäubung.

«Abgesehen von dem Gegacker», sagte Ticklepenny.

Clarke pflegte stundenlang den gleichen Satz zu wiederholen: «Mr. Endon ist *sehr* überlegen.»

Der befriedigte Blick, den Murphy nicht zu verbergen gedachte, beunruhigte Ticklepenny dermaßen, daß er seinen Plan aufgab und gerade in dem Augenblick gehen wollte, als Murphy nichts mehr dagegen gehabt hätte, wenn er noch ein wenig geblieben wäre. Er rutschte über die Schwelle hinab und machte auf seinen Stufen halt, als nur noch sein Kopf zu sehen war. Er sagte:

«Nehmen Sie sich in acht.»

«Wieso?» sagte Murphy.

«Achten Sie auf Ihre Gesundheit», sagte Ticklepenny.

«Wieso erinnerte ich Sie an Clarke?» sagte Murphy.

«Reißen Sie sich zusammen», sagte Ticklepenny. «Gute Nacht.»

Und Murphys Nacht war tatsächlich gut, vielleicht die

beste, seitdem die Nächte vor so langer Zeit schlecht zu werden begonnen hatten, und der Grund dafür war nicht so sehr der wiederbeschaffte Stuhl als die Tatsache, daß das Ich, das er liebte, selbst in Ticklepennys unerfahrenen Augen einen wirklich entfremdeten Aspekt hatte. Oder, um es vielleicht schöner auszudrücken: daß es diesen Aspekt auf das Ich, das er haßte, übertrug.

10

Miss Counihan und Wylie lebten nicht zusammen!

Der alte Haydn antwortete, nach seiner Meinung über das Zusammenleben befragt: «Parallele Terzen.» Die Trennung zwischen Miss Counihan und Wylie hatte konkretere Gründe.

Um mit Miss Counihan zu beginnen, so war sie zu Beginn darauf bedacht, sich beizeiten auf den klassischen Krampf einer Stroh-Dido umzustellen. Sie wollte es nicht bis zur letzten Minute, bis man ihr Murphy wirklich herbeischleppte, verschieben, um dann erst London nach einem sauberen, bequemen, zentral gelegenen und nicht zu teuren Scheiterhaufen durchsuchen zu müssen. So fand sie bald eine Adresse in der Gower Street, die sie Wylie in Druckbuchstaben mitteilte, und wo sie auf keinen Fall gestört werden wollte. Diese befand sich den Büros des *Spectator* fast gegenüber, sie stellte es jedoch erst fest, als es schon zu spät war. Hier steckte sie, so glücklich wie die Nacht kurz war, mitten unter Indern, Ägyptern, Cyprioten, Japanern, Chinesen, Siamesen und Geistlichen. Allmählich machte sie einem indischen Polyhistor zweifelhafter Kaste den Hof. Er arbeitete seit vielen Jahren an einer Monographie mit dem vorläufigen Titel: *Der pathetische Sophismus von Avercamp bis Kampendonck* und vertraute darauf, daß ihm die Prana gewährt würde, um sie zu beenden. Aber schon begann er über jene Empfindungen zu klagen, die ihn einige Wochen später, als er gerade zum ersten Mal auf die Norwich School stieß, zum Gasherd treiben sollten. «Meine Füße», hatte er zu Miss Counihan gesagt, «sind winziger geworden als eine Nadelspitze.» Und weiter: «Ich möchte hoch oben in der Luft sein.»

Außerdem mußte Miss Counihan frei sein, um Wylie zu gängeln, und das war vielleicht der Hauptgrund dafür, daß sie ihn sich vom Leibe hielt. Sie bestach Cooper und brachte ihn durch Einschüchterung dazu, ihr am Ende eines jeden Tages Bericht zu erstatten, und zwar bevor er Wylie berichtete; und von Cooper geführt, ging sie hinter Wylies Rücken zu Neary und sprach sich über die ganze Lage aus.

Wylie protestierte heftig gegen diese grausame Behandlung, die ihm gut in den Kram paßte. Denn Miss Counihan gehörte nicht zu den besonderen Wonnen, die London bietet, und in die er sich ganz und gar bis an die äußerste Grenze ihrer Freigebigkeit hineinstürzen wollte. Nur in Dublin, wo der Beruf auf den Hund gekommen war, konnte Miss Counihan einem Mann von Geschmack als begehrenswert erscheinen. War Neary durch London nicht von ihr geheilt worden, so war er weniger als ein Mann oder mehr als ein Heiliger. Torf ist im Freistaat zwar obligatorisch, aber man braucht davon keinen persönlichen Vorrat nach Newcastle zu tragen.

Der andere Grund für seine Zufriedenheit mit der Wendung, die die Dinge genommen oder durch Miss Counihan freundlicherweise bekommen hatten, deckte sich natürlich mit ihrem, das heißt, daß er sein Doppelspiel jetzt bequem und sicher treiben konnte. Er brachte Cooper durch Einschüchterung (ohne ihn jedoch zu bestechen) dazu, daß er ihm am Ende eines jeden Tages Bericht erstattete, und zwar bevor er Miss Counihan berichtete; und von Cooper geführt, ging er hinter Miss Counihans Rücken zu Neary und sprach sich über die ganze Lage aus und ergänzte somit ihre Aussagen.

Dies waren die Hauptgründe für die Trennung, die jedoch nicht so unüberbrückbar war, daß sie sich nicht dann und wann nach dem Abendessen auf neutralem Boden trafen, um ihre Lügen und Lustgefühle auszutauschen.

Cooper stieß als Diener zweier Herren auf keine der berühmten Schwierigkeiten. Er schloß sich dem einen nicht mehr an, als er den anderen verachtete. Ein kleiner Mann hätte sich auf die Seite des einen oder anderen geschlagen, ein größerer Mann hätte beide erpreßt. Aber Cooper hatte gerade die richtige Größe für einen Diener, solange er keine Flasche anrührte, und er bewegte sich unverdorben zwischen seinen Verderbern mit der sublimen Gleichgültigkeit eines Weberschiffchens ohne Tadel und ohne Ruhm. Jedem erstattete er frank und frei Bericht, wobei er den Retuschen der anderen keine Beachtung schenkte; und er berichtete zuerst dem von beiden, der von dem Punkt, wo ihn die Abenddämmerung überraschte, am leichtesten zu erreichen war.

Er versuchte nicht, von sich aus wieder mit Neary anzubändeln, da er fühlte, daß es vielleicht klüger wäre, abzuwarten, bis Neary ihn holen ließe. Auch fühlte er sich als Assistent eines Gaunerpaares, das fast nichts über ihn wußte, aber auf dem besten Wege zu sein schien, genauso liederlich wie er selber zu werden, nicht ganz so elend, wie als Werkzeug eines hartgesottenen Schurken, der alles, einschließlich solcher Tatsachen wußte, die er selbst mit Mühe und Not vergessen hatte. Deutete diese leichte Minderung des Elends vielleicht den Anfang des volleren Lebens an, das Wylie ihm in Dublin vorgekaukelt hatte? «In kurzer Zeit wirst du dich hinsetzen, deinen Hut abnehmen und alles tun, was dir jetzt unmöglich ist...» Cooper hielt es für unwahrscheinlich.

Neary war so erleichtert, daß er sich entspannte, ins Bett legte und gelobte, nicht wieder aufzustehen, bevor man ihm Nachricht von Murphy bringen würde. Er schrieb an Miss Counihan:

«Ich werde Ihre Loyalität nie vergessen können. Wenigstens eine Person, der ich trauen kann. Lassen Sie den Judas Wylie nicht aus den Augen. Sagen Sie Cooper, er diene mir, indem er Ihnen dient. Kommen Sie, wenn Sie Neues über Murphy wissen, nicht früher. Es ist zu schmerzlich. Dann werden Sie mich nicht undankbar finden.»

Und an Wylie:

«Ich werde Ihre Loyalität nie vergessen können. Sie wenigstens werden mich nicht betrügen. Sagen Sie Cooper, Ihre Gunst sei meine. Lassen Sie die Jesabel Counihan nicht aus den Augen. Kommen Sie wieder, wenn Murphy gefunden ist, nicht früher. Es ist zu verdrießlich. Sie werden mich dann bestimmt nicht undankbar finden.»

Neary war tatsächlich so gründlich und endgültig von Miss Counihan geheilt, als hätte sie sich wie Miss Dwyer seinen Wünschen gebeugt; aber mit Mitteln, die sich sehr von denen unterschieden, auf die Wylie so blendend reagiert hatte. In Wylies Fall handelte es sich eigentlich weniger um eine Heilung als um eine Genesung, denn Miss Counihan hatte sich stets seinen Wünschen oder besser Launen gebeugt, oder besser gefügt, und zwar lange genug, um eine weitere homöopathische Behandlung überflüssig zu machen.

Es ist merkwürdig, wie Wylies Worte denen im Gedächtnis haften blieben, an die sie einmal gerichtet worden waren. Es mußte am Klang der Stimme gelegen haben. Cooper, dessen Gedächtnis für solche Dinge wirklich sehr schlecht war, hatte selbst den unbedeutendsten der unbedeutenden Sätze Wort für Wort wiedergefunden. Und nun war es Neary, der, in seinem Bett liegend, wiederholte: «Das Syndrom Leben ist zu diffus, um eine Linderung zu erlauben. Für jedes beruhigte Symptom verschlimmert sich ein anderes. Die Tochter des Blutegels ist ein geschlossenes System. Das Quantum ihres Mankos ist unveränderlich.»

Er dachte an seine letzten *voltefesses*, die so angenehm und schmerzlich zugleich gewesen waren. Angenehm insofern als Miss Counihan gelindert worden war, schmerzlich insofern als Murphy sich verschlimmert hatte, *fesses*, insofern als sie die von Natur aus am besten geeigneten Teile sind, nicht nur, um getreten zu werden, sondern auch um den Tretenden zu verhöhnen, ein Paradoxon, das von Sokrates treffend zum Ausdruck gebracht wurde, als er seine abolla bis über die Hüften hochkrempelte.

War sein Verlangen nach Murphy dadurch geringer geworden, daß dieser sich plötzlich von dem Schlüssel, der Miss Counihan aufschließen würde, in die einzige irdische Hoffnung auf Freundschaft und alles, was die Freundschaft einschloß, verwandelt hatte? (Nearys Vorstellung von der Freundschaft war sehr merkwürdig. Er erwartete von ihr, daß sie dauerte. Er sagte nie, wenn er von einem Feind sprach: «Er war einmal mein Freund», sondern stets mit pedantischer Genauigkeit: «Ich habe ihn mal für meinen Freund gehalten.») War sein Verlangen geringer geworden? Es kam ihm größer vor, aber es mochte genau das gleiche sein. «Der Vorteil dieser Ansicht ist, daß man, während man keine Besserung der Dinge mehr erwarten kann, wenigstens keine Verschlimmerung zu befürchten braucht. Sie werden immer so bleiben, wie sie immer waren.»

Auf dem Rücken liegend, krümmte er sich in seinem Bett und schmachtete nach Murphy, so als hätte er nie zuvor nach irgend etwas oder nach irgend jemandem geschmachtet. Er drehte sich um und vergrub sein Gesicht im Kissen, dessen Zipfel er so weit hochzog, daß sie sich in seinem Nacken berührten, und er konnte nicht umhin, festzustellen, wie angenehm es war, zur Abwechslung das Gewicht seines Hintern auf seinem Bauch zu fühlen, nachdem es so lange Stunden umgekehrt gewesen war. Und doch stöhnte er mit tief im Kissen vergrabenem Kopf: «Le pou est mort. Vive le pou!» Und etwas später, als er beinahe erstickt wäre: «Gibt es keinen Floh, der, endlich erwischt, ohne Nachkommenschaft stirbt? Keinen Schlüsselfloh?»

Es war gerade diese Überlegung gewesen, die Murphy, als er noch weniger als ein Kind war, veranlaßt hatte, sich selbst zu fangen, und zwar nicht aus Zorn, sondern aus Liebe. Ein Geniestreich, den Neary sich als Newtonianer nie selber gespielt hätte, oder den er nie von einem anderen erduldet hätte. Es scheint wirklich sehr wenig Hoffnung für Neary zu geben, er scheint zur unendlichen Hoffnung verurteilt zu sein. Er hat etwas von Hugo. Das Feuer wird nicht aus seinem Auge schwinden, ebensowenig wie das Wasser aus seinem Munde, während er sich von einem Jucken ins andere kratzt, bis er seine tödliche Krätze abschüttelt, vorausgesetzt, daß es erlaubt ist.

Murphy wird also von fünf Personen außer ihm selbst gebraucht. Von Celia, weil sie ihn liebt. Von Neary, weil er ihn als den einzigen Freund ansieht. Von Miss Counihan, weil sie einen Chirurgen nötig hat. Von Cooper, weil er zu diesem Zweck angestellt ist. Von Wylie, weil er sich damit abgefunden hat, Miss Counihan in nicht allzu ferner Zukunft die Ehre zu erweisen, ihr Ehemann zu werden. Sie ragte in Dublin und Cork nicht nur als außerordentlich menschenähnlich hervor, sondern verfügte auch über private Mittel.

Es sei nur darauf hingewiesen, daß von all diesen Gründen die Liebe allein sich nicht ihrem Endzweck zuschleppte. Nicht, weil es Liebe war, sondern weil ihr keine Mittel zur Verfügung standen. Als ihr Endzweck der verklärte, verwandelte, glücklich von einer einträglichen Mühle erfaßte Murphy war, hatten die Mittel nicht gefehlt. Jetzt, wo ihr Endzweck Murphy um jeden Preis war, ganz gleich in welcher Gestalt oder Form, er mußte nur liebenswert, d. h. in persona gegenwärtig sein, jetzt fehlten die Mittel, wie Murphy vorausgesagt hatte. Die Frauen sind wirklich sonderbar in ihrer Art, der Katze den Kuchen reichen und ihn behalten zu wollen. Sie töten nie ganz, was sie zu lieben glauben, damit ihr Instinkt für die künstliche Atmung nur ja nicht gegenstandslos wird.

Da die Gower Street nicht so weit von der Brewery Road entfernt war wie der Earl's Court, wo Wylie ein Wohn-Schlafzimmer gefunden hatte, eilte Cooper zuerst zu Miss Counihan mit der Nachricht, Murphys Frau sei endlich aufgestöbert worden, wobei er noch scharfsinnig hinzufügte, daß da, wo die Frau eines Mannes sei, sich auch der Mann bald einstellen würde. Es sei nur eine Frage der Zeit.

«Wer sagt denn, daß es seine Frau ist?» zischte Miss Counihan. «Beschreibe das Luder.»

Cooper nahm mit sicherem Instinkt Zuflucht zur Dämmerung, zur Ungewißheit, zum Abstand, den er wahren mußte, zur Rückansicht (eine gewiß fadenscheinige Entschuldigung), und so weiter. Denn unter den zahllosen, vom Ekel bis zur Begeisterung reichenden Äußerungen, die er über Murphys Frau hätte machen können, war nicht eine, die Miss Counihan nicht mit Schmerz erfüllt hätte. Denn entweder wäre ihr eine Schlampe vorgezogen worden oder es gäbe eine noch vortrefflichere Frau als sie, beides waren zu schmerzhafte Behauptungen im Munde eines Mannes, selbst wenn es sich dabei nur um einen Mann wie Cooper handelte.

«Kein Wort davon zu keiner Sterbensseele», sagte Miss Counihan. «Welche Nummer war es noch in der Brewery Road? Merken Sie sich, daß es wieder ein ergebnisloser Tag war. Hier ist ein Florin, glaube ich.»

Während sie sprach, hakte und knöpfte sie sich auf. Offensichtlich hatte sie es sehr eilig, sich ihrer Sachen zu entledigen. Es kam ihr nicht in den Sinn, das muß man ihr lassen, daß Cooper trotz all seiner Gebrechen ein Mann wie alle anderen war, mit den gleichen Leidenschaften wie sie, die also genau zu den ihren paßten.

«Und morgen», sagte sie, aus ihrem Schlüpfer schlüpfend, «gehen Sie so früh wie sonst los, suchen jedoch nicht nach Murphy – hier verflucht, ich gebe Ihnen sogar eine halbe Crown –, sondern nach Mrs. Neary. Mrs. Neary», wiederholte sie eine Oktave höher, «Ariadne Neary, mißgeborene Cox, mehr Renette als Orange wahrscheinlich, obgleich ich persönlich», ihr Korsett schnappte auf, sie seufzte und sagte mit sanfter Stimme, «nichts gegen das arme Ding habe, es sei denn, daß Sie das Gegenteil feststellen.»

Die Besprechung mit Wylie war weniger anstrengend, aber auch weniger einträglich für Cooper, denn Wylie war, solange er Miss Counihan nicht wiedersah, am Ende seiner Mittel.

Wylies Geist gehörte der gleichen großen Gruppe an wie Miss Counihans.

«Laß Murphy fallen», sagte er, «vergiß ihn und suche die Cox.»

Cooper wartete auf das Folgende, aber Wylie nahm Hut und Mantel und sagte, «Nach dir, Cooper», dann erst auf der Straße wieder, «In welche Richtung gehst du jetzt, Cooper?»

Cooper hatte sich noch keine Gedanken gemacht. Er zeigte wahllos in eine Richtung.

«Ich sag dir also Gute Nacht, Cooper», sagte Wylie. Aber nach wenigen Schritten hielt er an, wie jemand, dem plötzlich etwas einfällt, blieb eine Sekunde lang stocksteif stehen und ging dann wieder zu Cooper zurück, der ihn weder ungeduldig noch amüsiert erwartete.

«Ich vergaß dir noch zu sagen», sagte er, «daß, wenn du zu Miss Counihan gehst, – du gehst doch jetzt zu ihr, nicht wahr, Cooper?»

Die Geschicklichkeit, mit der Analphabeten, vor allem jene, die eine irische Erziehung genossen haben, ihren Abscheu vor verbalen Verpflichtungen umgehen, ist wirklich außergewöhnlich. Obwohl Cooper keine Miene zu verziehen schien, faßte sein Gesicht in einer einzigen Grimasse die feinsten Nuancen der Unentschlossenheit, des Widerwillens, hündischer Ergebenheit, katzenhafter Verschwiegenheit, der Müdigkeit, des Hungers, des Durstes und der Kraftreserven zusammen und brachte sie in einem Bruchteil der Zeit zum Ausdruck, die man bei größter Beredsamkeit für eine viel schlechtere Ausrede gebraucht hätte, und zwar ohne sich dabei der Gefahr auszusetzen, falsch zitiert zu werden.

«Ich weiß es ja nicht», sagte Wylie. «Aber nur für den Fall, daß du sie jetzt sehen solltest, denke dann daran, daß es nichts Neues gibt, daß absolut nichts zu berichten ist. Du weißt, wie Frauen sind, wenn es sich um Frauen handelt.»

Wenn Cooper diese Kenntnis nicht besaß, so war dies nicht auf einen Mangel an Gelegenheit zurückzuführen. Es war eine traurige Gelegenheit gewesen, deren unerfreulichstes Ergebnis vielleicht war, daß einer von den einzigen beiden Engeln, für die er je etwas zu fühlen imstande gewesen war, zu allem Unglück jedoch zur gleichen Zeit, daß also einer, eine ehemals brünette Miss A, jetzt schon siebzehn Jahre hinter Gittern steckte, während der andere, eine ebenfalls ehemalige Brünette, Miss B, den davongetragenen Verletzungen noch nicht erlegen war. Aber im Grunde genommen besaß er diese Kenntnis nicht, sie war ihm nicht als tägliche Warnung gegenwärtig, wie es bei Wylie und Neary und eigentlich den meisten Männern der Fall war, obgleich sie ihnen bei weitem nicht so teuer zu stehen kommt und sie diese Kenntnis sogar *a priori* erwerben. Denn der harte Schlag war einer von den weiter oben erwähnten, den Cooper unter großer Mühe fast vergessen hatte, und den Neary mit kaum weniger Mühe fast ganz rekonstuiert hatte. Was dem ersteren noch im Gedächtnis haftete, weil es ihn nicht schmerzte, und der letztere nie gewußt hatte, weil es ihn nicht interessierte, waren nur ein oder zwei zärtliche Szenen, mit Miss A, bevor er Miss B kennenlernte, und dann mit Miss B, bevor sie Miss A kennenlernte.

«Ich meine, du weißt doch, wie Frauen sind», sagte Wylie ungeduldig, «oder hast du dein ganzes Leben in Cork verbracht?»

Coopers Kopf fiel nach vorn, und seine kleinen, weißen, schlaffen, unbehaarten Patschhände, die eigentlich sehr geschickt waren, hoben sich mühsam ein wenig in der Dunkelheit. Er sagte:

«Schon gut.»

«Oder gibt es vielleicht irgendwo einen Engel», sagte Wylie, «der dich blind für sein Geschlecht macht? Irgendeine junge Person? Heraus damit, Cooper.»

Cooper ließ die Hände sinken, wandte sein Gesicht langsam Wylie zu und sagte mit fast derselben leblosen Stimme:

«Schon gut.»

Die Nacht war kaum hereingebrochen, und doch wälzte Neary sich, der seinen Pyjama ausgezogen und auf den Boden geworfen hatte, schon unter einem Laken und fragte sich, ob es nicht endlich tagen würde, als Miss Counihan gemeldet wurde. Als diese sah, daß er nicht geruhte, aufzustehen, um sie gebührend zu empfangen, setzte sie sich mit einer Ungeniertheit, die sie gar nicht fühlte, auf das Fußende des Betts, als ob es ein Glockenblumenbeet irgendwo auf dem Lande wäre. Unter dem Laken hatte er seine eiskalten Füße gekreuzt und wie Krallen um eine Wärmflasche geklammert. Denn er schmeichelte seinen oberflächlichen Kenntnissen griechischer Urnen, auf denen der Schlaf und oft auch der kleine Bruder des Schlafs mit gekreuzten Füßen dargestellt wurde, wenn er seine ebenfalls kreuzte, wann immer er nicht schlafen konnte. Darüber hinaus hatte er eine vage Theorie, derzufolge der auf diese Weise geschlossene Kreis seines Körpers das Entweichen seiner Lebenskraft verhütete. Aber da von Schlaf jetzt keine Rede mehr sein konnte und Miss Counihans heißer, fetter Hintern ihm so nahe war, nahm er die gekreuzten Füße voneinander und schubste die Wärmflasche aus dem Bett zur Wand hin. Sie platzte geräuschlos auf dem Boden, so daß während der ganzen folgenden Szene Wasser zur Zimmermitte rinnt.

In ähnlicher Weise hatte Celia sich auf Mr. Kellys und auf Murphys Bett gesetzt, mit dem Unterschied, daß Mr. Kelly sein Hemd an hatte.

Ihr vertrauliches Zusammensein hatte noch nicht lange gedauert, und Miss Counihan, die vor Ärger überschäumte, war es noch nicht gelungen, Neary davon zu überzeugen, daß jemand, der Celia gefunden hätte, auch Murphy finden würde, als Wylie gemeldet wurde. Miss Counihan sprang mit einem Satz vom Bett und suchte aufgeregt nach einem Ausgang oder Versteck.

«Vorhänge sind solche Staubfänger», sagte Neary, «daß ich sie nie haben will. Ich fürchte, daß Sie nicht durch meine Schranktür gehen, auch nicht von der Seite d.h. vielmehr auch nicht von vorne. Es ist kein Balkon da. Ich wage kaum, Ihnen vorzuschlagen, unters Bett zu kriechen.»

Miss Counihan flog zur Tür, drehte den Schlüssel herum und zog ihn gerade in dem Moment ab, als Wylie klopfte.

«Es tut mir leid, daß kein Riegel da ist», sagte Neary.

«Ich bin es, Nadel.» Miss Counihan flehte Neary um Gnade an, nicht mit Worten, natürlich, sondern mit gebeugtem Knie, bebendem Busen, von Leidenschaft umflortem Belladonna-Blick, usw.

«Herein», sagte Neary. «Miss Counihan hat Sie ausgesperrt.»

Miss Counihan erhob sich vom Boden.

«Wenn Ihr Flittchen Sie nicht hereinlassen will, warten Sie dann da, wo Sie sind, ich habe nach dem Zimmertopf geklingelt.»

Aber Miss Counihan wußte nicht, wann sie geschlagen war, oder, wenn sie es wußte, so hatte sie eine sonderbare Art, es zu zeigen. Denn es bedurfte keiner Frau mit ihren Mitteln und Erfahrungen, um in schallendes, schalkhaftes Gelächter auszubrechen, die Tür aufzureißen und das Ganze als einen Spaß abzutun. Statt dessen saß sie still auf einem Stuhl und wartete, bis das Zimmermädchen Wylie hereinlassen würde. Sie wollte sicher, da sie die Lage im Nu erfaßt hatte, noch einige Minuten vor der Gegenüberstellung gewinnen, um ihre Strategie zu überprüfen, anstatt sich auf eine armselige Taktik einzulassen, die nur vorübergehend Abhilfe schaffen würde. Nein, Miss Counihan wußte nicht, wann sie geschlagen war.

Es folgte die übliche Stille nach dem Sturm, während der Neary aufrecht in seinem Bett saß und sich an Miss Counihan weidete, Miss Counihan, in ihr Problem vertieft, gedankenschwer mit dem Schlüssel an die Zähne klopfte, Wylie jenseits der Tür drauf und dran war, auf Zehenspitzen wegzugehen, und das Zimmermädchen in seiner fernen, dunklen Höhle darauf wartete, daß es zum zweiten Mal klingelte. Als es klingelte und damit bewiesen war, daß die Aufforderung ernst gemeint war und daß es sich nicht verhört hatte, machte es sich ohne Groll auf den Weg und klopfte kurz darauf an die Tür.

«Der Herr ist ausgesperrt», rief Neary. «Lassen Sie ihn herein.»

Wylie trat viel zu forsch auf, und Miss Counihan erhob sich.

«Sehr schön», sagte Neary. «Schließen Sie jetzt die Tür wieder hinter dem Herrn.»

Wylie und Miss Counihan standen sich nun Auge in Auge gegenüber, eine peinliche Erfahrung für sie beide.

Miss Counihan legte als erste los: «Sie Schwein!»

«Sie Sau!» sagte Wylie.

Sie gehörten beide derselben Gruppe an.

«Sie nehmen mir den Ton aus dem Mund», sagte Neary, «wenn nicht sogar die Worte.»

«Sie Schwein», sagte Miss Counihan, um zu versuchen, das letzte Wort zu behalten.

«Bevor Sie fortfahren...» sagte Neary.

Miss Counihan hatte die erste Runde gewonnen, und ihre Kräfte waren noch unverbraucht. Sie setzte sich, und Wylie näherte sich dem Bett. Er hatte von Natur aus Gefühl für Situationen und konnte sich dieser schneller anpassen als Miss Counihan, die jedoch den Vorteil eines kurzen Vorsprungs hatte.

«Diese Aussperrung», sagte Neary, «sollten Sie keinesfalls falsch auslegen.»

«Ich habe eine höhere Meinung von Ihnen», sagte Wylie.

«*Ich* danke Ihnen», sagte Neary, wie ein Londoner Bus- oder Tramschaffner, dem man das abgezählte Fahrgeld reicht.

Es traf Miss Counihan plötzlich wie ein Schlag, daß sie es hier mit zwei Männern zu tun hatte, denen sie unterlegen war, wenn ihre Sache auch noch so gerecht war.

«Sie bringen zweifellos dieselbe große Neuigkeit wie Ihr Flittchen», sagte Neary, «nämlich, daß Cooper eine Frau gesichtet hat, die einmal flüchtig an Murphys Seite gesehen wurde.»

«Sie wurde eigentlich nicht mit ihm gesehen», sagte Wylie, «sondern nur beobachtet, als sie das Haus betrat, in dem er sich, wie man wußte, zu der Zeit aufhielt.»

«Und das nennen Sie, Murphy finden», sagte Neary.

«Cooper fühlt es in seinen Knochen», sagte Wylie, «und ich fühle es genauso, daß diese schöne Frau uns zu ihm führen wird.»

«Harnsäure», sagte Neary.

«Aber wenn Miss Counihan es glaubt», sagte Wylie, «wie könnten wir es denn bezweifeln.»

Miss Counihan biß sich auf die Lippe, weil sie nicht an dieses Argument gedacht hatte, das Nearys Mund mehrere Male öffnete und wieder schloß. Er fand es überzeugend – und es drängte ihn aufzustehen.

«Wenn Sie, Wylie», sagte er, «mir meinen Pyjama heraufreichen, und Sie, Miss Counihan, zur Kenntnis nehmen, daß ich unter meinem Laken unvergleichlich nackter hervorkommen werde als am Tage meiner Geburt, so werde ich mein Bett verlassen.» Wylie reichte ihm den Pyjama herauf, und Miss Counihan bedeckte ihre Augen. «Nur keine Sorge, Wylie», sagte Neary, «das meiste ist Schorf, vom Wundliegen.» Er saß im Pyjama auf der Bettkante. «Es hat keinen Zweck, daß ich aufzustehen versuche», sagte er, «nichts erschöpft einen mehr als eine lange Bettruhe, also dann, Miss Counihan, wenn es Ihnen beliebt.»

Miss Counihan wagte einen verstohlenen Blick und war so weit von ihren Beschwerden abgelenkt, daß sie sagte:

«Wir könnten es Ihnen sicher etwas bequemer machen.»

Wir war hier das Schlüsselwort, ein kleiner Finger, den sie Wylie zur Versöhnung reichte. Hätte es gefehlt, so wäre dieser Satz nicht mehr als höflich oder höchstens freundlich gewesen. Es entging Wylie nicht, der eine sehr hilfsbereite Miene aufsetzte.

In dem Augenblick, in dem Neary sein Bett verließ und gelten ließ, daß Murphy gefunden war, in dem Augenblick nämlich, in dem sie vorgaben, sich in diesem einen Punkt wenigstens einig zu sein, hatte sich die Atmosphäre dermaßen verbessert, daß man die gegenseitige Toleranz beinahe spürte.

«Mich kann nichts mehr überraschen», sagte Neary.

Miss Counihan und Wylie sprangen vor, halfen Neary

auf die Beine, unterstützten ihn bis zu einem Sessel am Fenster und ließen ihn darin nieder.

«Der Whisky steht unterm Bett», sagte Neary.

In diesem Augenblick sahen sie alle gleichzeitig zum ersten Mal die dünnen Mäander des Wassers auf dem Boden, wobei sie sich jedoch dank der allen gemeinsamen guten Erziehung jeglicher Bemerkung enthielten. Miss Counihan wünschte jedoch keinen Whisky. Wylie erhob sein Glas und sagte: «Auf den Abwesenden», eine unter diesen Umständen taktvolle Bezeichnung Murphys. Miss Counihan stimmte dem Toast zu, indem sie vernehmlich einatmete.

«Setzen Sie sich beide», sagte Neary, «dorthin, mir gegenüber, und verzweifeln Sie nicht. Erinnern Sie sich daran, daß es kein Dreieck gibt, so ungleichseitig es auch sein mag, durch dessen sogenannte Eckpunkte nicht irgendeine Umkreislinie verläuft. Erinnern Sie sich auch daran, daß ein Schächer erlöst wurde.»

«Unsere Mittellinien», sagte Wylie, «oder wie sie auch heißen mögen, treffen sich in Murphy.»

«Außerhalb unser», sagte Neary. «Außerhalb unser.»

«Draußen im Licht», sagte Miss Counihan.

Nun war Wylie an der Reihe, aber es fiel ihm nichts ein. Kaum hatte er gemerkt, daß ihm nichts, was seiner würdig wäre, rechtzeitig einfallen würde, da tat er so, als suchte er nichts, sondern als wartete er darauf, an die Reihe zu kommen. Schließlich sagte Neary erbarmungslos:

«Du bist dran, Nadel.»

«Die Dame um das letzte Wort bringen!» rief Wylie. «Und der Dame die Mühe bereiten, ein anderes zu suchen. Aber Neary!»

«Welche Mühe?» sagte Miss Counihan.

Nun war jeder an der Reihe.

«Also gut», sagte Neary. «Worauf ich eigentlich hinauswollte, was ich vorschlagen wollte, ist dies. Wir wollen unsere Unterhaltung ohne faktische und literarische Präzedenz führen, indem jeder nach bestem Vermögen und bestem Wissen die Wahrheit sagt. Das meinte ich, als ich sagte, daß Sie mir den Ton, wenn nicht die Worte aus dem Mund nähmen. Es ist höchste Zeit, daß wir drei uns trennen.»

«Der Ton war aber bitter, glaube ich», sagte Wylie. «Ich hatte jedenfalls den Eindruck.»

«Ich dachte nicht so sehr an den Ton der Stimme», sagte Neary, «als vielmehr an den Ton des Geistes, sozusagen an die Tonart der Seele. Aber sprechen Sie bitte weiter, Wylie. Kann die Wahrheit nicht auch geknurrt werden?»

«Coleridge-Taylor mit Gefühl gespielt?» sagte Wylie.

«Bisam mit Parfüm bespritzt?» sagte Miss Counihan.

«Die Guillotine sterilisiert?» sagte Wylie.

«Die Mitternachtssonne angestrahlt?» sagte Miss Counihan.

«Wir sehen die Schattenseite», sagte Neary. «Es ist unbestreitbar weniger anstrengend für die Augen.»

«Was Sie vorschlagen, ist abscheulich», sagte Wylie, «eine Beleidigung der menschlichen Natur.»

«Keineswegs», sagte Neary. «Hören Sie zu.»

«Ich muß weg», sagte Miss Counihan.

Neary fing an zu sprechen, oder aber es hörte sich eher so an, als würde durch ihn hindurchgesprochen. Denn die Stimme war matt, die Augen waren geschlossen, und der Körper war gebeugt und steif, als ob er eher vor einem Priester kniete als zwei Sündern gegenüberzusitzen. Im ganzen erinnerte er sehr an Lukas' Porträt von Matthäus mit dem Engel, der ihm wie ein Papagei auf der Schulter sitzt.

«Noch vor wenigen Wochen war ich irrsinnig verliebt in Miss Counihan, und jetzt ist es auch nicht so, als wenn ich sie nicht mehr leiden könnte. Obwohl Wylie mein freundschaftliches Vertrauen enttäuscht hat, gebe ich mir nicht einmal die Mühe, ihm zu verzeihen. Der unauffindbare Murphy ist von einem Mittel zu einer trivialen Befriedigung vom Zufall eines Zufalls, wie er selbst sagen würde, zu einem Endzweck, dem Endzweck, meinem einzigen und unerläßlichen Endzweck geworden.»

Der Strom versiegte. Welche Wahrheit hat nicht ihren Schwimmer?

«Nach bestem Wissen», sagte Wylie.

«Nach bestem Vermögen», sagte Miss Counihan. «Was Recht ist muß Recht bleiben.»

«Soll ich nun losschießen, oder wollen Sie?» sagte Wylie.

«Warten Sie nicht auf eine Antwort», sagte Miss Counihan.

Wylie stand auf, hakte den Daumen seiner linken Hand ins Armloch der Weste, legte seine Rechte aufs Zwerchfell und sagte:

«Dieser Neary, der Miss Counihan nicht mehr liebt und seinen Nadel nicht mehr braucht, möge er bald von Murphy geheilt sein und sich frei fühlen, um ganz nach Belieben einem Affen oder einer Schriftstellerin zu frönen.»

«Das ist ja der hundertjährige Kalender», sagte Miss Counihan, «nicht die Wochenausgabe der *Irish Times*.»

«Mein Verhalten», sagte Wylie, «das Auskultation, Exekution und Adäquation der Stimmen oder besser der Stimme der Vernunft und Eigenliebe ist, ändert sich bestimmt nicht. Ich werde diesen Neary weiter als einen Stier Io betrachten, der geboren wurde, um abgestochen zu werden, als ein Geschenk der Natur für bedürftige Kuppler; Miss Counihan als die meines Wissens einzige heiratsfähige Amateurnutte in den sechsundzwanzig Grafschaften, die ihr Ich nicht mit ihrem Körper verwechselt, und als einen der wenigen Körper in demselben Sumpf, der diese Unterscheidung verdient; Murphy als ein Ungeziefer, das um jeden Preis vermieden werden muß ...»

Miss Counihan und Neary brachen in Gelächter aus.

«Er ist so lästig», sagte Neary.

«So aufdringlich», sagte Miss Counihan, «so klebrig.»

«Wie ein Greuel», sagte Wylie, «das kriechende Etwas aus dem Pentateuch, das auf seinem Bauche kriecht. Und doch verfolge ich ihn.»

«Ich bezahle Sie dafür», sagte Neary.

«Wir hoffen es wenigstens», sagte Miss Counihan.

«Genauso verstümmelt sich der Bettler», sagte Wylie, «um leben zu können, und der Biber beißt sie sich ab.»

Er setzte sich, stand sofort wieder auf, nahm seine Pose wieder an und sagte:

«Kurz, ich stehe da, wo ich immer gestanden habe...»

«Seit dem windelnassen Himmelbett», sagte Neary.

«Und immer zu stehen hoffe...»

«Bis Sie fallen», sagte Miss Counihan.

«Halb auf Gewinn und halb auf Vergnügen eingestellt.»

Er setzte sich wieder, und Miss Counihan, die wirklich das Bedürfnis hatte aufzubrechen, ergriff das Wort mit einer Stimme, deren Intensität, Qualität, Geschwindigkeit und Ton sie im Hinblick auf die geringe Zeit sorgfältig kalkulierte.

«Es gibt einen Geist, und es gibt einen Körper...»

«Schande!» rief Neary. «Gib ihr einen Tritt in den Hintern und schmeiß sie raus!»

«Zu meiner Linken», sagte Wylie, «das schwellende Herz, die schwindende Leber, die schäumende Milz, zwei Lungen, wenn man Glück hat, und zwei Nieren, wenn man acht gibt, und so weiter.»

«Und so fort», sagte Neary mit einem Seufzer.

«Und zur Rechten», sagte Wylie, «das kleine ego und das große id.»

«Unendliche Reichtümer in einem W.C.», sagte Neary.

«Diesen unaussprechlichen Kontrapunkt», fuhr Miss Counihan fort, «diesen wechselseitigen Kommentar, diesen einzigen versöhnlichen Zug.» – Sie hörte auf zu sprechen, um nicht unterbrochen zu werden.

«Sie hat vergessen, wie es weitergeht», sagte Wylie, «sie wird wieder von vorne anfangen müssen, wie Darwins Raupe.»

«Vielleicht hat Murphy ihr nicht mehr beigebracht», sagte Neary.

«Finde ich überall in dem lauten, unharmonischen Unisono vergewaltigt», fuhr Miss Counihan fort, «den hinter den Karren des Körpers gebundenen Geist und den an die Karrenräder des Geistes gebundenen Körper. Ich nenne keine Namen.»

«Ausgezeichneter Empfang», sagte Wylie.

«Keine Spur von Fading», sagte Neary.

«Überall», schloß Miss Counihan, «nur nicht da, wo Murphy ist. Er litt nicht an dieser – öh – psychosomatischen Fistel, mein Verlobter Murphy. Geist und Körper zugleich, das heißt weder Geist noch Körper, was kann es neben ihm geben, was könnte es nach ihm geben, wenn nicht eine kindische Roheit oder eine greisenhafte Behendigkeit.»

«Treffen Sie Ihre Wahl», sagte Wylie. «Ganz nach Belieben.»

«Einen halben Ton höher», sagte Neary, «und wir hätten nichts mehr gehört.»

«Wer weiß denn, ob wir es gehört haben?» sagte Wylie. «Wer weiß denn, ob nicht eine andere schlüpfrige Geschichte, eine sogar bessere schlüpfrige Geschichte, vielleicht sogar eine, die wir noch nie gehört haben und die in irgendeiner enormen Tonhöhe reinster Obszönität erzählt wird, in diesem Augenblick vergeblich auf unser Trommelfell schlägt.»

«Für mich», sagte Neary, mit dem gleichen Seufzer wie zuvor, «ist die Luft immer voll davon, sie rauscht vor lauter zweideutigen Anspielungen der Ewigkeit.»

Miss Counihan stand auf, raffte ihre Sachen zusammen, ging zur Tür und schloß sie mit dem Schlüssel auf, den sie zu diesem Zweck von ihrem Busen verbannte. Sie stand im

Profil vor dem grellen Korridor und wirkte mit ihrem hohen Hintern und ihren niedrigen Brüsten nicht nur königlich, sondern zu allem bereit. Sie verstärkte diesen Eindruck noch dadurch, daß sie einen Fuß nur einen Schritt vorstellte, ihr ganzes Gewicht auf den anderen verlagerte, ihre Brust nicht mehr vorbeugte, als nötig war, um sie vor einem Zurückfallen zu bewahren, und ihre Hände einfach auf die Hüftpolster stemmte. Indem sie sich so leicht, aber sicher im Gleichgewicht hielt, sagte sie mit einer Stimme, die wie fernes Harken von Kies in winterlicher Dämmerung klang, in ihren Schoß:

«Jetzt haben wir die Katze aus dem Sack gelassen...»

«Das Schwein aus dem Koben», sagte Wylie.

«Und was haben wir erreicht?»

«Wylie», sagte Neary, «seien Sie nicht so rücksichtslos, Sie stehen genau in ihrer Schußlinie.»

«Die Göttin der Gicht», sagte Wylie, «wie sie über Urodonal nachsinnt.»

«Glauben Sie nur ja nicht, ich wollte Sie zum Gehen auffordern», sagte Neary, «aber dieses kleine Biest wartet doch nur darauf, Sie nach Hause zu bringen.»

«Ach was!» sagte Wylie. «Ich bin vielleicht keine echte Dubliner Pflanze, aber ich bin besser als nichts. Meine Überlegenheit über das Nichts ist oft bemerkt worden.»

«Ich wiederhole meine Frage», sagte Miss Counihan, «und bin bereit, es notfalls noch mal zu tun.»

«Wenn der Hahn dann nicht kräht», sagte Wylie, «können Sie sicher sein, daß die Henne nicht gelegt hat.»

«Habe ich nicht gesagt», sagte Neary, «daß wir uns jetzt trennen können? Es ist bestimmt ein großer Vorteil.»

«Sie haben die Stirn», sagte Miss Counihan, «mir zu sagen, *mir*, daß Sie meinen, wir hätten uns nun getroffen?»

Wylie hielt sich die Ohren zu, warf seinen Kopf zurück und rief:

«Hören Sie auf! Oder ist es zu spät?»

Er warf die Hände hoch über den Kopf, ging mit schnellen, schlurfenden Schritten los, packte Miss Counihans Hände und hob sie sanft von ihrem Rumpf. Im nächsten Augenblick würde ihre Schlittenfahrt losgehen.

«Wer hat sich je getroffen», sagte Miss Counihan, offenbar ganz und gar nicht beunruhigt, «wenn es nicht auf den ersten Blick geschah?»

«Es gibt nur ein Treffen und Scheiden», sagte Wylie, «den Liebesakt.»

«Das ist aber gut!» sagte Miss Counihan.

«Dann eben jeder mit und von sich selbst», sagte Wylie, «sowie mit und von dem anderen.»

«Mit und von ihm und ihr selbst», sagte Neary. «Seien Sie nicht so taktlos, Wylie. Denken Sie daran, daß eine Dame zugegen ist.»

«Sie», sagte Wylie bitter. «Ich sollte Sie nicht undankbar finden. Und dieses arme Mädchen wahrscheinlich auch nicht.»

«Nicht ganz so», sagte Miss Counihan. «Ich sollte Sie dann nicht undankbar finden.»

«Drittens», erwiderte Neary, «ich will Murphy gar nicht sprechen. Zeigen Sie ihn nur diesen fleischlichen Augen, und das Geld gehört Ihnen.»

«Wer weiß», sagte Miss Counihan, «da wir ihn einmal betrogen haben, meinte er vielleicht, daß wir fähig wären, es noch einmal zu tun.»

«Einen Obolus als Vorschuß», bettelte Wylie. «Barmherzigkeit erbaut.»

«Erstens», sagte Neary, «es bedarf gar nicht des berühmten Liebesaktes, wenn Akte überhaupt jemals Akte der Liebe sein können oder Liebe in Akten überleben kann, um seinen Nachbarn abends bei der Heimkehr lächelnd und nickend, und morgens beim Fortgehen mit finsterem Blick und ohne Kopfschmerzen zu grüßen, wie Wylie es beschrieben hat. Sich treffen und trennen, wie ich es verstehe, übersteigt die Kraft des noch zärtlichen Gefühls und die der noch so erfahrenen körperlichen Triebe.»

Er machte eine Pause, damit man ihn fragte, was er darunter verstünde. Wylie war so dumm.

«Die Verwerfung des Gewußten», sagte Neary, «ist ein unsagbar schwieriger, rein intellektueller Vorgang.»

«Vielleicht haben Sie es nicht gehört», sagte Wylie, «Hegel brach seine Entwicklung ab.»

«Zweitens», sagte Neary. «Es liegt mir fern, Miss Counihan einzureden, wir hätten uns nun getroffen. Es gibt immer noch Dinge, die nicht einmal ich einer Dame sage. Aber ich meine, daß es weder naiv ist, zu hoffen, das Eis sei gebrochen, noch vermessen, damit zu rechnen, der Allmächtige werde für den Rest sorgen.»

Das Licht im Korridor ging mit einem Krach aus. Wylie hielt Miss Counihan vor dem finsteren Abgrund im Zaum. Neary schleuderte seine Stimme in die Agonie des Echos: «Da bläst ER, oder ich irre mich sehr.»

Wylie war es plötzlich genau in dem Moment leid, Miss Counihans Hände zu halten, als auch sie es leid war, sie festhalten zu lassen. Eine gnädige Koinzidenz. Er ließ sie los, und das Dunkel verschlang sie. Sie lehnte sich an die äußere Wand und schluchzte vernehmlich. Es war eine anstrengende Erfahrung.

«Bis morgen um zehn», sagte Wylie. «Legen Sie Ihr Scheckbuch bereit.»

«Lassen Sie mich doch so nicht allein», sagte Neary, «vor Sünden berstend und mit Lippen, die noch feucht sind von den Ruchlosigkeiten, die ich im Eifer der Auseinandersetzung äußerte.»

«Sie hören die erschütternden Schluchzer», sagte Wylie, «und Sie denken dabei nur an sich selbst.»

«Sagen Sie ihr, wenn Sie alle Tränen weggeleckt haben», sagte Neary, «im Namen eines erloschenen Feuers, daß nicht eine vergeblich war.»

Nach einigen weiteren Vorwürfen, die unbeantwortet blieben, ging Wylie mit Miss Counihan von dannen.

Ein seltsames Gefühl bemächtigte sich Nearys, nämlich, daß er die Nacht nicht überleben würde. Er hatte schon früher dies Gefühl gehabt, aber noch nie so stark. Es schien ihm vor allem, daß die geringste Bewegung oder Äußerung sich bestimmt tödlich auswirken würde. Er atmete sich höchst behutsam durch die langen Stunden der Dunkelheit, zitterte unwillkürlich und umklammerte die Sessellehnen. Ihm war weder kalt, im Gegenteil, noch übel, und ihm tat auch nichts weh, er hatte nur die beunruhigende Überzeugung, daß jede Sekunde ihm die erste seiner letzten zehn Minuten oder Viertelstunde auf Erden ankündigte. Die Summe der Sekunden einer dunklen Nacht ist so leicht zu errechnen, daß wir die Lösung dieser Aufgabe dem wißbegierigen Leser allein überlassen.

Als Wylie am nächsten Nachmittag mit vier oder fünf Stunden Verspätung bei Neary ankam, war dessen Haar schneeweiß geworden, aber er fühlte sich besser.

«Ein seltsames Gefühl hatte sich meiner bemächtigt», sagte er, «gerade als Sie weggegangen waren, das Gefühl, daß ich mich anschickte zu sterben.»

«Das haben Sie in der Tat», sagte Wylie. «Sie sehen schon wie ein Privatdozent aus.»

«Ich meine, er wäre vielleicht gut, wenn ich jetzt ein wenig ausginge», sagte Neary, «und mich unter den Pöbel mischte.»

«Bloomsbury liegt an unserm Weg», sagte Wylie. «Vergessen Sie nicht Ihr Scheckbuch.»

In der Gower Street sagte Wylie: «Wie fühlen Sie sich nun?»

«*Ich* danke Ihnen», sagte Neary, «das Leben scheint mir nicht mehr so kostbar zu sein.»

Miss Counihan war dabei, ihrem Hindu in einem ununterbrochenen Wortschwall die Meinung zu sagen. Er stand in sehr niedergeschlagener Haltung mit fest an die Augen gepreßten Händen vor ihr. Als Neary und Wylie sich näherten, machte er eine wilde Gebärde, die wie eine metaphysische Liquidation aussah, und sprang in ein Taxi, das zufällig vorbeifuhr oder, wie er fest glaubte, einem seit aller Ewigkeit geregelten unergründlichen Fahrplan gemäß ablief.

«Der Arme», sagte Miss Counihan, «er muß zur Tate Gallery.»

«Und wie geht es uns heute?» sagte Neary, schrecklich besorgt und mit einem Seitenblick auf Wylie. «Lassata?»

Wylie lächelte geziert.

Sie fuhren im Taxi in Richtung Brewery Road. Eine ganze Minute lang wurde kein Wort gesprochen. Dann sagte Wylie: «Eigentlich kommt nichts der Totenstille gleich. Ich fürchtete nur eins, daß unsere Unterhaltung von gestern abend uns dort wieder erfassen würde, wo sie uns verlassen hat.»

Miss Carridge flog bei dem ungewohnten Geräusch ans Fenster. Es hatte eigentlich noch nie ein Taxi vor ihrer Tür gehalten, obgleich es einmal aus Versehen und einmal aus Ulk geschehen war. Sie erschien mit der Bibel in der einen Hand und dem Schürhaken in der anderen an der Türschwelle.

«Wohnt bei Ihnen ein Mr. Murphy?» sagte Wylie.

«Wir haben die ganze Strecke von Cork zurückgelegt», sagte Neary, «wir haben uns von den Hainen Blarney's losgerissen, mit der einzigen Absicht, ganz privat ein paar Worte mit ihm zu wechseln.»

«Wir sind seine allerbesten Freunde», sagte Miss Counihan, «und außerdem bringen wir ihm eine gute Nachricht.»

«Mr. Murphy», sagte Wylie, «die Ruinen der Ruinen eines Pfundskerls.»

«Mr. Murphy ist geschäftlich unterwegs», sagte Miss Carridge.

Wylie stopfte sich sein Taschentuch in den Mund.

«Schauen Sie nicht so scharf hin», sagte Neary, «und Sie werden sehen, wie er es aus dem Ohr hervorzieht.»

«Wir erwarten ihn stündlich», sagte Miss Carridge.

«Habe ich es Ihnen nicht gesagt?» sagte Miss Counihan. «Er rackert sich im East End ab, um mir allen Luxus zu bieten, an den ich gewöhnt bin.»

Die Verwirrung, die diesen Worten folgte, da Neary und Wylie nicht wußten, wohin sie ihre Blicke wenden sollten, und Miss Counihan ihre Augen in irgendeiner Ekstase geschlossen hielt, nützte Wylie aus, um sein seidenes Taschentuch aus dem Ohr zu ziehen, sich die Nase zu putzen, sich die Augen zu wischen, und es wieder in die Tasche zu stecken. Es kann mit Recht behauptet werden, daß Wylies seidenes Taschentuch viel mitgemacht hatte.

«Wenn Sie aber hereinkämen», sagte Miss Carridge, flink zur Seite springend, «würde *Mrs. Murphy* Sie sicher empfangen, ganz sicher.»

Miss Counihan beglückwünschte sich selbst, im richtigen Moment ihre Augen geschlossen zu haben. Wenn man die Augen schließt, sagte sie sich, kann einem nicht viel passieren. Es sei denn, man wäre ganz allein. Dann ist es nicht nötig, – öh – derart zu blinzeln.

«Wenn Sie ganz sicher sind, daß Sie ganz sicher sind», sagte Wylie.

In diesem Augenblick fingen sie alle zugleich zum ersten Mal etwas von Miss Carridges sonderbarem Geruch auf, wobei sie sich dank der allen gemeinsamen guten Erziehung jeglicher Bemerkung enthielten. Aber es gab nun kein Zurück mehr. Das fühlten sie alle, als sich die Tür hinter ihnen schloß.

So tragen alle Dinge humpelnd zu dem einzig Möglichen bei.

Miss Carridge führte sie mit hausfräulichem Stolz in das große Zimmer, in dem Celia und Murphy sich so oft getroffen und getrennt hatten. Die Putzfrau war nämlich noch nie so gut in Form gewesen. Das Zitronengelb der Wände stöhnte wie bei Vermeer; und sogar Miss Counihan, die in einem der Balzac-Sessel zusammengebrochen war, sah ihr Spiegelbild auf dem Linoleum mit gemischten Gefühlen. Ähnlich hauchten Luxushuren vor Claude's Narcissus auf dem Trafalgar Square mit frisch geschminkten Gesichtern Flüche auf den Spiegel.

Unversehens rief Neary:

«Bestenfalls nichts; schlimmstenfalls dies noch einmal.»

Miss Carridge blickte schockiert und das mit Recht. Westlicher als die Isle of Man war sie noch nie gekommen.

«Ich hoffe», sagte sie, «daß Ihnen meine kleine Wohnung gefällt, die zu vermieten ist, wenn ich so sagen darf.»

«Das reiflich überlegte Urteil über das größere Leben», sagte Wylie, «von jemandem, der sich nichts Schlimmeres vorstellen kann, als das kleinere. Nicht gerade der Künstlertyp, werden Sie sagen.»

«Wir sind die Engels Sisters», sagte Miss Counihan, «und wollen bleiben.»

Miss Carridge verließ ihre kleine Wohnung.

«Horcht!» sagte Wylie und zeigte nach oben.

Ein weiches Hin- und Hergehen war zu hören.

«Mrs. M.», sagte Wylie, «die Nimmerstille, die durch die verlängerte Abwesenheit ihres jungen, ehrgeizigen Mannes beunruhigt ist.»

Die Schritte hörten auf.

«Sie macht eine Pause, um sich aus dem Fenster zu lehnen», sagte Wylie. «Nichts wird sie dazu bringen, sich hinabzustürzen, bevor er in Sicht kommt. Sie hat Sinn für Stil.»

Nearys Assoziationen waren so normal, daß sie langweilten. Er dachte an Zitronensäure auf den Stufen von Wynn's Hotel, die bleiernen Farben dieser alten Vision schlossen ihm die Augen, das Grün und Gelb eines Gewitterabends im Spiegel einer Pfütze.

«Die Engels Sisters», sagte Miss Carridge, «möchten Sie unbedingt sprechen.»

Celia, gottlob endlich ein christlicher Name, zog ihr

völlig zerrissenes Korsett in das Zimmer des alten Kerls zurück.

«Busenfreunde von Mr. Murphy», sagte Miss Carridge, «sie kamen in einem Taxi.»

Celia blickte auf, was Miss Carridge veranlaßte, recht verwirrt hinzufügen:

«Aber das brauche ich Ihnen ja nicht zu erzählen. Entschuldigen Sie.»

«Doch, doch, das müssen Sie», sagte Celia, «sagen Sie mir alles ganz genau, ich flehe Sie an. Ich war so beschäftigt, so beschäftigt, so beansprucht, irgend etwas ist zerbrochen, ich war tot für die Stimmen der Straße, tot und verdammt, Miss Carridge, für die Myriaden von Stimmen.»

Miss Carridge wußte nicht, für welche Waffe sie dankbarer sein sollte, für die Bibel oder für den Schürhaken. Sie faßte sie beide unparteiisch fester und sagte:

«Überlassen Sie sich nicht der Verzweiflung, es wäre sündhaft.»

«Wenn ich bedenke, was ich war», sagte Celia, «wer ich war, was ich bin, und nun tot, an einem Sonntagnachmittag, bei Sonnensang und Vogelschein, tot für die Stimmen der STRASSE, dann...»

«Mäßigen Sie sich», sagte Miss Carridge, «hoffen Sie bis zum Schluß. Machen Sie sich etwas frisch und kommen Sie herunter.»

Celia hüllte sich in einen Regenmantel aus blaßrotem Büffelleder, machte sich jedoch nicht frisch.

«Ich habe nichts zu verbergen und nichts zu verlieren.»

Miss Carridge dachte über diese Worte nach, während sie die Treppe hinunterging. Auf dem Treppenabsatz vor dem großen Zimmer, dem Treppenabsatz, auf dem Celia den alten Kerl zum ersten und letzten Mal gesehen hatte, hob sie den Schürhaken und sagte: «Aber alles zu gewinnen.»

«Nichts zu verlieren», sagte Celia. «Also nichts zu gewinnen.»

Ein langer verständnisinniger Blick füllte den Raum zwischen ihnen mit Stille, Mitleid und einem Hauch Verachtung. Sie lehnten sich dagegen wie gegen eine feste Wand aus Wolle und blickten sich gegenseitig in die Augen. Dann setzten sie ihre Wege fort, Miss Carridge die restlichen Stufen hinunter und Celia in ihr altes Zimmer.

Neary und Wylie, deren Rest an Feingefühl schlagartig in Wallung geriet, saßen wie angenagelt da und verschlangen sie mit den Augen. Miss Counihan wagte einen Blick und schaute dann schleunigst auf das Linoleum. Wylie taumelte ehrerbietig auf seine Füße. Celia stellte sich steif mit ihrem Rücken an die Tür, ging dann geradewegs zwischen ihnen durch und setzte sich auf die Bettkante, die dem Fenster am nächsten war, so daß zwischen ihr und ihnen während der ganzen folgenden Szene Murphys Betthälfte blieb. Neary taumelte ehrerbietig auf seine Füße.

«Ich fürchte, Sie sind krank, Mrs. Murphy», sagte Miss Counihan.

«Sie wollten mich sprechen», sagte Celia.

Neary und Wylie, die sich immer mehr als Schweine vor einer Perle fühlten, standen da und verschlangen sie mit ihren Augen. Miss Counihan trat bis an die Bettkante nächst der Tür und schob währenddessen ein kleines Bündel Briefe von Murphy fächerartig auseinander. Diesen Fächer steckte sie mit beiden Händen über das Bett, öffnete und schloß ihn kokett, was Ärger hervorrufen sollte, und sagte:

«Hier erkennen Sie mit einem Blick unsere Glaubwürdigkeit, und bei näherer Betrachtung, wenn es Ihnen beliebt, daß es meinem Korrespondenten daran mangelt.»

Celia blickte unberührt von den Briefen zu Miss Counihan und von Miss Counihan zu ihren Begleitern und von diesen versteinerten Gestalten wieder zu den Briefen und schließlich weg von soviel schwarzem Fleisch und schwarzen Worten zum Himmel, unter dem sie nichts zu verlieren hatte. Dann legte sie sich aufs Bett, nicht in irgendeiner theatralischen Absicht, sondern nur, um einem plötzlich dringenden Bedürfnis, sich hinzulegen, zu gehorchen. Die Möglichkeit, theatralisch oder sogar affektiert zu erscheinen, hätte sie nicht davon abgehalten, wenn sie ihr in den Sinn gekommen wäre. Sie streckte sich so natürlich in eine bequeme Lage, als gäbe es keine Zuschauer ihrer Einsamkeit.

«Einer der zahllosen kleinen Erlöser im kleinen», höhnte Miss Counihan, «die ihren Penny Ärger in den Opferstock der Freunde Golgathas werfen.»

Ohne Murphys Grauen vor geistigen Rülpsern hätte Celia diesen Satz erkannt, wenn sie ihn gehört hätte.

Miss Counihan klappte ihre Briefe zusammen, was wie eine heftige Explosion in weiter Ferne klang, und ging an ihren Platz zurück. Neary rückte seinen Sessel an das Kopfende des Betts, wobei er sehr gut einen fest entschlossenen Mann spielte, und Wylie setzte sich, wobei er wie ein Neuling beim Gottesdienst wirkte, der unsicher ist, ob die noch stehenden, sich plötzlich regenden Gläubigen im Begriff sind, sich hinzusetzen oder niederzuknien, und sein Blick verlangte ungestüm nach einem Zeichen.

Alle vier sind nun an ihren Plätzen, von denen sie sich nicht rühren werden, bis sie eine Formel, einen allen genehmen *status quo* gefunden haben.

«Meine liebe Mrs. Murphy», sagte Neary mit vor Besorgnis triefender Stimme.

«Wenn einer von Ihnen sagen würde, was Sie wünschen», sagte Celia. «Ich kann nicht mit schönen Worten aufwarten.»

Als Neary geendet hatte, war es dunkel im Zimmer. Die Einfachheit ist so langsam wie ein Leichenwagen und dauert so lang wie eine Henkersmahlzeit.

«Von Irrtümern und Auslassungen abgesehen», sagte Miss Counihan.

Wylies Augen begannen zu schmerzen.

«Ich bin eine Prostituierte», begann Celia, von ihrem

Lager aus sprechend, und als sie geendet hatte, war es stockfinster im Zimmer, stockfinstere Nacht, so reich an akustischen Eigentümlichkeiten, und auf dem Treppenabsatz, zu Miss Carridges größter Zufriedenheit.

«Sie Ärmste», sagte Miss Counihan, «wie müssen Sie gelitten haben.»

«Soll ich Licht machen?» sagte Wylie in der Qual seiner gierigen Augen.

«Wenn Sie es tun, werde ich meine Augen schließen», sagte Miss Counihan. «Nur im Dunkeln kann man sich treffen.»

Wenige Gräben waren tiefer als Miss Counihan, der Krug der Witwe hätte nicht mehr fassen können. Aber Celia hatte nicht gesprochen, und Wylie hob gerade den Arm, als die ruhige Stimme wieder zu fallen begann, nicht weniger langsam als vorher, aber vielleicht unsicherer. Er hielt seine Hand zurück, der kleine, provisorische Gentleman mit dem reinen Herzen.

«Zuerst dachte ich, ihn verloren zu haben, weil ich ihn, so wie er war, nicht nehmen konnte. Jetzt bilde ich mir nichts mehr darauf ein.»

Eine Pause.

«Ich war ein Stück von ihm, das er nicht mehr entbehren konnte, was ich auch tun mochte.» Eine Pause.

«Er mußte mich verlassen, um zu sein, wie er war, bevor er mich traf, nur schlechter, oder besser, was ich auch tun mochte.»

Eine lange Pause.

«Ich war das letzte Exil.» Eine Pause.

«Das letzte, wenn wir Glück haben.»

So endet die Liebe immer in einer Protasis, wenn es Liebe ist.

Von seinem Platz aus knipste Wylie das Licht an, die trübe, gelbe Birne, die Murphy als entschiedener Nicht-Leser hoch oben an der Decke angebracht hatte, und weidete seine Augen. Miss Counihan schloß dagegen ihre Augen so ostentativ, daß ihr Gesicht flach wirkte, um zu zeigen, daß sie es auch meinte, wenn sie etwas sagte.

«Ich kann nicht glauben, daß er Sie verlassen hat», sagte Wylie.

«Er wird zurückkehren», sagte Neary.

«Wir werden hier sein, um ihn zu empfangen», sagte Miss Counihan.

Ihr Kinderbett war ringsherum mit einem Gitter versehen. Mr. Willoughby Kelly kam, stark nach Alkohol riechend, kniete nieder, umklammerte zwei Gitterstäbe und schaute sie durch die Stäbe an. Dann beneidete sie ihn, und er sie. Manchmal sang er.

«Neary und ich nach oben», sagte Wylie.

«Ich hier bei Ihnen», sagte Miss Counihan.

«Rufen Sie die Frau», sagte Neary.

Manchmal sang er:

Weine nicht, Liebchen, lach auf meinem Schoß
mußt gar manches leiden, wenn Du einmal groß,

usw. Oder er sang:

Die Lieb' ist ein Stachel, die Lieb' ist ein Stich
Die Liebe ist alleweil wonniglich.

usw. Oder er sang noch andere Lieder. Aber meistens sang er überhaupt nicht.

«Sie ist da», sagte Wylie, «und zwar schon seit geraumer Zeit, es sei denn, daß auch eine echte Ziege im Haus wäre.»

Es war Sonntag, der 20. Oktober, Murphys Nachtdienst hatte begonnen. So tragen alle Dinge hinkend zu dem einzig Möglichen bei.

11

SPÄT AM SELBEN NACHMITTAG, NACH MANCHEN fruchtlosen Stunden in seinem Schaukelstuhl, es mag gerade zu der Zeit gewesen sein, als Celia ihre Geschichte erzählte, wurde M. M. M. plötzlich zu MUSIK, MUSIK, MUSIK. Murphy legte dies zu seinen Gunsten aus, da es ihm selten so an Ermutigung gemangelt hatte.

Wenn er jedoch nachts in Skinner's House am Fuße des Kreuzes zwischen den verhängten Erholungsinstrumenten auf und ab ging, nachdem er eine Runde gemacht und die vorgeschriebene Pause von zehn Minuten vor der nächsten markiert hatte, fühlte er stärker denn irgendwann während seiner Tagesdienstwoche die Kluft zwischen ihm und ihnen. Er fühlte, daß es für jene, die sich danach sehnten, sie zu überqueren, und für jene, die sich davor fürchteten, wahrscheinlich das Gleiche war – sie taten es nie.

Eine Runde dauerte zehn Minuten, wenn alles in Ordnung war. Wenn nicht alles in Ordnung war, wenn ein Patient sich die Gurgel durchgeschnitten hatte oder besondere Aufmerksamkeit erforderte, ging die längere Dauer der Runde von der Pause ab. Im M. M. M. galt nämlich die unbeugsame, in strengen, ja fast beleidigend wirkenden Worten festgelegte Regel, daß jeder Patient und nicht nur jene, die auf Pergament (oder unter Aufsicht) waren, in regelmäßigen Abständen von nicht mehr als zwanzig Minuten die ganze Nacht hindurch zu besuchen waren. War etwas so schlimm, daß die Runde zehn Minuten länger als vorgesehen dauerte, so gab es keine Pause und alles war in Ordnung. Wenn es aber noch schlimmer war und die Runde elf Minuten länger als vorgesehen dauerte und weniger als gar keine Pause sogar über die Kräfte des tüchtigsten Wärters ging, dann mußte man sich einfach einmal mit der schmerzlichen Tatsache abfinden, daß der Mensch denkt, aber Gott lenkt, selbst im Magdalen Mental Mercyseat.

Die Einwirkung dieses höheren Gesetzes hätte durch die Einstellung eines zusätzlichen Nachtwächters eingeschränkt werden können. Aber das hätte den Mercyseat ein Pfund pro Woche gekostet, vorausgesetzt, daß man den Dussel gefunden hätte.

Eine reine, scherzhaft «Jungfrau» genannte Runde war das Einfachste, was man sich denken konnte. Der Pfleger hatte lediglich vor jeder Tür einen Schalter zu betätigen, die Zelle in so grausames Licht zu tauchen, daß die Augen der Schlafenden und der Wachen sich von Fall zu Fall öffneten oder schlossen, sich mit einem Blick durch das Guckloch zu vergewissern, daß der Patient für weitere zwanzig Minuten gut aussah, das Licht auszuknipsen, auf den Kontrollknopf zu drücken und weiterzugehen.

Der Kontrollapparat war eine ausgeklügelte Einrichtung. Er registrierte den Besuch zusammen mit der Stunde, Minute und Sekunde, in denen er gemacht wurde, auf einer Kontrolltafel in Boms Wohnung. Der Kontrollapparat wäre noch besser ausgeklügelt gewesen, wenn er vom Lichtschalter oder sogar von der Gucklochklappe betätigt worden wäre. Denn zahlreich waren die Besuche, die auf Boms Tafel registriert, aber von den Pflegern nie gemacht wurden, die entweder müde oder faul oder feinfühlig waren, es satt hatten, boshaft oder verspätet oder nicht willens waren, die Ruhe eines Patienten zu stören.

Bom war, was man gemeinhin sadistisch nennt, und ermutigte seine Gehilfen zu dem, was man gemeinhin Sadismus nennt. Wenn diese Energie tagsüber nicht einmal bei jenen Patienten nach Belieben entladen werden konnte, die sich ihr als einem wesentlichen Bestandteil der therapeutischen Hexerei unterwarfen, so konnte sie noch weniger beliebig bei jenen entladen werden, die sie als nebensächlich betrachteten. Diese letzteren wurden dem Chefarzt als «unkooperativ», als «Kooperationsverweigerer im Krankensaalbetrieb» oder in extremen Fällen als «widersetzlich» gemeldet. Für sie konnte die Nacht zur Hölle werden.

Murphys erste Runde hatte ihm bewiesen, daß Nearys Äußerung «Schlaf und Schlaflosigkeit: der Phidias und der Scopas der Müdigkeit» nur eine Phase war. Sie hätte vielleicht zu dem Schlafsaal einer Studienanstalt für junge Damen gepaßt, die sie möglicherweise sogar inspiriert hatte, in den Sälen des M. M. M. war sie jedenfalls sinnlos. Hier entstammten die Schlafenden und die Nicht-Schlafenden ganz offensichtlich ein und derselben Hand, der eines etwas späteren Künstlers, dessen Werk keineswegs bis zu uns hatte dringen können, sagen wir des pergamesischen Barlach. Und indem Murphy versuchte, zwischen diesen beiden Gruppen zu unterscheiden, erinnerte er sich an einen stürmischen sterbenden Winternachmittag in Toulon vor dem *Hôtel de Ville*, an die beiden Karyatiden Pugets und an seine Bemühungen, unter dem zerfetzten, immer dunkler werdenden Himmel zu erkennen, welche die Kraft und welche die Müdigkeit darstellte.

Jene, die schliefen, schliefen in den erstarrten Haltungen von Herculaneum, als ob der Schlaf wie eine Strafe Gottes über sie gekommen wäre. Und jene, die nicht schliefen, schliefen nicht dank der evidenten Gnade derselben Autorität. Murphy schienen die Verrenkungen vor allem der Widersetzlichen nicht so sehr flehende Bitten an die milde Mutter Natur zu sein, als vielmehr ein Zurückschrecken vor ihren Forderungen.

Was die Ökonomie des Grams betrifft, so war es, den Erfahrungen der Widersetzlichen gemäß, besser, wenn sie das Knäuel bei Tage entwirrten.

Bei Tage hatte er die Kluft nicht so schmerzhaft gefunden wie jetzt, da er im Erholungsraum herumging. Bei Tage waren Bom und seine Leute, die Doktoren und die Besucher da, um das Gefühl seiner Verwandtschaft mit den Patienten zu erregen. Da waren die Patienten selber, die in den Krankensälen und Gärten umhergingen. Er konnte sich unter sie mischen, sie berühren, zu ihnen sprechen, sie beobachten und sich einbilden, selber einer von ihnen zu sein. Bei Nacht gab es in Skinner's House jedoch keines dieser Hilfsmittel, keinen Liebe erweckenden Widerwillen, keinen Fußtritt von der Welt, die nicht seine war, keine Illusion einer Liebkosung von der Welt, die seine sein könnte. Es war so, als ob die Mikrokosmopoliten ihn ausgesperrt hätten. Von den angrenzenden Frauensälen drangen keine Geräusche außer der unendlichen Vielfalt jener zu ihm, die von den Insassen gemacht wurden, ein leises, undeutliches Höhnen, aus dem jedoch, wenn die Nacht zur Neige ging, eine Reihe von Leitmotiven auftauchte. Dito für die Männersäle darunter. Das Gegacker einer Nachtigall wäre sehr willkommen gewesen, um seinen Geist in seine nachtigallenlose Nacht hineinzuschleudern. Aber ihre Jahreszeit schien vorüber zu sein.

Kurz, da war nichts außer ihm, der unbegreiflichen Kluft und ihnen. Das war alles. Alles. ALLES.

Darum machte er sich schweren Herzens auf zur zweiten Runde. Die erste wiederum zu inspizierende Zelle in der Südwestecke des Schiffs enthielt Mr. Endon, der von allen, ungeachtet seiner Vorliebe für Apnoea, als das folgsamste alte Männlein der ganzen Anstalt angesehen wurde. Murphy knipste die tausend Kerzen an, klappte das Guckloch auf und blickte hinein. Seinen Augen bot sich ein seltsames Bild.

Mr. Endon, eine prachtvolle, tadellose Statuette in seinem scharlachroten Hausrock, mit seiner leuchtend weißen Strähne auf dem schwarzen, borstigen Haar, saß im Schneidersitz auf dem Kopfende des Betts und hielt seinen linken Fuß in der rechten Hand und in der linken Hand den rechten Fuß. Er hatte die purpurnen Schnabelschuhe an den Füßen und die Ringe an den Fingern. Licht spritzte von Mr. Endon nach Norden, Süden, Osten, Westen und in sechsundfünfzig andere Richtungen. Vor ihm erstreckte sich das so glatt und straff wie der Bauch einer schwangeren Frau gespannte Laken, und darauf stand ein aufgebautes Schachspiel. Das kleine blauolivbraune Gesicht mit den freundlich gebieterischen Zügen blickte zum Guckloch hinauf.

Murphy setzte seine Runde recht erfreut fort. Mr. Endon hatte das Auge seines Freundes auf sich gefühlt und dementsprechend Vorbereitungen getroffen. Das Auge seines Freundes? Sagen wir lieber Murphys Auge. Mr. Endon hatte Murphys Auge auf sich gefühlt. Mr. Endon wäre weniger als Mr. Endon gewesen, wenn er gewußt hätte, was es heißt, einen Freund zu haben, und Murphy mehr als Murphy, wenn er nicht gegen seine bessere Einsicht gehofft hätte, daß sein Gefühl für Mr. Endon in einem geringen Maße erwidert würde. Es war hingegen eine traurige Wahrheit, daß Mr. Endon für Murphy nicht weniger als Seligkeit bedeutete, und Murphy für Mr. Endon nicht mehr als Schach. Murphys Auge? Sagen wie lieber das Schach-Auge. Mr. Endon hatte unter dem Schach-Auge gezittert und dementsprechend Vorbereitungen getroffen.

Murphy vollendete seine Runde, eine irische Jungfrau. (Eine rechtzeitig beendete Runde nannte man eine Jungfrau, eine vorzeitig beendete eine irische Jungfrau.) Der Hypomanische, der seit dem Morgen mit einem drohenden, schweren Anfall in der Gummizelle steckte, hatte zwar versucht, seinen Peiniger durch das Guckloch zu belangen, was Murphy betrübte, obgleich ihm der Hypomanische eigentlich nicht lag. Es hielt ihn jedoch nicht auf. Gamz im Gegenteil.

Er ging schleunigst, mit seinem Passepartout in der Hand, durch das Schiff wieder nach Westen. Er machte kurz vor dem Erholungsraum halt, knipste Mr. Endons Licht an und betrat schlankweg seine Zelle. Mr. Endon saß noch in derselben Haltung da, abgesehen von dem Kopf, der nun geneigt war, über das Schachbrett oder nur über seine Brust, das war schwer zu sagen. Murphy ließ sich auf das Fußende des Betts nieder, stützte sich auf den Ellbogen, und das Spiel begann.

Murphys Funktionen wurden kaum durch diesen Bruch mit der Tradition des Nachtdienstes beeinträchtigt. Es bedeutete lediglich, daß er seine Pausen nicht im Erholungsraum, sondern bei Mr. Endon verbrachte. Alle zehn Minuten verließ er die Zelle, drückte mit voller Überzeugung auf den Kontrollknopf und machte eine Runde. Alle zehn Minuten und manchmal sogar noch früher, da es in der ganzen Geschichte des M. M. M. noch nie so viele Jungfrauen und irische Jungfrauen gegeben hatte wie in Murphys Jungfern-Nacht, kehrte er in die Zelle zurück und setzte das Spiel fort. Bald verging eine ganze Pause, ohne daß irgendein Positionswechsel eintrat, bald war das ganze Brett in Aufruhr und glich einem Gewoge von Zügen.

Das Spiel, eine Endons *Offensive* oder ein *Zweispringerspott*, nahm folgenden Verlauf:

Weiß (MURPHY)		Schwarz (Mr. ENDON) (a)	
1. e4	(b)	1. Sh6	
2. Sh3		2. Tg8	
3. Tg1		3. Sc6	
4. Sc3		4. Se5	
5. Sd5	(c)	5. Th8	
6. Th1		6. Sc6	
7. Sc3		7. Sg8	
8. Sb1		8. Sb8	(d)
9. Sg1		9. e6	
10. g3	(e)	10. Se7	
11. Se2		11. Sg6	
12. g4		12. Le7	
13. Sg3		13. d6	
14. Le2		14. Dd7	
15. d3		15. Kd8	(f)

16. Dd2	16. De8
17. Kd1	17. Sd7
18. Sc3 (g)	18. Tb8
19. Tb1	19. Sb6
20. Sa4	20. Ld7
21. b3	21. Tg8
22. TG1	22. Kc8 (h)
23. Lb2	23. Df8
24. Kc1	24. Le8
25. Lc3 (i)	25. Sh8
26. b4	26. Ld8
27. Dh6 (j)	27. Sa8 (k)
28. Df6	28. Sg6
29. Le5	29. Le7
30. Sc5 (l)	30. Kd8 (m)
31. Sh1 (n)	31. Ld7
32. Kb2 !!	32. Th8
33. Kb3	33. Lc8
34. Ka4	34. De8 (o)
35. Ka5	35. Sb6
36. Lf4	36. Sd7
37. Dc3	37. Ta8
38. Sa6 (p)	38. Lf8
39. Kb5	39. Se7
40. Ka5	40. Sb8
41. Dc6	41. Sg8
42. Kb5	42. Ke7 (q)
43. Ka5	43. Dd8 (r)

Und Weiß gibt auf.

(a) Mr. Endon nahm immer die schwarzen Figuren. Wenn man ihm die weißen vorsetzte, verfiel er, ohne das geringste Zeichen von Verdruß, einem leichten Stumpfsinn.

(b) Die Ursache aller folgenden Schwierigkeiten der Weißen.

(c) Offenbar nichts Besseres, so schlecht es ist.
(d) Eine kunstvolle und schöne Eröffnung, manchmal «Anlauf» genannt.
(e) Fehlurteil.
(f) Nie gesehen im *Café de la Régence*, selten in *Simpson's Divan*.
(g) Das Notsignal.
(h) Vorzüglich gespielt.
(i) Es ist schwer, sich eine bedauernswertere Lage vorzustellen als die der armen Weißen in diesem Moment.
(j) Der Scharfsinn der Verzweiflung.
(k) Die Schwarzen haben nun ein unwiderstehliches Spiel.
(l) Hohes Lob gebührt den Weißen für die Beharrlichkeit, mit der sie kämpfen, um eine Figur zu verlieren.
(m) In diesem Moment stülpt Mr. Endon, ohne überhaupt «j'adoube» zu sagen, seinen König und den Turm seiner Dame um, die für den Rest des Spiels diese Stellung beibehalten.
(n) Ein längst fälliger *coup de repos*.
(o) Da Mr. Endon weder «Schach!» gerufen noch auf irgendeine andere Weise die geringste Andeutung gemacht hatte, daß er bewußt den König seines Gegners oder besser Gegenübers angegriffen hatte, brauchte Murphy sich gemäß Regel Nr. 18 nicht darum zu kümmern. Aber das hieße zugeben, daß Salutieren Zufall wäre.
(p) Keine Worte vermögen die Seelenqualen auszudrükken, die Weiß zu dieser gemeinen Offensive verleiteten.
(q) Das Ende dieses Solitärs wird von Mr. Endon wirklich bewundernswert gespielt.
(r) Es wäre vermessen und ärgerlich, noch beharren zu wollen, und Murphy gibt auf.

Nach Mr. Endon's dreiundvierzigstem Zug starrte Murphy lange auf das Schachbrett, bevor er seinen König auf die Seite legte, und nach diesem Akt der Unterwerfung wieder eine Weile. Aber allmählich wurden seine Augen von dem prächtigen Schwalbenschwanz angezogen, den Mr. Endons Arme und Beine bildeten, von dem Purpur, dem Scharlach, dem Schwarz und dem Geglitzer, bis sie nichts anderes mehr sahen, und das bald nur noch als einen hell leuchtenden Fleck, Nearys große, blühende, schwirrende Verwirrung oder sein zum Glück von jeder Gestalt freier Grund. Da es ihn bald verdroß, ließ er seinen von den Armen gestützten Kopf mitten auf die Schachfiguren fallen, die mit einem schrecklichen Krach versprengt wurden. Mr. Endons Aufmachung blieb noch ein Weilchen als Nachbild erhalten, das dem Original kaum nachstand. Dann verblaßte auch dies, und Murphy begann, nichts zu sehen, diese Farblosigkeit, die man nach der Geburt so selten genießt und die weniger die Abwesenheit (um eine haarfeine Unterscheidung zu mißbrauchen) von *percipere* als von *percipi* ist. Seine anderen Sinne waren ebenfalls in Frieden, ein unvermutetes Vergnügen. Es war nicht der starre Frieden ihrer eigenen Aufhebung, sondern der positive Frieden, der einzieht, wenn die «Etwas» vor dem Nichts weichen, oder sich einfach dazu summieren, zu dem Nichts, von dem der Lachende aus Abdera sagte, daß nichts wirklicher sei. Die Zeit hörte nicht auf, das wäre zuviel verlangt, aber das Rad der Runden und Pausen drehte sich nicht mehr, während Murphy mit dem Kopf zwischen den Armen weiter durch alle Hintertüren seiner verdorrten Seele das eigenschaftslose All-Einige einsog, das gemeinhin Nichts genannt wird. Dann verschwand auch dies, oder es löste sich vielleicht einfach in dem gewohnten Strudel von üblen Gerüchen, Rauheiten, Kakophonien und Kakoramas auf, und Murphy sah, daß Mr. Endon nicht mehr da war.

Mr. Endon trieb sich nämlich schon seit einer ganzen Weile auf den Korridoren herum, wobei er hier einen Lichtschalter betätigte und dort einen Kontrollknopf drückte, und zwar anscheinend wahllos, in Wirklichkeit aber gemäß einem amentalen System, das ebenso präzis war, wie irgendeines von jenen, die seinem Schachspielen zugrunde lagen. Murphy erwischte ihn im Südtransept, wo er graziös vor der Zelle des Hypomanischen stand. Dabei zog er alle Register der verschiedenen Möglichkeiten, den Kontrollknopf zu betätigen und das Licht an- und auszumachen. Mit ausgemachtem Licht beginnend, hatte er: Licht angemacht, Kontrollknopf gedrückt, Licht ausgemacht; Licht angemacht, Licht ausgemacht, Kontrollknopf gedrückt; Kontrollknopf gedrückt; Licht angemacht, Licht ausgemacht. Dann mit brennendem Licht beginnend, hatte er: Licht ausgemacht, Licht angemacht, Kontrollknopf gedrückt; Licht ausgemacht, Kontrollknopf gedrückt, Licht angemacht; Kontrollknopf gedrückt, Licht ausgemacht, und er war ernsthaft im Begriff, das Licht wieder anzumachen, als Murphy seine Hand ergriff.

Der Hypomanische prallte an die Wand wie eine Schmeißfliege in einem Einmachglas.

Die Kontrolltafel zeigte Bom am nächsten Morgen an, daß der Hypomanische von 20 Uhr bis 4 Uhr in regelmäßigen Abständen von zehn Minuten besucht worden war, dann ungefähr eine Stunde lang überhaupt nicht, dann sechs Mal innerhalb einer Minute und dann nicht mehr. Diese noch nie vorgekommene Aufeinanderfolge der Besuche hatte eine nachhaltige Wirkung auf Bom, die bis zu seinem Todestag einschließlich nicht aufhörte, seinen Scharfsinn zu trüben. Er legte es so aus, als ob Murphy verrückt geworden wäre, ja, er ging sogar so weit, zu behaupten, daß es ihn nicht überraschte. Dies war vielleicht dazu angetan, das Ansehen seiner Abteilung zu retten, aber ganz und gar nicht zur Beruhigung seines Geistes. Und der Magdalen Mental Mercyseat erinnert sich Murphys noch heute mit Mitleid, Spott, Verachtung und ein bißchen Furcht, als eines Krankenpflegers, der mit flatternden Fahnen verrückt geworden ist. Das ist kein Trost für ihn. Er braucht keinen.

Mr. Endon ging friedlich wieder in seine Zelle zurück. Es bedeutete Mr. Endon nichts, daß man seine Hand daran gehindert hatte, seinen König wieder an seinen Platz zu rücken und das Licht bei einem Hypomanischen wieder anzumachen. Es war ein Bruchstück von Mr. Endons Glück, daß er der Hand nicht ausgeliefert war, weder der anderer, noch seiner eigenen.

Murphy legte die Figuren wieder in die Schachtel, zog Mr. Endon Hausrock und Pantoffeln aus und packte ihn ins Bett. Mr. Endon legte sich zurück und hielt seine Augen auf irgend etwas in unendlich weiter Ferne gerichtet, vielleicht auf die berühmte Ameise am Himmel einer luftleeren Welt. Murphy kniete neben dem niedrigen Bett nieder, nahm Mr. Endons Kopf in seine Hände und zwang die Augen, in seine zu schauen, oder besser seine, ihm in die Augen zu schauen, über die schmale Kluft aus Luft, die bloße Handbreit Luft. Murphy hatte Mr. Endons Augen oft inspiziert, aber nie aus solcher Nähe und so lange wie jetzt.

Was ihre Form angeht, so waren sie bemerkenswert, sowohl tiefliegend als auch vorquellend, eine jener Launen der Natur, wobei die Höhlen so weit ausgedehnt waren, daß Mr. Endons Brauen und Backenknochen eingedrückt zu sein schienen. Und ihre Farbe war kaum weniger bemerkenswert, da sie eigentlich keine hatten. Das Weiß, von dem man schmale Streifen unter den oberen Lidern sah, war nämlich sehr stark vertreten, und die Pupillen waren außerordentlich verkleinert, als ob sie unter ständigem Lichtüberfluß litten. Die Iris war zu einem dünnen, meergraugrünen Rand laichartiger Konsistenz zusammengeschrumpft und glich so sehr einem Kugellager zwischen dem Schwarz und dem Weiß, daß beide sich in Rotationen mit entgegengesetzten Richtungen oder besser in derselben Richtung hätten setzen können, ohne daß es Murphy im geringsten überrascht hätte. Alle vier Lider waren zu einem Ektropion von großer Ausdruckskraft, einer Mischung aus List, Verderbtheit und verzückter Aufmerksamkeit, umgestülpt. Murphy, der seine Augen immer mehr näherte, erblickte das rote Gekröse der Schleimhaut, einen dicken Eiterpunkt an der Wurzel einer oberen Wimper, das Filigran von Äderchen wie das Vaterunser auf einem Zehennagel und in der Hornhaut sein eigenes, schrecklich verkleinertes, verfinstertes und verzerrtes Gesicht. Murphy und Mr. Endon waren klar zu einem Schmetterlingskuß, wenn dies noch immer der treffende Ausdruck ist.

Während Murphy am Bett kniete und Mr. Endons Haar wie dicke, schwarze Firste zwischen den Fingern aufstieg, seine Lippen, Nase und Stirn beinahe die Mr. Endons berührten, und er sich selbst in jenen Augen, die ihn nicht sahen, stigmatisiert sah, hörte Murphy Worte, die so sehr verlangten, ausgesprochen zu werden, daß er sie Mr. Endon direkt ins Gesicht sprach, er, Murphy, der normalerweise überhaupt nicht sprach, wenn er nicht angesprochen wurde, und dann nicht einmal immer.

> «das Letzte endlich gesehen von ihm
> er selbst ungesehen von ihm
> und von ihm selbst»

Eine Pause.

«Das Letzte, was Mr. Murphy von Mr. Endon sah, war Mr. Murphy ungesehen von Mr. Endon. Dies war auch das Letzte, was Murphy von Murphy sah.»

Eine Pause.

«Die Beziehung zwischen Mr. Murphy und Mr. Endon könnte nicht besser zusammengefaßt werden, als in dem Bedauern des ersteren beim Sehen seiner selbst in des letzteren Immunität gegen das Sehen von irgend etwas anderem als sich selbst.»

Eine lange Pause.

«Mr. Murphy ist ein Stäubchen in Mr. Endons Ungesehenem.»

Das war das ganze Ausmaß der kleinen Einblähung. Er legte Mr. Endons Kopf wieder fest auf das Kissen, stand auf und verließ die Zelle und das Gebäude, weder widerwillig noch erleichtert.

Im Gegensatz zum Vormorgengrauen, das pechschwarz, kalt und feucht war, fühlte Murphy sich wie in Weißglut. Eine Stunde früher hatte der Mond untergehen müssen, und die Sonne würde vor einer Stunde nicht aufgehen können. Er hob sein Gesicht zu dem sternlosen Himmel, verlassen, geduldig, der Himmel, nicht das Gesicht, das nur verlassen war. Er zog seine Schuhe und Socken aus und warf sie weg. Langsam ging er mit schleppenden Schritten durch das hohe Gras zwischen den Bäumen auf das Krankenpflegerheim zu. Gehend zog er ein Kleidungsstück nach dem anderen aus, wobei er gar nicht daran dachte, daß sie ihm gehörten, und warf sie weg. Als er nackt war, legte er sich auf feuchte Grasbüschel und versuchte, sich Celia einzubilden. Vergebens. Seine Mutter. Vergebens. Seinen Vater (denn er war nicht unehelich). Vergebens. Es war gewöhnlich so, daß es ihm bei seiner Mutter mißlang. Gewöhnlich, aber seltener, mißlang es ihm auch bei einer Frau. Aber nie zuvor war es ihm bei seinem Vater mißlungen. Er sah die geballten Fäuste und das starr aufwärts gerichtete Gesicht des Kindes in Erwartung des Messers auf einer Beschneidung Giovanni Bellinis. Er sah, wie Augäpfel ausgekratzt wurden, zuerst irgendwelche Augäpfel, dann die Mr. Endons. Er versuchte es wieder mit seinem Vater, seiner Mutter, mit Celia, Wylie, Neary, Cooper, Miss Dew, Miss Carridge, Nelly, den Schafen, den Drogisten, sogar mit Bom & Co., sogar mit Bim, sogar mit Ticklepenny und Miss Counihan, sogar mit Mr. Quigley. Er versuchte es mit Männern, Frauen, Kindern und Tieren, die noch schlimmeren Geschichten als dieser angehörten. Vergebens, in allen Fällen. Es gelang ihm nicht, sich irgendeine animalische oder menschliche Kreatur, der er einmal begegnet war, einzubilden. Fetzen von Körpern, Landschaften, Händen und Augen, Linien und Farben, die an nichts erinnerten, erschienen vor ihm, stiegen empor und entschwanden, als ob sie von einer Spule in Höhe seiner Kehle abgehaspelt würden. Er hatte die Erfahrung gemacht, daß dies, wenn eben möglich, gestoppt werden müßte, bevor die tieferen Schichten abgerollt würden. Er stand auf und eilte zu seiner Dachkammer, rannte, bis er außer Atem war, ging dann ein Stück, rannte dann wieder, und so weiter. Er zog die Leiter herauf, zündete den auf dem Fußboden in seinem eigenen Talg versunkenen Docht an, band sich selbst am Stuhl fest, in der vagen Absicht, kurz zu schaukeln und sich dann, wenn er sich etwas besser fühlte, anzukleiden und, bevor das Tagespersonal auf wäre, Ticklepenny mit der MUSIK, MUSIK, MUSIK allein zu lassen und zurück zur Brewery Road zu kehren, zu Celia, Serenade, Nocturno, Morgenständchen. Vage, sehr vage. Er stieß sich ab. Ein Satz von Suk fiel in den Rhythmus ein. «Das Quadrat des Mondes und des Orbis der Sonne verletzt den Hyleg. Uranus im Wassermann hemmt den Urin.» An einem der toten Punkte des Hin und Her sah er eine Sekunde lang, tief unten den Docht und das Öfchen glühen und grinsen; an dem anderen das zu keinen Sternen geöffnete Dachfenster. Allmählich fühlte er sich besser, geistig rege, in der Freiheit eines Lichts und einer Dunkelheit, die nicht miteinander stritten, sich nicht ablösten, und weder verblaßten noch aufblitzten, außer zu ihrer Vereinigung. Das Schaukeln wurde schneller und schneller, kürzer und kürzer, das Glühen war verschwunden, das Grinsen war verschwunden, die Sternlosigkeit war verschwunden, bald würde sein Körper ruhig sein. Die meisten Dinge unterm Mond wurden langsamer und langsamer und hörten dann auf, das Schaukeln wurde schneller und schneller und hörte dann auf. Bald würde sein Körper ruhig sein, bald würde er frei sein.

Auf dem WC begann das Gas zu strömen, ausgezeichnetes Gas, hochfeines Chaos.

Bald war sein Körper ruhig.

12

Mittwoch, der 23. Oktober, vormittags. Kein Wölkchen mehr am Himmel.

Cooper saß – *saß!* – neben dem Fahrer, Wylie zwischen Celia und Miss Counihan, Neary auf einem Klappsitz, mit den Beinen auf dem anderen und dem Rücken an der Tür, eine sehr gefährliche Lage für Neary. Neary glaubte, es besser getroffen zu haben als Wylie, da er Celias Gesicht sehen konnte, das zum Fenster gedreht war. Und Wylie glaubte, es besser getroffen zu haben als Neary, besonders wenn sie über eine holprige Strecke fuhren oder um eine Ecke bogen. Gesichter beschäftigten Neary etwas länger als Wylie.

Miss Counihans Gesicht war auch zum Fenster gedreht, aber vergebens, wie sie dort unmißverständlich las. Sie machte sich nicht viel daraus. Sie würden nie mehr bekommen als das, was sie gerade bekamen, wobei sie ihnen nicht die Ehre antat, ihnen zuzutrauen, daß sie dies sehr hoch einschätzten. Sie würden in der Tat nie wieder soviel bekommen wie das Wenige, das ihnen bald wieder entzogen würde. Dann würden sie auf allen vieren wieder zu ihr kommen.

Miss Counihan konnte schlecht von ihren ehemaligen, jetzigen und zukünftigen Partnern denken, ohne sich selbst dabei zu schaden. Es ist eine Fähigkeit, ohne die kein junger Mann und keine junge Frau in die Arena der Geschlechter hinabsteigen sollte.

Für alle außer Celia, deren gemütsbewegende Mechanismen abgeschaltet zu sein schienen, war es so, als säßen sie in einer Kutsche an der Spitze eines Leichenzuges, so stark war ihr Evasionsgefühl. Die Brewery Road war in der Tat unerträglich geworden. Die alte, endlose Kette von Liebe, Toleranz, Gleichgültigkeit, Abneigung und Ekel.

Miss Counihan hätte nichts dagegen gehabt, zu Wylie hinaufzugehen, wenn Celia nichts dagegen gehabt hätte, daß Neary zu ihr herunterkäme. Und Wylie hätte es nicht abgelehnt, zu Celia hinunterzugehen, wenn Miss Counihan es nicht ganz entschieden abgelehnt hätte, zu Neary hinaufzugehen. Und Neary wäre nicht weniger entzückt gewesen, zu einer von ihnen hinunterzugehen oder eine von ihnen heraufkommen zu lassen, wenn beide seinen Anträgen, sei es auf der ersten oder auf der zweiten Etage, nicht mehr als abhold gewesen wären.

Infolgedessen teilten Celia und Miss Counihan weiter das Bett in dem großen Zimmer, wobei die letztere Lichter auf Murphy warf, die ihr selbst nicht zur Ehre gereichten und die der ersteren nichts Neues waren; und Neary und Wylie lösten sich in dem Bett im Zimmer des alten Kerls ab, wobei jeder je nach Stimmung Celia heraufbeschwor.

So hörten Neary und Celia allmählich auf, Murphys zu bedürfen. Er, um ihrer zu bedürfen; sie, um nichts mehr zu bedürfen.

Es kam noch hinzu, daß Cooper ein Lager in der Küche erhielt. Miss Carridge beobachtete durch das Schlüsselloch, wie er sich, mit Socken, Leinenhose, Hemd und Hut bekleidet, für die Nacht hinlegte. Ein langweiliges Coucher für Miss Carridge.

Zwei Tage und drei Nächte lang gingen sie nicht aus dem Hause. Neary, weil er, seinen Gefährten, sowohl einzeln als auch paarweise, mißtrauend, fürchtete, daß Murphy während seiner Abwesenheit ankäme; Wylie und Miss

Counihan aus demselben Grunde; Cooper, weil es ihm verboten war; Celia, weil es ihr gar nicht einfiel; Miss Carridge, weil sie keine Zeit hatte. Es schien, als ob keiner von ihnen das Haus je wieder verlassen würde, als die Befreiung in Form einer Zusicherung Dr. Angus Killiecrankies kam, derzufolge die Furcht, Murphy zu verfehlen, grundlos sei, und sie ohne jede Bange ausgehen könnten.

Auf dem Wege wurde kein Wort gesprochen. Denn das Wenige, was sie von dem Wenigen, das sie fühlten, wußten, war ebensowenig geeignet, zugegeben wie geleugnet zu werden. Celia, die zurückgelehnt mit ihrem Gesicht zum Fenster saß, nahm nur die Farben des rückwärts in die Vergangenheit strömenden Lichts und den sie voranschiebenden Sitz wahr. Miss Counihan drängte ihren Busen weder froh noch traurig an das geringere der beiden Übel, die sie befallen hatten. Solange sie Murphy noch nicht unwiderruflich verloren hatte, bestand die Gefahr, daß er sie ohne weiteres aufgeben würde, was übel wäre, oder sogar zugunsten Celias, was entsetzlich wäre, oder aber irgendeiner anderen Schlumpe, was auch ziemlich übel wäre. Neary, für den Murphy beim Anblick Celias von dem Endzweck an sich, der er war, auf seine ursprüngliche Bedeutung als Hindernis (oder Schlüssel) zurückgeführt worden war, freute sich ähnlich über die Wendung der Dinge. Und Wylie fiel zwischen Schlaglöchern und Kurven nichts anderes ein als der Satz: «Habe ich Ihnen nicht gesagt, daß sie uns zu ihm führen würde?» Aber Höflichkeit und Freimütigkeit gehen Hand in Hand; wenn eine unangebracht ist, so ist die andere es auch. Dann bleibt nur noch das Schweigen übrig, jene zerbrechliche Scheidewand zwischen dem schlecht Verhehlten und dem schlecht Enthüllten, zwischen der plumpen Lüge und der Notlüge.

Im Mercyseat wurden sie vom Chefarzt Dr. Angus Killiecrankie empfangen, der nach 45 Jahren ehrlichen Eigensinns auf dem Gebiet der Geisteskrankheiten begann, in den ans Mutterland grenzenden Grafschaften als einer der letzten Mottisten bekannt zu werden. Er war ein großer, Mann mit krummem Rücken und hochrotem Gesicht, bieder, aber mürrisch, mit dem vorspringenden Schnurrbart eines Antiquars, mit fleckigen, dicht mit rosa Flaum bedeckten Gärtnerhänden und vom Suchen nach posthumen zerebralen Läsionen geröteten Augen. Er hob seinen Schnurrbart an und sagte:

«Mrs. Murphy?»

«Ich fürchte, wir waren nur seine liebsten Freunde», sagte Miss Counihan.

Dr. Killiecrankie zog einen angesengten Umschlag aus der Tasche und hielt ihn mit der Miene eines Zauberers, der seinen Trumpf ausspielt, hoch. Darauf stand in mühsam mit Bleistift geschriebenen Majuskeln der Name Mrs. Murphy und die Adresse Brewery Road.

«Dies war das einzige, woran wir uns halten konnten», sagte er. «Wenn er irgendwelche anderen Papiere hatte, so sind sie verbrannt.»

Neary, Wylie und Miss Counihan streckten ihre Hände gleichzeitig danach aus.

«Ich werde dafür sorgen, daß sie ihn bekommt», sagte Neary.

«Verlassen Sie sich darauf», sagte Wylie.

«Seine liebsten Freunde», sagte Miss Counihan.

Dr. Killiecrankie steckte den Umschlag wieder ein und wies den Weg.

An der jetzt höchst bungaloiden Leichenhalle schimmerte die Waldrebe schwach mit ihrem blassen, alten Holz und der scharlachrote wilde Wein erstickte die Backsteine. Bim und Ticklepenny saßen Wange an Wange auf der blendenden Granitstufe, und mitten auf der Rasenfläche machte eine kleine, aber schlanke männliche Gestalt, die lässig einen schwarzen Rock und eine gestreifte Hose trug und deren steifer Filzhut mit dem Untersten zuoberst neben ihr im Gras lag, schwungvolle Golfbewegungen mit dem Schirm. Die Anzeichen trogen nicht, es war der Leichenbeschauer der Grafschaft.

Sie betraten die Leichenhalle, nachdem der Chefarzt und der Leichenbeschauer sich gütlich über die Frage geeinigt hatten, wer von beiden das Vergnügen und Vorrecht haben sollte, dem anderen den Vortritt zu lassen, in folgender Ordnung: Chefarzt und Leichenbeschauer, Arm in Arm; Neary; Miss Counihan; Celia; Wylie; Cooper; Ticklepenny und Bim, Arm in Arm. Durch einen kurzen Gang, der auf beiden Seiten von riesigen, zweistöckigen Kühlschränken, insgesamt sechs, flankiert war, schritten sie geradeaus zum Autopsieraum, einem plötzlich schmerzhaften Stich aus Weiß und Silber. Dieser war nach Norden durch ein ununterbrochenes Erkerfenster abgeschlossen, das bis zur Decke reichte, und dessen Scheiben bis zu einer Höhe von anderthalb Metern überm Fußboden aus Milchglas bestanden. Draußen sahen die Hörner der Eibe so hoffnungslos wie eine Hafenmündung aus, die Arme zweier, die sich nicht mehr erreichen können, oder eines Flehenden, die geduldige Ohnmacht der Liebe oder des Gebets.

Bim und Ticklepenny machten im Gang halt, um Murphy mitzunehmen. Sie zogen ihn auf seinem Aluminiumtablett heraus, trugen ihn in den Autopsieraum und legten ihn auf die Marmorplatte mitten im Erker. In dem engen Raum nördlich der Tischplatte nahmen Dr. Killiecrankie und der Leichenbeschauer eine demonstrative Haltung ein. Bim und Ticklepenny warteten am Kopf- und Fußende des Tabletts mit den vier Zipfeln des Leichentuchs in den Händen auf das Stichwort. Die übrigen standen niedergeschlagen im Halbkreis in Nähe der Tür. Celia betrachtete einen braunen Fleck auf dem Leichentuch, wo das Bügeleisen es versengt hatte. Wylie stützte Miss Counihan, die Meisterin des allmählichen Schlappmachens, die ihre Augen schloß und murmelte: «Sagen Sie mir, wann ich hinsehen kann.» Neary, der mit einem Schreck bemerkte, daß Cooper seinen Hut abgenommen hatte, und daß sein Kopf offenbar ganz normal war, abgesehen von dem Haar, das vielleicht üppiger als gewöhnlich bei Männern in Coopers Alter und abscheulich verfilzt war, wurde es plötzlich bewußt, daß Cooper auf der ganzen Strecke von der Brewery Road her gesessen hatte.

«Diese Überreste», sagte der Leichenbeschauer mit seiner heiseren Kastratenstimme, «wurden gerade noch innerhalb meiner Grafschaft, meiner Grafschaft, wie ich zu meinem größten Bedauern sagen muß, deponiert. Noch einen weiten Putt, und ich würde sie gerade versenken.»

Er schloß die Augen und schlug einen weiten Putt. Der Ball verließ den Putter mit dem süßen Geräusch einer Flöte, flog über den Rasen, prallte auf den Rand der Büsche, spritzte empor, fiel senkrecht ins Loch, kullerte und rührte sich nicht mehr. Er seufzte und redete eilig weiter:

«Meine Aufgabe, vielleicht habe ich die Pflicht, Sie darüber zu informieren, besteht darin festzustellen, wer gestorben ist, und zweitens, wie. Im Hinblick auf das letztere, das letztere, so brauchen wir uns damit zum Glück nicht aufzuhalten, da ja, dank dem, wie soll ich sagen ...?»

«Unwiderleglichen posthumen Aspekt», sagte Dr. Killiecrankie. «Mr. Clinch, bitte.»

Bim und Ticklepenny hoben das Tuch hoch. Celia trat einen Schritt vor.

«Einen Augenblick», sagte Dr. Killiecrankie. «Vielen Dank, Mr. Clinch.»

Bim und Ticklepenny senkten das Tuch. Celia blieb ein wenig vor den anderen stehen.

«Ich sage Schock infolge von Verbrennungen», sagte der Leichenbeschauer, «ohne im geringsten daran zu zweifeln.»

«Ohne den geringsten Zweifel», sagte Dr. Killiecrankie.

«Der Tod durch Verbrennungen», sagte der Leichenbeschauer, «man erwartet vielleicht, daß ich es noch hinzufüge, ist ein wissenschaftlich unerforschter Vorgang. Verbrennungen verursachen immer Schocks, entschuldigen Sie bitte, mein lieber Angus, immer einen Schock, mal stärker, mal weniger stark, je nach Intensität, ihrer Stelle und der Schockfähigkeit des Brenners. Dasselbe gilt für Verbrühungen.»

«Zu einer Sepsis kommt es dabei nicht», sagte Dr. Killiecrankie.

«Es hapert ein wenig mit meiner Physiologie», sagte der Leichenbeschauer, «aber ich nehme an, daß die Sepsis nicht mehr erforderlich war.»

«Wir kamen zu spät, als daß es dazu hätte kommen können», sagte Dr. Killiecrankie. «Der Schock genügte.»

«Angenommen, wir sagten starker Schock infolge von Verbrennungen», sagte der Leichenbeschauer, «um es ganz klar auszudrücken.»

«Ja», sagte Dr. Killiecrankie, «oder schwerer Schock infolge von schweren Verbrennungen. Ich glaube nicht, daß es zuviel gesagt ist.»

«Gewiß, gewiß», sagte der Leichenbeschauer, «schwere Verbrennungen, wie Sie sagen, gefolgt von einem schweren Schock. Soviel zum *modus morendi*, zum *modus morendi*.»

«Ein Unfall?» fragte Neary.

Der Leichenbeschauer stand einen Moment mit verblüfftem, fast idiotischem Gesichtsausdruck da, wie jemand, der weder genau weiß, ob ein Witz gemacht wurde, noch worin dieser vielleicht bestand. Dann sagte er:

«Verzeihung, Sie sagten?»

Neary wiederholte seine Frage mit anschwellender Stimme. Der Leichenbeschauer öffnete und schloß mehrmals seinen Mund, warf seine Arme in die Höhe und wandte sich ab. Dr. Killiecrankie fehlte es jedoch nie an Worten, was seiner Meinung nach einem Mangel an Denkvermögen entsprochen hätte, und also hob sich sein Schnurrbart.

«Ein klassischer Fall von Mißgeschick.»

Unromantisch bis zuletzt, dachte Miss Counihan. Sie hatte nämlich die mittlere Reifeprüfung bestanden.

«Bevor wir restlos den Boden unter den Füßen verlieren», sagte der Leichenbeschauer, «gibt es vielleicht noch etwas, das der Herr hier gerne wissen möchte. Ob es zum Beispiel ein Sicherheitszündholz war, das die Mischung zur Explosion brachte, oder ein Wachsstreichholz. Er braucht sich nicht zu genieren, die wenigen Lichter, die ich habe, auszulöschen.»

Neary kümmerte sich mit abgefeimter Unverschämtheit um seine Nase. Wylie war zum ersten Male stolz auf seinen Bekannten.

«Dann darf ich mir wohl erlauben», sagte der Leichenbeschauer, «zu der anderen Frage überzugehen, zu der Frage nach der Identität des Verungl – des Verschiedenen. Wir sind hier, das brauche ich wohl nicht zu sagen, selbst in größter Verlegenheit, wegen des besonderen Aspekts dieses... dieses...»

«Tragischen Vorfalls», sagte Dr. Killiecrankie.

«Wegen des besonderen Aspekts des tragischen Vorfalls, der uns bei der Frage der Todesart so gut zustatten kam. Die Frage der Todesart. Und doch sollten wir uns nicht beklagen. Wie sagt noch der Dichter, Angus, vielleicht erinnern Sie sich noch daran?»

«Welcher Dichter?» sagte Dr. Killiecrankie.

«‹Keine Rose ohne Dornen›», sagte der Leichenbeschauer. «Ich zitiere aus dem Gedächtnis, aus bitterem Gedächtnis.»

«Mr. Clinch, bitte», sagte Dr. Killiecrankie.

Bim und Ticklepenny reichten sich ihre Zipfel zu. Bim nahm das Leichentuch in-folio an, machte daraus geschickt ein in-octavo, und beide traten zurück. Die liebsten Freunde gingen näher an den Marmortisch heran, Celia in der Mitte und ein wenig vor den anderen.

«Nach allem, was man hört», sagte der Leichenbeschauer, «wenn ich das so unvoreingenommen sagen darf, war es eine Person mit sehr vielen bemerkenswerten Eigenschaften, sowohl in geistiger als auch in körperlicher Hinsicht. Ob...»

«Sie vergessen die moralischen Eigenschaften», sagte Dr. Killiecrankie spöttisch, «und die spirituellen oder funktionellen, wie manche sagen.»

«Ob jedoch...»

«Bemerkenswert wegen ihrer Beharrlichkeit», sagte Dr. Killiecrankie, «mit der sie sich der peinlichst genauen Autopsie entziehen.»

«Ob jedoch einige von ihnen die Feuersbrunst überlebten», fuhr der Leichenbeschauer fort, «ist eine Frage, die ich für meine Person und, ich könnte mir vorstellen, auch jene, die seinem engsten Kreis nicht angehörten, nicht zu beantworten wage. Gerade hierbei könnten Sie uns behilflich sein.»

Diesen Worten folgte eine so tiefe Stille, daß das leise Summen der Kühlschränke zu hören war. Aller Augen, insgesamt siebzehn, schweiften suchend über den Resten.

Wieviel verschiedene Möglichkeiten gibt es doch wegzuschauen! Bim und Ticklepenny hoben beide ihre Köpfe, ihre Augen trafen sich in einem zärtlichen, feurigen Blick, sie waren gesund und munter und zusammen. Dr. Killiecrankie ließ seinen Kopf langsam sinken, bis er nur noch Beine, Schädel und Schnurrbart war. Er verdankte sein Ansehen in nicht geringem Maße der Fähigkeit, nachdenklich zu wirken, wenn sein Kopf in Wirklichkeit ganz leer war. Der Leichenbeschauer bewegte seinen Kopf nicht, er ließ lediglich den Brennpunkt aus den Augen und sah nichts mehr. Neary und Wylie lenkten ihre Aufmerksamkeit ruhig auf andere Dinge, auf die Einrichtung des Raums und auf das sich vom Blau des Himmels abhebende helle und dunkle Grün jenseits des Glases. Die Nichtanerkennung war offensichtlich. Ein einziger Blick aus dem einzigen Auge genügte Cooper, den die kleinste Kleinigkeit erschütterte. Miss Counihan schaute weg und zurück, weg und zurück, und war überrascht und erfreut, festzustellen, daß sie die Fassung nicht verlor, und ärgerlich, daß keine Spur von dem, was sie kannte, übriggeblieben war, und betrübt, daß sie nicht vor allen anderen, auf das Beweisstück zeigend, ausrufen konnte: «Dies ist Murphy, dessen liebste Freundin ich war.» Nur Celia schien imstande zu sein, der vorliegenden Sache ihre ungeteilte Aufmerksamkeit zu schenken, ihre Blicke bewegten sich weiter ruhig, ernst und gespannt zwischen den Überresten, als die anderen schon lange nicht mehr hinschauten, und lange nachdem Miss Counihan es aufgegeben hatte, ihre enge Verbundenheit unter Beweis zu stellen.

Der Leichenbeschauer erwachte plötzlich aus seiner Golfträumerei und sagte: «Hat's geklappt?»

«Könnten Sie ihn umdrehen?» sagte Celia, ihre ersten Worte seit vollen sechzig Stunden, ihre erste Bitte seit Urzeiten.

«Gewiß, gewiß», sagte der Leichenbeschauer, «obgleich ich glaube, daß Sie das Beste von ihm gesehen haben.»

«Mr. Clinch», sagte Dr. Killiecrankie.

Nachdem die Überreste umgedreht worden waren, wandte Celia sich plötzlich wieder dem entfernteren der verkohlten Oberschenkel zu und fand sofort, was sie suchte. Sie legte ihren Finger leicht auf die Stelle und sagte:

«Hier hatte er ein großes Muttermal.»

Leichenbeschauer und Chefarzt stürzten sich auf den Fund.

«Es handelt sich ohne den geringsten Zweifel», sagte Dr. Killiecrankie, «um ein ausgedehntes Kapillarangiom an einer höchst ungewöhnlichen Stelle.»

«Ein richtiger Portweinfleck», sagte der Leichenbeschauer, «das Nachglühen ist unverkennbar.»

Miss Counihan brach in Tränen aus.

«Ich wußte nichts von einem solchen Mal», rief sie, «ich

glaube nicht, daß er je ein so schreckliches Mal gehabt hat, ich glaube gar nicht, daß es mein Murphy ist, es sieht überhaupt nicht nach ihm aus, ich glaube es nicht...»

«Ruhig», sagte Neary, «ruhig, ruhig.»

«Wie schön ist es, trotz allem», sagte der Leichenbeschauer, «das Zeichen der Geburt, das Zeichen des Todes, ein sozusagen abgerundetes Leben, ein geschlossener Kreis, *Sie* verstehen mich doch, Angus, nicht wahr?»

«Ruhig», sagte Neary. «Kein Mensch ist ohne Makel.»

«Also gut», sagte der Leichenbeschauer, «wir wissen jetzt, wer tot ist, wer ist es also?»

«Mr. Murphy», sagte Neary, «ein geborener Dubliner.»

«Liebes, altes Dublin indelenda», sagte der Leichenbeschauer. «Das einzige weibliche Glied unserer Familie ist in der Coombe-Klinik, anderthalb Monate vor der Zeit, unter George II. friedlich entschlafen. Vorname? Nächste Angehörige?»

«Keine», sagte Neary, «ein holländischer Onkel.»

«Zum Teufel, wer sind Sie eigentlich?» sagte der Leichenbeschauer.

«Seine liebsten Freunde», sagte Miss Counihan. «Seine allerliebsten Freunde.»

«Wie oft sollen wir es Ihnen noch sagen?» sagte Wylie.

«Hörte er auf Murphy», sagte der Leichenbeschauer, «oder nur auf Mr. Murphy?»

«Mr. Clinch», sagte Dr. Killiecrankie.

Sie deckten das Tablett wieder zu und trugen es hinaus zu den Kühlschränken. Neary sah Clonmachnois auf der Marmorplatte, das Schloß der O'Melaghlins, die Wiese, den Kies, Dachstroh auf Weiß, etwas Rotes, die glänzende Wasserfläche, Connaught.

«Und diese junge Dame», sagte der Leichenbeschauer, «die ihn glücklicherweise so bis ins Kleinste kannte...»

«Miss Celia Kelly», sagte Neary.

«Lispelte Miss Kelly Murphy», sagte der Leichenbeschauer, «oder Mr. Murphy?»

«Verflucht noch mal», sagte Neary, «der Mann war nicht getauft. Was wollen Sie eigentlich noch alles wissen?»

«Und diese Mrs. Murrrphy», sagte Dr. Killiecrankie, «wer war sie? Der holländische Onkel?»

«Es gibt keine Mrs. Murphy», sagte Neary.

«Ein Epigramm», sagte der Leichenbeschauer, «wurde gewagt.»

«Miss Kelly wäre Mrs. Murphy geworden», sagte Neary, «wenn Mr. Murphy etwas länger gelebt hätte.»

«Hoffentlich», sagte der Leichenbeschauer.

Cooper und Wylie stützten Miss Counihan.

«Nein», sagte Celia.

Mit einer Verbeugung händigte Dr. Killiecrankie Celia den Brief aus, die ihn Neary gab, der ihn öffnete, las, zum zweiten Mal las, zögerte, zum dritten Mal las und schließlich sagte:

«Mit Miss Kellys Erlaubnis...»

«Noch etwas?» sagte Celia. «Ich möchte gehen.»

«Es könnte Sie betreffen», sagte Dr. Killiecrankie, «da er für Sie bestimmt zu sein scheint.»

Neary las mit lauter Stimme:

«Hinsichtlich der Verfügung über meinen Körper, meinen Geist und meine Seele wünsche ich, daß diese, in einen Papiersack gesteckt und zum Abbey Theatre in Dublin, Lr. Abbey Street, gebracht werden, und zwar unverzüglich an den Ort, den der große und gute Lord Chesterfield den unvermeidlichen nennt, wo ihre glücklichsten Stunden verbracht wurden, an dem rechten, zum Parterre hinunterführenden Gang, und ich wünsche, daß dort die Kette über ihnen gezogen werde, möglichst während der Aufführung eines Stückes, das Ganze soll ohne Zeremonie oder Trauerbekundung durchgeführt werden.»

Lange nachdem Neary aufgehört hatte zu lesen, starrte er noch auf das Blatt. Schließlich steckte er es wieder in den Umschlag und reichte ihn Celia, die danach griff, um ihn zu zerreißen, jedoch merkte, daß ihre Einsamkeit nicht ohne Zeugen war, und sich damit begnügte, ihn vorläufig in ihrer Hand zu zerknüllen.

«Der unvermeidliche Ort», sagte der Leichenbeschauer, seinen Hut und Schirm in die Hand nehmend.

«Ihre glücklichsten Stunden?» knurrte Miss Counihan. «Welches Datum steht darauf?»

«Verbrannt», sagte Wylie.

«Der Körper et cetera», sagte Dr. Killiecrankie.

Bim und Ticklepenny waren gegangen, sie waren schon weit weg, hinter einem Baum, in der Sonne.

«Laß mich lieber Eimer leeren», bettelte Ticklepenny, «schick mich nicht wieder in die Krankensäle.»

«Mein Lieber», sagte Bim, «das hängt ganz von dir ab.»

Der Leichenbeschauer war gegangen, er knöpfte seinen Cutaway mit einer Hand auf und steuerte mit der anderen, bald würden ihn Sweater und Flanellhosen umhüllen.

Celia ging.

«Einen Augenblick, bitte», sagte Dr. Killiecrankie. «Welche Anordnungen möchten Sie treffen?»

«Anordnungen?» sagte Neary.

«Bei der Kühllagerung ist vor allem wichtig», sagte Dr. Killiecrankie, «daß keine Stauungen auftreten. Ich benötige jeden Kühlschrank.»

«Ich werde draußen warten», sagte Celia.

Neary und Wylie lauschten nach dem Geräusch des Portals beim Öffnen und Schließen. Es blieb aus, und Neary hörte auf zu lauschen. Dann kam es, weder laut noch leise, und Wylie hörte auf zu lauschen.

«Sein letzter Wunsch ist doch heilig», sagte Miss Counihan. «Wir müssen ihn doch erfüllen.»

«Seinen letzten kaum, finde ich», sagte Wylie, «wenn ich es mir recht überlege.»

«Nehmen Sie die Einäscherung hierselbst vor?» sagte Neary.

Dr. Killiecrankie bekannte sich zu einem kleinen, geschlossenen Reverberierofen, in dem der zäheste Körper samt Geist und Seele in einer knappen Stunde für den geringen Betrag von dreißig Schillingen unfehlbar zu einer durchaus tragbaren Menge Asche verfallen würde.

Neary klatschte sein Scheckbuch auf die Marmorplatte, stellte vier Schecks aus und verteilte sie. Miss Counihan und Wylie sagte er «Lebewohl», Cooper «Warten Sie», Dr. Killiecrankie «Ich bin sicher, daß Sie meinen Scheck akzeptieren».

«Zusammen mit Ihrer Karte», sagte Dr. Killiecrankie. «Vielen Dank.»

«Wenn es soweit ist», sagte Neary, «geben Sie es dann diesem Mann und keinem anderen.»

«Das alles ist ziemlich irregulär», sagte Dr. Killiecrankie.

«Das Leben ist ziemlich irregulär», sagte Neary.

Miss Counihan und Wylie waren gegangen. Das scharlachrote Laub streifte ihre Köpfe, sie berieten miteinander. Neary hatte keinen Unterschied zwischen ihren Dienstleistungen oder ihren Geschlechtern gemacht, sondern war unparteiisch nicht undankbar gewesen. Sie packte ihn, einem lang gehegten Trieb folgend, leidenschaftlich bei den Fünfzig-Schilling-Rockaufschlägen und rief:

«Verlassen Sie mich nicht, lassen Sie mich bitte nicht allein in diesem unsagbar kritischen Augenblick.»

Sie versperrte ihm die Sicht, er umklammerte ihre Handgelenke, sie ließ nicht locker und fuhr fort:

«Oh, lassen Sie uns Hand in Hand in unser teures Heimatland zurückkehren, zu den Buchten, den Sümpfen, den Mooren, den Schluchten, den Seen, den Flüssen, den Strömen, den Bächen, den Nebeln, den – öh – Buchten, den – öh – Schluchten, mit dem Nachtschnellzug.»

Es war nicht nur keine Spur von Celia zu sehen, sondern die Banken würden auch in einer Stunde schließen. Wylie quetschte Miss Counihans Hände auf und lief davon. Er mußte sie tatsächlich verlassen, aber nicht für lange, da seine Neigungen teuer waren und Cooper ihm zugeflüstert hatte, daß die Cox tot sei. Miss Counihan folgte langsam.

Die Cox hatte im Anschluß an das Ende ihrer Freundschaft mit einem Mr. Sacha Few, der auf dem Gebiet der Anti-Vivisektion tätig war, 110 Aspirintabletten geschluckt.

Neary und Cooper kamen heraus, auf dem Fuße gefolgt von Dr. Killiecrankie, der die Leichenhalle verschloß, Cooper scharf anblickte, auf den Boden zu seinen Füßen zeigte, «Seien Sie in einer Stunde hier» sagte und verschwand.

Neary, der Wylie schon in weiter Ferne, Miss Counihan ihm langsam folgend, und von Celia keine Spur sah, sagte «Kippen Sie es irgendwo hin» und lief davon.

Cooper rief ihm nach: «Sie ist tot.»

Neary blieb stehen, drehte sich jedoch nicht um. Er glaubte eine Sekunde lang, Celia sei gemeint. Dann sah er seinen Fehler ein und frohlockte.

«Schon lange», sagte Cooper.

Neary ging weiter, Cooper blickte hinter ihm her. Da Wylie sich doppelt so schnell wie Miss Counihan voranbewegt hatte, verschwand er hinter der Ecke des Hauptblocks. Miss Counihan drehte sich um, sah Neary mit großen Schritten hinter sich her kommen, blieb stehen und ging dann langsam auf ihn zu. Neary lavierte scharf, richtete sich auf, als er sah, daß sie keinen Versuch machte, ihn abzufangen, und ging schnell in einen bequemen Abstand, mit gelüftetem Hut und geneigtem Haupt, an ihr vorbei. Miss Counihan folgte ihm langsam.

Cooper wußte nicht, woran es lag, daß er von den Gefühlen befreit war, die ihn jahrelang behindert hatten, sich hinzusetzen oder seinen Hut abzunehmen, und er hielt sich auch nicht mit dieser Frage auf. Er legte seine alte

Melone mit der Krempe auf den Boden, hockte darüber nieder, zielte genau zwischen seinen Oberschenkeln hindurch, schloß sein Auge, biß auf die Zähne, schleuderte die Füße in die Luft und landete mit der Gewalt eines Rammbocks auf seinem Hintern. Ein zweiter Aufprall war nicht mehr erforderlich.

Der Ofen wollte nicht ziehen, es war nach fünf, als Cooper mit dem Paket Asche unterm Arm vom Mercyseat aufbrach. Es wog wohl gute vier Pfund. Verschiedene Möglichkeiten, es loszuwerden, drängten sich ihm auf dem Weg zum Bahnhof von selbst auf. Schließlich beschloß er, daß es am schicklichsten und unauffälligsten sei, es in den ersten größeren Abfallbehälter zu werfen, auf den er stoßen würde. In Dublin hätte es genügt, wenn er sich auf die erste beste Bank gesetzt und gewartet hätte. Einer der traurigen Straßenreiniger hätte dann bald seinen Karren mit der Aufschrift «Vertrauen Sie uns Ihren Unrat an» herangerollt. Aber London war sich seines Drecks weniger bewußt, es hatte seine Straßenreinigung nicht Fremden übertragen.

Er wollte gerade den Bahnhof betreten, ohne irgendeinen größeren Abfallbehälter gefunden zu haben, als eine plötzliche, laute Musik ihn anhalten und sich umdrehen ließ. Es war die Kneipe jenseits der Straße, sie wurde gerade für den Abend geöffnet. Im Schankraum gingen die Lichter an, die Türen sprangen auf und das Radio ertönte. Er überquerte die Straße und blieb auf der Schwelle stehen. Der Fußboden war blaß-ocker, die Spielautomaten glänzten wie Silber, die Wurfscheibe hatte ein Netz, die Schemel hatten hohe Sprossen, die er so liebte, der Whisky in den Glaszylindern sah wie ein langsames Cascando durchsichtigen Goldes aus. Ein Mann streifte ihn beim Betreten der Kneipe, einer von den Millionen, die sich seit zwei Stunden nach einem Drink sehnten. Cooper folgte ihm langsam und setzte sich zum ersten Mal seit zwanzig Jahren an die Theke.

«Was nimmst du, Freund?» sagte der Mann.

«Die erste ist meine», sagte Cooper mit zitternder Stimme.

Einige Stunden später zog Cooper das Paket Asche, das er aus Sicherheitsgründen schon am frühen Abend in die Tasche gesteckt hatte, wieder hervor und warf damit zornig nach einem Mann, der ihn schwer beleidigt hatte. Es flog an die Wand, platzte auf und prallte zurück auf den Fußboden, wo es dann der Gegenstand aller möglichen Fußtritte wurde. Es wurde gedribbelt, gestoppt, geschossen, geboxt, und es wurde sogar als Rugby-Ball gehandhabt. Als die Polizeistunde schlug, waren Körper, Geist und Seele Murphys weit über den Fußboden der Kneipe verstreut; und ehe ein neuer Morgen über der Erde graute, wurden sie mit dem Sand, dem Bier, den Kippen, den Scherben, den Streichhölzern, der Spucke und dem Erbrochenen weggefegt.

13

SPÄTNACHMITTAGS, SAMSTAG, DER 26. OKTOBER. Ein milder klarer, sonnenloser Tag, plötzlich sanfte Wirbel faulender Blätter, zum reglosen Himmel gestreckte reglose Äste, aus einem Kamin eine Föhre aus Rauch.

Celia rollte Mr. Willoughby Kelly den Broad Walk entlang nach Süden. Er trug seine Drachensportkombination, einen glänzenden Wettermantel, der ihm viele Nummern zu groß war, und eine Segelsportmütze, die ihm viele Nummern zu klein war, obwohl es sich dabei um die kleinste und größte Größe dieser Artikel handelte. Er saß kerzengerade, umklammerte mit der einen behandschuhten Hand die Winde, hielt in der anderen den zusammengefalteten Drachen in seinem Futteral, und seine blauen Augen glühten tief in ihren Höhlen. Auf beiden Seiten droschen die Hebel mit heftigen Schlägen die Luft und verursachten so eine leichte Brise, die er nicht unangenehm fand, da er vor Erregung brannte.

Auf der Höhe des Hangs legte er Winde und Drachen in seinen Schoß und ergriff die Ruder. Es war für Celia das Signal loszulassen. Seine Arme flogen blitzschnell zurück und vor, immer schneller, je mehr die Geschwindigkeit des Rollstuhls zunahm, bis er mit ungefähr 20 Stundenkilometern im Zickzack-Kurs hin- und herschaukelnd als eine Gefahr für sich und für andere dahinraste. Dann stemmte er eine Hand gegen den Druck des Ruders und hemmte mit der anderen den Zug des Hebels und brachte sich so allmählich auf der Höhe des Standbilds der Queen Victoria zum Stehen, die er nicht nur als Frau, sondern auch als Königin sehr bewunderte.

Nur um die Beine und das Gesicht Mr. Kellys war es schlecht bestellt, seine Arme und sein Rumpf steckten noch voller Kraft.

Er liebte seinen Rollstuhl auf seine Weise genau so sehr wie Murphy seinen Schaukelstuhl liebte.

Celia ließ lange auf sich warten. Er packte den alten Drachen aus, das fleckige und verschossene Hexagon aus karminroter Seide, spannte es über den Stern aus Stäbchen, befestigte den Schwanz und die Schnur und überprüfte Troddel für Troddel. An einem ähnlichen milchigen Samstagnachmittag vor vielen Jahren hatte ein Experte gesagt: «Seide ist Mist. Geben Sie mir Packpapier.» Worauf Mr. Kelly sich mit Genugtuung an den genauen Wortlaut seiner Erwiderung erinnerte, die lauten Beifall gefunden hatte: «Scheiß-Packpapier.»

Celia berührte die Rückenlehne seines Rollstuhls, und er sagte:

«Du warst lange weg.»

«Ich hatte zu tun», sagte Celia.

Die Blätter erhoben sich und zerstoben, die höchsten Äste begannen zu klagen, der Himmel zerriß und gerann über Flecken abgerahmten Blaus, die Rauchföhre brach zusammen und verschwand im Osten, der Weiher war plötzlich eine kleine Panik aus Grau und Weiß, Wasser, Möwen und Segeln.

Es war, als ob die Zeit plötzlich die Geduld verloren oder einen Angstanfall bekommen hätte.

Jenseits des Long Water wandten Rosie Dew und Nelly, die lange nicht mehr so läufig war, ihre Gesichter dem aufkommenden Wind und ihrem Heim zu. Ein Paar Socken von Lord Gale erwartete sie. Er hatte geschrieben: «Wenn bei diesem Paar Socken nicht mehr herauskommt, werde ich mich an ein anderes Medium wenden müssen.»

Celia schob Mr. Kelly an seinen gewohnten Platz in der Nordostecke zwischen dem Round Pond und dem Broad Walk, mit dem Bug seines Rollstuhls fest ans Staket. Sie nahm ihm behutsam den zusammengesetzten Drachen aus den Händen, ging am Pfad entlang rückwärts bis an den Rand des Wassers, hielt den Drachen, so hoch ihre Arme reichten, und wartete darauf, daß der Handschuh fiel. Der Wind blies ihren Rock gegen die Beine und die Jacke von ihren Brüsten. Ein recht bejahrter Wochenend-Lebemann in einem Sessel direkt vor ihr rutschte auf seinem Steißbein herum (das nur noch ein einziges Ekzem war), verzerrte seine Gesichtszüge zu dem, was er mit gutem Grund für obszönes Lächeln hielt, und klimperte mit seinem Kleingeld, mit seinem bißchen Kleingeld. Celia lächelte zurück, streckte ihre Arme höher aus und stellte sich fester auf den Boden.

Mr. Kelly spürte den gewünschten Wind, der Handschuh fiel, und Celia stieß den Drachen empor. Mr. Kellys Geschicklichkeit war so groß, daß er sich nach knappen fünf Minuten schon schwer und kurz atmend zurücklehnte, mit zwangsläufig geschlossenen Augen, die nichtsdestotrotz in Ekstase waren, die Schnur war zur Hälfte abgerollt, er ließ den Drachen nach seinem Fingerspitzengefühl schweben.

Celia blieb einen Moment stehen, um sich den Kunden zu sichern, und kehrte dann zu Mr. Kelly zurück. Die Schnur wand sich langsam von der Winde – nachlassen, etwas zurück, halt; nachlassen, etwas zurück, halt. Der historische Prozeß eingefleischter Optimisten. Er hatte noch ein Viertel der Schnur auf der Winde, als der Drachen ohne zu flattern hoch über dem Tal schwebte, wie ein Fleck in den Lichtungen, die der Wind immer wieder im Osten öffnete. Der Rollstuhl drückte gegen das Staket, Mr. Kelly wünschte, sein Hintern wäre greiffähiger. Ohne die Augen zu öffnen, sagte er:

«Das hast du fein gemacht.»

Celia machte sich nicht die Mühe, ihn mißzuverstehen.

«Und gestern?» sagte Mr. Kelly.

«Ein Knabe und ein Betrunkener», sagte Celia.

Mr. Kelly ließ ein ganzes Ende Schnur auf einmal schießen, sozusagen eine industrielle Revolution, und dann vorsichtig, ohne zurückzuziehen oder anzuhalten, die letzten paar Meter. Nachdem die Schnur des Drachens nun restlos abgewickelt war, richtete er sich auf und öffnete seine äußerst weitsichtigen Augen, um den Effekt zu bewundern.

Außer der durchhängenden Schnur, die, so weit sie hinaufstieg, unzweifelhaft erhaben aussah, war nichts zu sehen, da der Drachen den Blicken entschwunden war. Mr. Kelly war entzückt. Nun konnte er den Abstand zwischen dem Sichtbaren und dem Unsichtbaren messen, nun war er imstande, den Punkt zu bestimmen, wo Sichtbares und Unsichtbares sich berührten. Es wäre infolge der vielen, launischen Imponderabilien eine unwissenschaftliche Beobachtung. Aber das Vergnügen, das sie Mr. Kelly bereitete, würde keinesfalls geringer sein als jenes, das Mr.

Adams bei seiner hübschen Deduktion Neptuns vom Uranus (vermutlich) zuteil wurde. Er fixierte mit seinen Adleraugen einen Punkt am leeren Himmel, wo der Drachen seiner Meinung nach wieder auftauchen müßte, und wand die Schnur sorgfältig wieder auf.

Ein wenig beiseite tretend, blickte Celia auch zum Himmel, nicht in der gleichen Absicht wie Mr. Kelly, da sie wußte, daß er ihn, längst bevor sie es könnte, schon sehen würde, sondern lediglich, um ihre Augen mit jenem sanften, sonnenlosen Licht zu salben, das ihre einzige Erinnerung an Irland geblieben war. Nach und nach sah sie andere Drachen und über allen das Zweigespann des Kindes, das ihr Guten Abend nicht beantwortet hatte, weil es gerade sang. Sie erkannte seine sonderbar gepaarten Drachen, die nicht hintereinander, sondern Seite an Seite schwebten.

Das groteske Fieber himmelwärts strebenden Spielzeugs, der immer weiter entfernte Himmel, der das Wolkensegel zerfetzende Wind, die von Federwolken gestreiften blassen, grenzenlosen, blau-grünen Durchblicke, das versiegende Licht – ehemals hätte sie dies alles bemerkt. Sie beobachtete das Zweigespann, das taumelnd aus dem Tumult absackte, das voranstürmende Kind, das seinen Fall auffangen wollte, seinen Kummer, als es ihn verfehlte, seine Art, hingerissen über den Trümmern niederzuknien. Es sang nicht, als es ging, und sie rief ihm auch nichts zu.

Das Geschrei der Wärter drang leise von Osten gegen den Wind. *All out. All out. All out* Celia drehte sich um und schaute nach Mr. Kelly. Er lag auf der Seite in seinem Stuhl, mit der Wange auf der Schulter, eine Falte des Wettermantels hob seine Lippe an, so daß er etwas brummig aussah, nicht sterbend, sondern dösend. Als sie hinschaute, fiel ihm die Winde aus den Fingern und schlug heftig gegen das Staket, die Schnur riß, die Winde fiel auf den Boden. Mr. Kelly erwachte.

All out. All out.

Mr. Kelly stellte sich schwankend auf seine Füße, warf seine Arme in die Höhe, breitete sie aus und zockelte den Pfad hinunter, der zum Wasser führte, eine gespenstische, jämmerliche Gestalt. Der Mantel schleifte über den Boden. Der Schädel wölbte sich unter der Mütze wie eine Kuppel unter ihrer Laterne, das verwüstete Gesicht war ein Krampf aus Knochen, gedrosselte Laute drängten sich in seiner Kehle.

Celia erwischte ihn am Rand des Weihers. Das Ende der Schnur streifte das Wasser, zuckte in einem wilden Wirbel empor und verschwand fröhlich in der Dämmerung. Mr. Kelly brach in ihren Armen zusammen. Jemand rollte den Stuhl herbei und half, ihn hineinzusetzen. Celia mühte sich den schmalen Pfad entlang, dem Wind entgegen, und ging dann nach Norden den langgestreckten Hügel hinauf. Es gab keinen kürzeren Weg nach Hause. Das gelbe Haar fiel über ihr Gesicht. Die Segelsportmütze hing wie eine Venusmuschel am Schädel. Die Hebel waren das müde Herz. Sie schloß die Augen.

All out.

Rowohlt Jahrhundert

Herausgegeben von Bernd Jentzsch

Band 1 und 2
Robert Musil
Der Mann ohne Eigenschaften
Roman

Band 3
Anatole France
Die Götter dürsten
Roman

Band 4
Samuel Beckett
Murphy
Roman

Band 5
Aldo Palazzeschi
Die Schwestern Materassi
Roman

Band 6
Ludwig Tieck
Der Aufruhr in den Cevennen
Roman

Band 7
Jerzy Andrzejewski
Die Karwoche
Roman

Rowohlt
Taschenbuch Verlag